Donnerkraut

Das Geheimnis des Juden Typsiles

Michael Peters

*Viel Vergnügen
beim Lesen
Michael Pete—*

Copyright © 2014 Michael Peters
Heinrich-von-Kleist Straße 1
38165 Lehre
All rights reserved.
ISBN: 1499774923
ISBN-13: 978-1499774924
Printed in Germany by Amazon Distribution GmbH, Leipzig

Für Hella, Manuel und Julia

Hella, Sabine, Annett, Niklas, Eduard und Gudrun waren mir eine große Hilfe. Vielen Dank für Eure Unterstützung und hilfreichen Tipps, die mich vor manchem Irrweg bewahrt haben.

1

Nur einzelne Lichtstrahlen drangen durch die mit einem Fensterladen verschlossene und mit einer Decke verhängte Fensteröffnung des Schlafgemachs im Obergeschoss des Hauses. Ein eisiger Luftzug pfiff in dieser klaren und frostigen Vollmondnacht durch die Ritzen. Bereits Anfang November bedeckte morgens weißer Reif die Dächer und Bäume und ein kalter Wind wehte aus Osten. Balthasar schlief unruhig und wälzte sich im Bettkasten hin und her. Er ruhte auf einem mit Stroh gefüllten Leinensack unter mehreren dicken Wolldecken und hatte seinen Kopf vollständig unter den Bettdecken versteckt. Neben ihm schnarchte friedlich seine Ehefrau Lisbeth. Helles Mondlicht fiel durch Lücken der hölzernen Dachsparren und schemenhaft zeichneten sich die Umrisse der Gegenstände des Raumes ab.

Balthasar sorgte sich um seine Geschäfte. Immer wieder gab es Streit zwischen den Wittelsbacher Vettern, der in unsäglichen Kriegen endete. Nun zerstritten sich auch noch Vater und Sohn der Ingolstädter Herzöge, die beide den Namen Ludwig tragen. Wohin sollte das führen, zu einem erneuten Krieg im Aichacher Land? Es musste Frieden herrschen, damit die Kaufleute Handel treiben konnten. Andererseits bot auch der Krieg gute Verdienstmöglichkeiten, wenn man es nur richtig anstellte. Wichtig war es, die Waren zu besitzen, nach denen am Ende des Schachtens alle verlangten. Krieg kam immer mit Teuerung einher, deshalb plante Balthasar sein Lager bis zum Rand mit Salz zu füllen. Dumm war nur, wenn man auf der falschen Seite stand. Wie viele Grenzen musste in Friedenszeiten das Salz aus dem Berchtesgadener Land passieren, bis es nach Aichach gelangte und dann weiter zu seinem jeweiligen Bestimmungsort im Reich verbracht werden konnte. Jeder Zoll verteuerte die Ware und jeder Überfall minderte den Gewinn. Natürlich verdiente er immer noch genug am Salzhandel, aber es könnte mehr sein.

Der Kaufmann träumte unruhig. Er begleitete einen seiner Handelszüge, zwei zweiachsige Wagen, schwer mit Salzfässern beladen und jeweils von vier Ochsen gezogen. Die Knechte trieben die Zugtiere mit lautem Peitschenknallen voran, mehrere Bewaffnete liefen nebenher und er ritt auf einem prächtigen, Rappen. Sie durchquerten einen dunklen Hohlweg, links und rechts begrenzt von dichtem Buschwerk und mit hohem Baumbestand bewachsenen steilen Abhängen. Er erkannte augenblicklich, hier drohte Gefahr. Einen besseren Ort für einen Überfall konnte es kaum geben. Die Knechte sahen dies ebenso und sicherten die Wagen mit gesenkten Piken nach links und rechts. Balthasar zückte sein Schwert. Plötzlich erblickten sie am Ausgang des Hohlweges ein kleines Mädchen. Es musterte den Kaufmann aus dunkelbraunen Augen mit einem ernsten und stechenden Blick. Seine Arme umklammerten eine zerrissene, verschmutzte Stoffpuppe. Die Wagen hielten an.

Balthasar spürte, dass irgendetwas nicht in Ordnung war. Er roch die Gefahr und ballte die Fäuste. Der Boden unter seinen Füßen wankte und er wurde hin- und hergeschüttelt. Neben ihm vernahm er ein Röcheln und jemand stöhnte laut auf. Es schien seine Frau zu sein, die sich heftig bewegte. Wo kam sie so plötzlich her? Der Kaufmann verstand dies alles nicht. Auf einmal saß er senkrecht im Bett und erkannte einen Schatten, der sich über seine Frau beugte. Balthasar wollte schreien. Im selben Moment raste etwas Dunkles auf ihn zu. Ein unglaublicher Schmerz stach durch seine Kehle – Luft, Luft, er bekam keine Luft mehr. Ein letztes Mal bäumte sich der Kaufmann auf, fasste mit beiden Händen an seinen Hals, fühlte eine tiefe Wunde und warmes Blut, das über seine Finger strömte. Dann brach er zusammen. Vom zweiten Stoß, mit dem Dolch mitten ins Herz, spürte er nichts mehr.

2

In aller Frühe pfiff der Badermeister Simon Schenk fröhlich vor sich hin. Alles hatte sich zum Guten gewendet. Jeden Tag füllte die Kundschaft den Baderladen. Um all die Bärte und Haare zu stutzen, Zähne zu ziehen und Wunden zu versorgen, musste Simon sogar einen Gesellen einstellen. Zur Kundschaft gehörten jetzt sogar gelegentlich Herren, die, um sich zu reinigen, nach einem Bad verlangten.

»Ich versteh das nicht. Obwohl jedermann weiß, wie schädlich das Baden für die Gesundheit ist, kommen die Kunden. Sie waschen sich den Schutz herunter, der uns Menschen vor der Pestilenz und all den anderen gefährlichen Krankheiten bewahrt. Sogar der Pfarrer hat vor übertriebener Reinlichkeit gewarnt«, flüsterte die Badersfrau ihrem Mann zu.

»Das ist mir egal, Hauptsache meine Gäste zahlen, denn baden tun nur die Bürger, die auch Geld haben.«

»Du solltest an unseren guten Ruf denken, Mann.«

»Papperlapapp – guter Ruf. Ich würde ein paar hübsche Bademägde einstellen. In Augsburg tun das alle Bader, dann bräuchten wir bald eine zweite Badestube.«

»Ich werde nicht zulassen, dass du aus unserem Heim ein Freudenhaus machst. Wenn du das wagst, werde ich die Huren mit Hilfe des Pfarrers aus unserem Haus jagen. Hüte dich, mein lieber Mann«, fauchte Barbara Schenk ihren Gemahl an.

»Ich habe doch nur Spaß gemacht«, versuchte sich Simon wieder einzuschmeicheln, »dir, zusammen mit dem Pfarrer, bin ich einfach nicht gewachsen.«

»Ich finde das gar nicht spaßig. Gerade die Augsburger haben die Baderzunft in Verruf gebracht. Die Tochter von einem von denen haben sie um diese Zeit vor drei Jahren in Straubing in der Donau ertränkt. Manche Leute sagen, sie wäre die Hure vom zukünftigen Herzog gewesen. So was kommt von so was.«

»Ja, ja«, stöhnte Simon Schenk. »Ich weiß, wen du meinst, es ist eine traurige Geschichte. Das Mädchen hieß Agnes Bernauer, die kannte ich. Sie war wirklich eine Schönheit. Das Geschäft ihres Vaters lag nur ein paar Schritte von der Baderstube entfernt, in der ich meinen Beruf erlernte. Mein Vater hat zuerst beim Bernauer wegen einer Lehrstelle für mich nachgefragt, aber da hätte er viel mehr Lehrgeld bezahlen müssen. Die Agnes hat sich schon immer für etwas Besseres gehalten und hat von oben auf uns Lehrbuben herabgeschaut. Wenn man weit hinaufkommt, kann man auch tief fallen. Der alte Herzog von Straubing ließ sie hinrichten, weil er keine Hochzeit mit einer aus dem Volk duldete. Sein Sohn Albrecht war auf der Jagd, als der Herzog dessen Geliebte in der Donau ertränken ließ. Sie hat dies nicht verdient – wirklich nicht.«

Barbara lauschte ihm aufmerksam. »Das interessiert mich, darüber musst du mir später mehr erzählen.

Jetzt solltest du wieder hinausgehen, die Kundschaft wartet.«

Simon widmete sich im Anschluss seinem nächsten Kunden, einem blonden, älteren Kaufmann, der einmal die Woche zum Bartstutzen erschien. Seitdem Simon zusammen mit Ludwig Kroiß, dem damaligen Stadtbüttel, im Auftrag des Bürgermeisters und des Richters den Kindermörder zur Strecke gebracht hatte, war sein Laden voll und er konnte sich vor Kundschaft kaum retten. Es kam Geld herein und das wirkte sich auch auf ihr Familienleben aus. Simon und Barbara kamen seither viel besser miteinander zurecht, da sie sich keine Sorgen mehr um ihr tägliches Auskommen machen mussten.

Gegen Mittag stürmte ein Junge aus der Nachbarschaft in die Baderstube in der Essiggasse und verkündete ganz außer Atem.

»Wisst ihr schon das Neueste? Den Kaufmann Lallinger und seine Frau haben sie umgebracht. Vorhin haben sie die Tat entdeckt. Vor seinem Haus am Stadtplatz ist ein riesiger Menschenauflauf. Die Leute stehen herum und reden ganz wild durcheinander. Die Büttel passen auf, dass keiner hineingeht. « Als ihm einer der Kunden eine Frage stellen wollte, rief der Bub: »Ich muss die Geschichte gleich weitererzählen!«, und verschwand so blitzschnell, wie er hereingekommen war.

Im nächsten Augenblick war die Stube leer. Der Gast im Badezuber hatte sich, nass wie er war, seine Kleider übergestreift und war, ohne zu zahlen, verschwunden. Der Kaufmann, den Simon gerade rasieren wollte, rannte hinaus, obwohl sein Gesicht noch voller Schaum war. Der Bader beabsichtigte nun ebenfalls, sich auf den Weg machen.

»Du bleibst hier«, fauchte Barbara.

»Ich will doch nur nachschauen, was da draußen los ist. Die ganze Stadt ist auf den Beinen. Kundschaft kommt jetzt sowieso keine mehr.«

»Du bleibst hier, habe ich gesagt. Ich sehe doch das Glänzen in deinen Augen. Ich habe noch genug vom letzten Mal. Wenn jemand den Lallinger umgebracht hat, dann werden sie den Mörder auch ohne dich finden. Die brauchen dazu keinen Bader. Du bleibst hier und wartest auf Kundschaft. Schluss und aus!«

»Ich habe dir doch versprochen, dass ich nie wieder auf Verbrecherjagd gehe. Das kannst du mir doch wirklich glauben. Das letzte Mal hat es uns aber auch einen schönen Batzen Geld eingebracht.«

»Hör auf, versuche erst gar nicht, mich zu beschwatzen.«

»Mein Engel, das habe ich doch gar nicht vor. Selbstverständlich bleibe ich bei dir.« Er wusste, dass mit Barbara im Moment nicht zu spaßen war. Natürlich war er furchtbar neugierig über das, was geschehen war, mehr zu erfahren. Um des häuslichen Friedens willen blieb er dann aber doch lieber zu Hause.

3

Die Aichacher drängten sich auf dem Marktplatz vor dem stattlichen Anwesen der Lallinger, links neben der Spitalkirche, zusammen. Zwei mit Spießen bewaffnete Stadtbüttel versperrten das große zweiflügelige Tor, den Eingang des Hauses. Gerade kam der Bürgermeister Chuntz Zellmeier hinzu und versuchte sich durch die Menschenmenge zu drängen. Er schob die Neugierigen beiseite, bis er die Wachen erreicht hatte, die ihn sofort passieren ließen. Chuntz Zellmeier machte einen erschütterten Eindruck, denn er wohnte nur zwei Häuser vom Ort der Tat entfernt. Immer wieder strich er sich über die schwarzen, mit grauen Strähnen durchzogenen Haare, bevor er im Torbogen rechts eine Treppe hinaufging und einen großen Raum betrat. Dieser Raum diente dem Abwickeln der Geschäfte, mit einem großen Tisch in der Mitte, auf dem einige Kladden ungeordnet herumlagen. In der Art der Anlage glich das Anwesen dem Haus des Bürgermeisters.

In diesem Kontor erwartete ihn der Stadtbüttel Emmeran Wagner.

»Grüß dich, Bürgermeister! Hier ist ein schreckliches Verbrechen geschehen, die Eheleute Lallinger sind auf grausame Art und Weise ermordet worden.«

»Ich grüße dich auch. Das habe ich bereits erfahren, berichte mir die Einzelheiten. Ich kannte die beiden gut, wir waren Nachbarn und haben oft zusammen gesessen. Ich kann es gar nicht glauben, schon wieder zwei Ermordete und das, nachdem wir im Frühjahr dachten, nach der Hinrichtung des Kindermörders würde Ruhe einkehren.«

»Nein, es sind nicht zwei Ermordete, sondern drei.«

»Warum drei?« Der Bürgermeister blickte ihn entsetzt an.

»Wir haben auch die Magd Kathrein erschlagen in ihrer Bettstatt gefunden.«

»Du erzählst mir jetzt alles langsam, in Ruhe und der Reihe nach.«

»Also, oben unter dem Dach haben die Eheleute ihr Schlafgemach. Sie schliefen vermutlich, als man sie getötet hat. Der Frau und dem Mann wurden die Kehlen durchgeschnitten. Dem Lallinger haben die Verbrecher außerdem noch ins Herz gestochen.«

»Die Verbrecher, du meinst, es waren mehrere?«

»Also, ich glaube es, aber ich weiß es nicht.«
»Gut, berichte weiter: Was war mit der Magd?«
»Sie hat ihre Bettstatt in einem Verschlag neben der Küche. Das ist gleich da hinten.« Der Büttel zeigte mit der Hand auf eine Tür im rückwärtigen Teil des Raumes. »Da liegt das Mädchen. Es schaut ganz so aus, als ob sie sich erst an ihr vergangen und dann erschlagen haben.«
»Wie kommst du darauf?«
»Ja, weil ihr ganzer Kopf blutig ist und der Schädel ein Loch hat.«
»Nein, ich meine, dass jemand sich an ihr vergangen hat.«
»Ach so, weil sie untenherum ganz nackt ist und so komisch daliegt.«
»Was hast du sonst noch zu berichten?«
»Unten im Kellergewölbe hat jemand gegraben. Ob das die Mörder waren, kann ich natürlich nicht sagen.«
Simon musterte den Büttel. »Am besten, du zeigst mir die Toten und das Loch im Keller.«

Gerade als sie sich auf den Weg machen wollten, wurde die Tür aufgerissen und ein junger Mann stürzte herein. Der Posten vor dem Haus lief hinterher und versuchte ihn am Arm festzuhalten. »Halt! Halt, hier darf keiner hinein.«
»Jetzt, da er es schon einmal herein geschafft hat, wollen wir uns auch anhören, was er zu sagen hat«, befahl der Bürgermeister.
Der Eindringling war außer Atem und schrie: »Was ist geschehen? Die Leute erzählen, dass mein Oheim und meine Tante ermordet wurden. Das kann nicht sein. Ich glaube es nicht. Gestern haben wir noch einträchtig zusammengesessen und darüber gesprochen,

wie mein Vater und sein Bruder ihre Geschäfte noch enger zusammenschließen könnten. Der Oheim und die Muhme, das waren so herzensgute Menschen. Welcher Unhold konnte es nur fertigbringen, diesen lieben Menschen ein Leid zuzufügen?« Der junge Mann setzte sich und verbarg seinen Kopf in den Händen und schluchzte zum Steinerweichen.

»Beruhige dich erst einmal. Wer bist du eigentlich?«, erkundigte sich Chuntz Zellmeier und legte ihm beruhigend seine Hand auf die Schulter.

»Mein Name ist Korbinian Lallinger und ich bin der Brudersohn des Verblichenen. Es ist alles so furchtbar.«

»Ich weiß, dass der Lallinger einen Bruder hat, aber dich habe ich leider noch nicht kennengelernt.«

»Mein Vater hat sein Geschäft in Schrobenhausen und meistens hat uns der Oheim dort besucht. Beide sind mir so lieb geworden, fast wie meine eigenen Eltern. Als Kind war ich oft, wenn mein Vater auf Reisen war, mit meiner Mutter bei euch in Aichach. Sie haben mich sehr verwöhnt, wie Ihr wisst, hat ihnen der Herrgott leider keine eigenen Kinder geschenkt.« Wieder fing Korbinian zu weinen an und dicke Tränen liefen über sein Gesicht.

»Sie waren sicher gute Christenmenschen und im Jenseits wird ein besseres Leben auf sie warten. Der ruchlose Mörder soll auf ewig im Fegefeuer schmoren«, versuchte der Bürgermeister den jungen Mann zu trösten.

»Hoffentlich findet ihr den Verbrecher schnell und führt ihn einer gerechten Strafe zu. Ich würde ihm selbst das Herz herausreißen, wenn ich könnte, oder die Fackel an seinen Scheiterhaufen legen. Es ist, als ob er mir meine leiblichen Eltern geraubt hätte. Ich würde.....«

»Habt Ihr während Eures Besuches hier im Haus gewohnt?«, unterbrach Chuntz Zellmeier seinen Redefluss.

»Ja, wo sonst?«

»Gut, dann geht jetzt in Eure Kammer und erholt Euch von dem Schicksalsschlag. Ich schicke nach jemandem, der sich Eurer annimmt. Wenn wir die Untersuchung abgeschlossen haben, wäre es gut, wenn Ihr Euch als einziger Verwandter hier in Aichach um die Bestattung der Toten kümmern könntest. Wir vom Rat der Stadt und auch unser Pfarrer Hanns Frankfurter werden Euch zur Seite stehen.« Damit schickte er den Trauernden hinaus.

Chuntz Zellmeier und Emmeran Wagner begaben sich anschließend in die Küche und von dort zu dem Verschlag, welcher der Magd als Schlafplatz diente. Jemand hatte den toten Körper mit einer alten Decke verhüllt. Der Büttel deckte die Leiche auf. Sie bot einen erbarmungswürdigen Anblick, über und über mit blauen Flecken und blutverkrusteten Schnitten übersät. Die gespreizten Beine und unnatürlich verdrehten anderen Gliedmaßen erschreckten die Betrachter. Die Beinkleider befanden sich zerknüllt neben dem Bettgestell. Das Hemdchen war zerrissen und hing ihr um die Schultern. Den Schädel bedeckte getrocknetes Blut und an der Schläfe war der Schädelknochen eingedrückt. Alle Farbe wich dem Bürgermeister aus dem Gesicht. Er presste sich die Hand vor den Mund, würgte und warf die Decke über den geschändeten Leichnam zurück. Jetzt entdeckte er in der Ecke des Verschlages eine tote, schwarze Katze neben der Leiche. Bei genauerem Hinsehen sah er, dass der Kadaver der Katze an ein aus dicken Zweigen gefertigtes Kreuz gebunden war. Sie glich in dieser erzwungenen

Körperhaltung dem ans Kreuz geschlagenen Heiland. *Welche Blasphemie!* Chuntz Zellmeier wurde noch ein Stückchen blasser.

»Was in Gottes Namen ist denn das?«, stotterte er.

»Das ist eine gekreuzigte, tote Katze«, antwortete Emmeran.

»Ich weiß, das sehe ich auch!«, knurrte der Bürgermeister seinen Büttel an. »Wie kommt die Katze hierher, das würde ich gerne wissen?«

»Wahrscheinlich hat sie der Mörder mitgebracht.«

»Wie kommst du darauf?« Chuntz Zellmeier wusste nicht so recht, was er von seinem Gegenüber halten sollte.

»Sie lag auf dem Bauch des Mädchens, als wir sie gefunden haben.«

»Warum hast du das denn nicht gleich erzählt?«

»Weil Ihr mich nicht danach gefragt habt.«

Fassungslos blickte der Bürgermeister zur Seite.

»Ich verstehe nicht, wie man so etwas tun kann. Es ist grauenhaft«, damit wandte sich das Stadtoberhaupt ab und schüttelte sich vor Abscheu. »Gehen wir nach oben, lass uns den Rest hinter uns bringen.«

Die beiden durchquerten erneut die geräumige Küche. Im Kontor kletterten sie die Stiege hinauf, wo sie das Schlafgemach der Eheleute betraten. Hier bot sich ihnen ein ähnlicher Anblick, zwei Leichen, die in ihrem Blut auf den Betten lagen. Lisbeth Lallinger starrte, auf dem Rücken liegend, mit weit aufgerissenem Mund und offenen Augen an die Decke. Ein langer Schnitt hatte ihre Kehle durchtrennt. Balthasar Lallinger saß nach vorne gekippt im Bett. Seine Kehle war ebenfalls aufgeschlitzt und zusätzlich entdeckten sie einen Stich in den Rücken, in der Gegend des Herzens. Das Nachtgewand wies einen riesigen, braunroten Fleck auf.

Die Blässe im Gesicht des Bürgermeisters wechselte langsam zu Zornesröte. »Wenn wir dieses Verbrecherpack in die Finger bekommen, werden sie die ganze Härte des Gesetzes zu spüren bekommen!«, tobte Chuntz Zellmeier.

»Dazu müssten wir sie erst einmal haben«, merkte der Büttel trocken an.

»Ja, das wird deine Aufgabe sein, dafür bist du Stadtbüttel geworden. Sieh mich nicht so ungläubig an!«

»Wie soll ich das denn machen? Ich habe keine Ahnung, wie ich herausfinden soll, wer die drei umgebracht hat!«

»Das kann doch nicht wahr sein! Dein Vorgänger, der uns leider im Frühjahr in Richtung Augsburg verlassen hat, bewies sehr viel Geschick bei der Suche nach den Kindsmördern. Von dir erwarte ich das auch!«

»Jawohl, Herr Bürgermeister!«, antwortete ihm kleinlaut Emmeran Wagner.

»So, und jetzt zeigst du mir die Stelle, an der angeblich gegraben worden ist.«

Sie suchten nun den Gewölbekeller unter dem Wohnhaus auf. Dort konnte ein großer Mann nur gebückt stehen. Es lag allerlei Gerümpel herum und einige, wahrscheinlich mit Salz gefüllte Fässer, hatte jemand zur Seite geräumt. Dazwischen lagen eine Schaufel, eine Spitzhacke und eine abgebrannte Fackel neben einem aufgeschütteten Sandhaufen. Die ausgehobene Grube war ungefähr zwei Fuß tief.

Chuntz Zellmeier wies mit der Hand zur Grube. »Fällt dir etwas auf?«

»Nein, was soll mir auffallen?«

»Es ist ein Elend mit dir. Unten in der Grube ist ein viereckiger Rand. Was könnte das gewesen sein?«

»Keine Ahnung. Ich weiß es nicht!«

»Da haben sie wahrscheinlich eine Kiste ausgegraben. Und was könnte es damit auf sich haben? Überleg mal!«

»Vielleicht wollte der Lallinger das Salz in die Kiste füllen und vergraben? Salz ist doch sehr wertvoll.«

»Ich glaube es nicht! Und dich habe ich zum Büttel gemacht! Da hat der Kaufmann wahrscheinlich Geld und Wertsachen vergraben, du klügster aller Stadtknechte.«

»Ja, wenn du es sagst.«

»Die Verbrecher haben die Hausbewohner umgebracht und dann ihr wertvollstes Hab und Gut geraubt. Woher haben sie gewusst, wo das Geld vergraben lag?«

»Das weiß ich nicht.«

»Wissen tue ich das auch nicht. Aber die Frage muss man sich doch stellen. Hat es dem Verbrecher jemand zugetragen? Gab es einen Verräter im Haus unter den Bediensteten? Oder haben sie die arme Kathrein gefoltert, um das Geheimnis zu ergründen? Das alles herauszufinden ist deine Aufgabe.«

»So so«, murmelte Emmeran Wagner.

»Hat jemand etwas von dem Verbrechen bemerkt? Es wird ja nicht ganz ohne Lärm und verdächtiges Licht geschehen sein.«

»Hinten im Pferdestall sind die Schlafquartiere der Pferdeknechte und der Wachen, welche die Fuhrwerke des Kaufmanns Lallinger begleiten.«

»Genau, da siehst du dich als Erstes um.«

»Und wie soll ich mir all das merken, was die sagen?«

»Wenn du es dir nicht merken kannst, dann schreib es auf.« Der Bürgermeister war vollkommen entnervt.

»Ich kann aber nicht schreiben.«

»Dann nimmst du dir halt jemanden mit, der schreiben kann oder ein besseres Gedächtnis hat als du. Jetzt reicht es mir aber.«

»Jawohl, Herr Bürgermeister!«

»Und eins noch, kein Sterbenswörtchen, über die Einzelheiten hier im Haus, dringt nach draußen. Die drei sind umgebracht worden und das war es. Wir dürfen den Verbrechern durch eure Geschwätzigkeit keine Hinweise zukommen lassen. Das richtest du auch den anderen aus, sonst dreh ich euch den Hals um. Hast du mich verstanden?«

»Jawohl, Herr Bürgermeister!«

Chuntz Zellmeier ließ seinen Büttel stehen und verließ wutentbrannt das Haus. Die Menschenmenge war in der Zwischenzeit weiter angewachsen. Als die Bürger Chuntz Zellmeier erblickten, stürmten sie auf ihn ein.

»Bürgermeister, was ist da drin geschehen? Haben sie dem alten Lallinger wirklich die Gurgel durchgeschnitten? Los erzähl schon«, bedrängte ihn ein junger Mann. Der Bürgermeister glaubte, ihn schon mal gesehen zu haben – ein Schustergeselle, ein frecher Kerl und immer zum Streiten aufgelegt.

»Was fällt dir ein? Wie redest du eigentlich mit mir? Für dich bin ich immer noch der Herr Bürgermeister. Ich werde dir gleich den fehlenden Respekt beibringen.«

»Selbstverständlich Herr Bürgermeister, entschuldige bitte. Ich habe es nicht so gemeint.« Schnell verdrückte sich der Kerl in die hinteren Reihen.

Der Meister der Bäckerei, die sich gegenüber des Rathauses befand, sprach Chuntz Zellmeier ebenfalls an. »Müssen wir jetzt alle in Sorge um unser Leben und um unser Hab und Gut sein? Bürgermeister, du musst mehr tun, um unsere Bürger vor solchen Verbrechern zu schützen.«

»Wir dulden keine Untaten in dieser Stadt. Den Mörder werden wir zur Strecke bringen und alle Verbrecher werden zur Erkenntnis gelangen, dass es besser ist, einen großen Bogen um unsere Stadt zu machen.«

»Du kannst gut reden«, meldete sich ein älterer, grauhaariger Aichacher zu Wort. »Es treibt sich immer mehr Gesindel in unserer Stadt herum. In der oberen Vorstadt hat sich seit ein paar Tagen fahrendes Volk niedergelassen. Die lungern in den Gassen herum, lenken die Leute mit Kunststückchen ab und hinten herum schneiden sie einem die Geldkatze ab. Lasst uns das ganze Pack aus dem Land jagen, dann müssen wir auch keine Angst mehr um unseren bescheidenen Wohlstand haben.«

»Bis jetzt weiß kein Mensch, wer die Übeltäter waren. Unser Büttel und die Stadtknechte werden die Mordbuben finden, das könnt ihr mir glauben. Wir haben vor einigen Monaten doch auch die Kindermörder zur Strecke gebracht.«

Die Bürger waren aufgebracht und ließen sich kaum beruhigen. Langsam bahnte sich der Bürgermeister seinen Weg durch die Menge zum Rathaus.

4

Wenige Minuten von der oberen Vorstadt entfernt, zwischen der Straße nach Augsburg und der Paar, hatte eine Gruppe Gaukler und Musikanten ihr Lager aufgeschlagen. Ein bunt bemalter Wagen und zwei Zelte standen um ein offenes Feuer herum, über dem, an einem eisernen Dreibein, ein bauchiger, verbeulter Kessel hing. Die Zeltplanen aus grobem Leinen, welche mit Schaftalg wasserabweisend gemacht worden waren, hingen über einem niedrigen Holzgestell. Sie wurden durch Holzpflöcke an den Enden im Boden verankert und straff gespannt. Die Gruppe bestand aus vier Männern, drei Frauen und mehreren Kindern. Sie trugen bunte Kleider und eilten geschäftig in dem kleinen Lager hin und her. Der Abstand zu den ersten Hütten der Vorstadt betrug mehrere hundert Fuß und der Fluss war auch noch ein gutes Stück entfernt. Ein klappriges Pferd weidete angepflockt hinter dem Lager.

Afra ließ sich zuerst auf einem Holzblock nahe des Feuers nieder. Die gewellten, dunkelbraunen Haare versteckte sie unter einem rotbraunen Kopftuch, aus dem vorne eine Strähne hervorlugte. In den Ärmeln des dunkelroten, aus grob gesponnener Wolle gewebten Kleides versteckte sie ihre Hände vor der Kälte. Sie kannte ihr genaues Alter nicht, aber sie vermutete, dass sie das 30. Lebensjahr bereits überschritten hatte. Obwohl Afra ihr ganzes Leben unter dem fahrenden Volk verbracht hatte, sah man ihr das fortgeschrittene Alter nicht an. Langsam gesellten sich auch die anderen hinzu. Die Kinder schleppten noch mehrere Stücke Schwemmholz vom Flussufer zum Feuer.

»Die Nächte sind bereits sehr frisch und wir haben immer noch kein Winterquartier gefunden. Im Wagen und den Zelten ist nicht genug Platz für uns alle und draußen ist es nicht mehr auszuhalten. Mich quält ein schreckliches Reißen in den Fingern. Wenn ich nicht mehr warm werde, wie soll ich dann noch die Instrumente spielen?«, klagte Afra.

Marcus, der Anführer der Gruppe, fühlte sich angesprochen. »Wir haben in diesem Jahr mit unserer Kunst nicht genug Geld eingenommen. Ihr müsst noch einige Zeit ausharren, bevor wir uns einen Unterschlupf bei einem Bauern suchen können. Das Ersparte reicht hinten und vorne nicht, um damit über den Winter zu kommen. Deshalb müssen wir weiter herumziehen und die Beschwernisse auf uns nehmen, ob es uns nun gefällt oder nicht.«

Eine zweite Frau, Gesa, setzte sich zu Afra und legte ihr den Arm um die Schultern.

Gesa sprach nicht aus, was sie dachte: *»Mir geht es doch ebenso. Ich leide auch unter der Kälte. Wenn wir alle im Wagen oder den Zelten einen Platz gefunden haben, ist dort kein Platz mehr für unsere Instrumente. Die sind dann dem Regen ausgesetzt, verrotten oder werden uns des Nachts gestohlen. Dann haben wir alles verloren. Sie sind außer dem Pferd das wertvollste, was wir besitzen.«*

»Was können wir bloß tun?«, jammerte Afra und zwei Tränen kullerten über ihre Wangen.

»Vielleicht wäre es besser, wenn wir uns kein Winterquartier auf dem Land suchen, sondern in einer großen Stadt«, schlug Gesa vor.

»Wie meinst du das?«, wollte Marcus wissen.

»Ich denke, wir finden in den Vorstädten ein Quartier, wo wir auch unseren Wagen und das Pferd den Winter über unterstellen können.«

»Es reicht doch nicht einmal für das Überleben im Stall eines Bauern, wie sollen wir dann in der Stadt über die Runden kommen? Wie stellst du dir das denn vor?«

»Wenn wir in einer großen Stadt, möglicherweise in Augsburg, die kalte Jahreszeit verbringen, dann könnten wir doch weiter auftreten. Wir spielen in den Gasthäusern auf und an warmen Tagen bieten wir unsere Kunst auf den Marktplätzen dar. Dann können wir auch in der kalten Zeit unseren Lebensunterhalt aufbessern.«

Die anderen starrten Gesa ungläubig an. Marcus erwiderte: »Auf so einen Gedanken bin ich noch nicht gekommen. Aber das kann unsere Rettung sein. Was meint ihr? Wollen wir es so versuchen, wie es Gesa vorgeschlagen hat?«

»Juchhu, wir fahren in die Stadt, wir bleiben im Winter in der Stadt«, sang Maria, Gesas kleine Tochter, mit lauter Stimme. Sie mochte vier oder fünf Jahre alt sein, trug ein graues, sackartiges Kleidchen, das mit einem Strick um die Hüften zusammengebunden war. Darunter lugten die dürren Beine heraus, die kein Schuhwerk kannten und von einer dicken Lehmkruste bedeckt waren. Ihr Gesicht starrte vor Schmutz und umrahmt von langen Haaren, die vermutlich blond waren, blitzten zwei hellblaue Augen. »Ich freu mich so auf die große Stadt. Dann gibt es jeden Tag ausreichend zu essen. Dort gibt es so viel Aufregendes zu sehen. Nicht so wie im letzten Winter, als wir Bett und Essen im Schweinestall mit den stinkenden und grunzenden Rüsseltieren teilen mussten.«

Die übrigen Gaukler hatten sich nun ebenfalls am Feuer versammelt und stimmten dem Vorschlag freudig zu, sich diesmal ein Winterquartier nahe der Stadt zu suchen.

»Wo wollen wir bleiben?«, fragte Urs, der Älteste der Gruppe. Sein schütteres, graues Haar fiel ihm auf die Schultern. Er gab den Spaßmacher in der Gruppe, der auch ein paar kleine Zauberkunststücke beherrschte. Seit vielen Jahren zog er an der Seite Afras, seiner Ehefrau, durch die Lande. Früher beherrschte er den Tanz auf dem Seil wie kein anderer, aber schon vor Jahren hatte es ein Ende damit. Er erlitt bei einem Sturz schwerste Verletzungen und war danach in seinen Bewegungen stark gehindert. »Aber sicher nicht in dieser unfreundlichen Stadt. Die Leute hier sind geizig und sitzen auf ihrem Geld. Statt ein paar kleinen Münzen ernteten wir häufig nur Hohn und Spott, manchmal haben sie uns sogar bedroht. Gassenjungen bewarfen uns mit Steinen und Unrat.«

Afra ergänzte: »Mir haben sie einen Pfaffen auf den Hals gehetzt, als ich einer alten Bäuerin aus der Hand lesen wollte. Ich sei im Bunde mit dem Teufel und der Hexerei hat er mich bezichtigt. Anschließend vertrieb er mich mit Fußtritten. Ich habe hier kein gutes Gefühl, lasst uns so schnell wie möglich verschwinden.« Kaum hörbar fügte sie hinzu. »Gestern Nacht quälte mich ein düsterer Traum. Ich sah eine schwarze Katze, die auf einer toten Jungfrau lag. Das bedeutet nichts Gutes.«

»Wir sind immer gut damit gefahren, deinem Ratschlag zu folgen. Ich bin mir sicher, dass du das Gesicht hast...« Gesa beendete den Satz nicht, da Afras Antlitz jede Farbe verlor. Sie umklammerte den Unterarm der jungen Frau und presste diesen mit einer Kraft zusammen, die man ihr nicht zugetraut hätte.

»Schweig«, flüsterte Afra ängstlich, »sprich nie wieder darüber. Willst du uns alle auf den Scheiterhaufen bringen? Es ist heutzutage gefährlich, diese Kräfte zu besitzen und die Kunst auszuüben, den Menschen ihr Schicksal vorherzusagen. Bald wird uns auch diese Einnahmequelle fehlen. Mit der geistlichen und weltlichen Obrigkeit hier ist nicht zu spaßen.«

»Wir werden heute unsere Siebensachen packen und Morgen in aller Frühe aufbrechen«, ordnete Markus an. »Gesas Vorschlag wird uns, so Gott will, helfen den nächsten Winter unbeschadet zu überstehen. Wohin wollen wir weiterziehen? Nach Ingolstadt, nach München oder nach Augsburg?«

»Ingolstadt ist zu klein, in München führen der Herzog und die Pfaffen das Regiment – lasst uns nach

Augsburg gehen. Die Stadt ist groß. Dort haben die Bürger das Sagen und das Geld sitzt locker«, schlug Gesa vor. Die Übrigen nickten zustimmend. Damit stand ihre Entscheidung fest.

5

Am späten Nachmittag begab sich Chuntz Zellmeier zur Burg, um den herzoglichen Richter und Pfleger über die Vorgänge in der Stadt zu unterrichten.

»Grüß dich, Zellmeier! Ich habe gerade erfahren, dass sie den Lallinger und seine Frau umgebracht haben«, begrüßte der Richter den Hereingekommenen. »Du willst mir sicher darüber einen Bericht erstatten, was ihr bis jetzt herausgefunden habt.«

Der Bürgermeister befand sich im Amtsraum der Burg vor einem großen Eichentisch, auf dem zahlreiche Urkunden lagen. Mehrere schwere Holzstühle standen ungeordnet drum herum. Auf einem saß der Richter und blickte Chuntz erwartungsvoll an.

»Lieber Leonhard, frag mich doch erst mal, ob ich Platz nehmen möchte. Dann will ich dir gerne berichten, was vorgefallen ist.«

»Entschuldige diese Unaufmerksamkeit, mein Freund, das habe ich vor lauter Neugier ganz vergessen. Setz dich, egal wohin – und dann erzähle.«

Chuntz Zellmeier zog sich den am nächsten stehenden Stuhl heran und nahm darauf Platz.

»Danke Leonhard! Leider fielen nicht nur die Eheleute Lallinger einem schrecklichen Verbrechen zum Opfer, sondern auch deren Dienstmagd Kathrein Hinteregger. Diese wurde zudem geschändet, bevor man sie tötete. Auf die missbrauchte Leiche hat der Verbrecher eine an ein Kreuz gebundene, tote Katze gelegt, eine Gotteslästerung schlimmster Art. Im Keller entdeckten wir außerdem eine frisch ausgehobene Grube. Dort hat jemand etwas ausgegraben. Wahrscheinlich versteckte der Kaufmann dort Geld und Wertsachen.«

»Das sieht sehr nach einem Ritualmord aus und bedeutet, dass wir wieder viel Freude mit unserem Herrn Pfarrer haben werden. Gibt es schon einen Verdächtigen?«

»Wie soll das gehen? Es hat sich niemand zu der Tat bekannt und vermutlich hat auch niemand etwas gesehen. Wir mussten in den letzten Jahren zur Genüge die Erfahrung machen, wie schwer es ist, einen Mörder seiner gerechten Strafe zuzuführen. Das ist dir doch auch klar! So ein Delikt ist etwas anderes als ein besoffener Bauer, der seine Frau erschlagen hat und mit dem blutigen Knüppel in der Hand heulend neben der Leiche steht.«

»Ich weiß. Aber dass jetzt schon wieder ein Mörder in unserer Stadt sein Unwesen treibt, lässt mir keine Ruhe. Es ist das zweite Mal in diesem Jahr, dass wir einen Verbrecher jagen und zum zweiten Mal finden wir dabei Hinweise auf gotteslästerliches Tun. Der Herzog wird von mir wissen wollen, was bei uns los ist. Bei uns in Aichach gibt es bald mehr Mord und Totschlag als in Augsburg oder Ingolstadt.«

»Gott sei Dank sind im Frühjahr die beiden Kinder des Simon Schenk wieder aufgetaucht, nachdem sie ein paar Stunden verschwunden waren. Wir glaubten damals alle schon, die schrecklichen Kindermorde hätte eine Fortsetzung gefunden.«

»Da hast du Recht, Leonard. Der Schreck sitzt mir heute noch in den Knochen. Nachdem sie der verwirrte Schankknecht vom Ochsenbräu am Unteren Tor in einen verlassenen Stadel gelockt hat, konnten sie, Gott sei Dank, irgendwann davonlaufen.«

»Bestrafen musste ich ihn nicht. Ein paar Bürger haben ihn gestellt und furchtbar verprügelt. Danach ist er weggelaufen und blieb bis heute verschwunden.«

»Die Geschichte ist erfreulicherweise glimpflich ausgegangen. Nun lass uns wieder zum Mord im Haus der Lallinger zurückkehren, was schlägst du vor? Was sollen wir in diesem Fall tun?«

»Das muss ich dich fragen. Was willst du dagegen tun? Ich richte die Spitzbuben und du fängst sie. So läuft das. Also was schlägst du vor?«

»So einfach kannst du es dir nicht machen, denn du bist nicht nur Richter, sondern auch der Vertreter des Herzogs in unserer Stadt.«

»Trotzdem, was unternehmt ihr, um den Verbrecher zu überführen?«

»Eigentlich muss sich unser neuer Stadtbüttel Emmeran Wagner darum kümmern. Als ich ihm vor einem halben Jahr diese Aufgabe anvertraut habe, machte er auf mich einen ganz vernünftigen Eindruck. Aber bis zum heutigen Tag gelang es ihm nicht, mich von seinen Fähigkeiten zu überzeugen. Ich glaube ehrlich gesagt nicht, dass er dieser Aufgabe gewachsen ist. Als der Büttel mir den Ort des Verbrechens zeigte, redete er nur dummes Zeug. Ich vermute, dass er uns nicht auf die Spur des Mörders führen wird.«

»Wie ihr es anstellt, ist mir egal. Wir müssen den Verbrecher so schnell wie möglich überführen. Das erwartet unser Herzog von mir und ich von dir und deinen Leuten.«

Der Bürgermeister zuckte ratlos mit den Schultern. »Wie du dir das nur so vorstellst. Wir werden unser Möglichstes tun, aber versprechen kann ich dir nichts.«

»Im Frühjahr hat uns doch der Bader Simon Schenk geholfen. Warum bittest du ihn nicht, uns erneut behilflich zu sein? Das letzte Mal hat ihm das doch auch ein erkleckliches Sümmchen eingebracht. Du kannst ihm diesmal ebenfalls eine Belohnung versprechen.«

»Ich kann es versuchen, aber ich glaube nicht, dass er für uns noch einmal die Kastanien aus dem Feuer holt. Er musste seiner Frau versprechen, nie wieder etwas anderes zu tun, als den Aufgaben eines Baders nachzukommen. Und – seine Frau hat ihm ziemlich zugesetzt. Trotzdem will ich mit ihm sprechen. Auch ich glaube, dass dies ein vernünftiger Weg wäre, den Fall zu lösen.«

Die Tür sprang auf und mit lautem Getöse und hochrotem Kopf stürmte der Pfarrer Hanns Frankfurter in den Saal. Zwei Knechte versuchten, ihn aufzuhalten, aber der Geistliche war nicht zu bremsen. Chuntz Zellmeier verdrehte die Augen. *»Nicht der schon wieder«*, dachte er.

»Gelobt sei Jesus Christus«, grüßte der Neuankömmling.

»In Ewigkeit – Amen«, murmelten die beiden anderen.

»Was verschafft mir die Ehre deines überraschenden Besuches?«, fragte ihn der Richter.

»Ihr Heuchler wisst genau, warum ich hier bin!«, schimpfte der Stadtpfarrer.

»Wir können es uns denken, aber wissen tun wir es nicht«, entgegnete der Bürgermeister.

»Dann sagt mir doch, was ihr so denkt«, höhnte der Vertreter der Kirche.

»Jemand hat heute ein paar Münzen aus deinem Opferstock gestohlen?«, vermutete Chuntz Zellmeier.

Pfarrer Frankfurter blickte ihn überrascht an, dann wurde sein Haupt noch ein klein wenig röter. »Und, auf den Arm nehmen lasse ich mich von euch schon gar nicht. Ich habe von den neuerlichen Morden erfahren, deshalb bin ich hier.«

»Ja, das ist alles sehr tragisch, nicht wahr«, erwiderte der Richter. »Du solltest sogleich eine Messe für die armen Seelen lesen lassen.«

Der hagere Geistliche, angetan mit einer schwarzen Soutane, drohte zu platzen. »Meine Fürsorge gilt nicht nur dem Seelenheil der Ermordeten, sondern es geht mir um das Wohl und Wehe meiner gesamten Gemeinde in dieser Stadt. Mord und Totschlag verunsichern die Gläubigen. Dazu kommt auch noch, dass lichtscheues Gesindel die Straßen unsicher macht. Wahrsager und Kartenleger gehen ihren teuflischen Künsten nach und ihr habt nichts Besseres zu tun, als euren Spott mit mir zu treiben?«

»Komm, Herr Vikar, reg dich wieder ab. Wir beraten gerade, wie wir dem Täter habhaft werden können«, versuchte der Richter den aufgebrachten Geistlichen zu beruhigen.

»Da braucht ihr gar nicht lange zu überlegen. Es ist fahrendes Volk in der Stadt, die unsere Bürger mit ihrem unverschämten und aufdringlichen Verhalten belästigen. Sperrt sie ein und nehmt sie euch einmal richtig zur Brust, dann werdet ihr den Mörder schnell gefunden haben«, fauchte Hanns Frankfurter.

»Lieber Herr Vikar, wir sind für die weltlichen Angelegenheiten der Stadt zuständig und du für das Seelenheil. Also misch dich nicht ein. Es wäre nicht das erste Mal, dass du dich irrst. Natürlich werden wir die Gaukler, die außerhalb des Oberen Tores an der Paar lagern, einer Befragung unterziehen«, erwiderte der Bürgermeister.

»Zuerst einmal, ich bin seit dem Ende des Sommers Pfarrer dieser Stadt. Also, verkneift euch diese Respektlosigkeit und nennt mich nie wieder Vikar, wenn ihr unsere Freundschaft nicht aufs Spiel setzen wollt. Zum anderen, ich bin nicht nur für das Seelenheil da, sondern habe auch darauf zu achten, dass unsere Gläubigen vor verderbten Einflüssen geschützt werden und ein Leben, entsprechend den Lehren unserer Mutter Kirche, führen. Dass du nur daran denkst, wie du den Wohlstand der Stadt mehren kannst, ist mir wohl bekannt, Bürgermeister.« Der Geistliche war immer noch äußerst ungehalten.

»Hanns, lieber Herr Pfarrer, entschuldige bitte! Wir haben uns an deine Beförderung noch nicht gewöhnt. Lass uns den Streit beenden. Wir streben alle danach, dass die Verbrecher ihrer gerechten Strafe zugeführt werden. Bis jetzt ist es uns auch immer gelungen und das wird diesmal auch nicht anders sein.« Der Richter und Vertreter des Herzogs in der Stadt beendete die Auseinandersetzung. »Bürgermeister, du weißt, was du zu tun hast. Also mach dich an die Arbeit. Und mit dir, lieber Hanns, habe ich auch noch einiges zu besprechen. Ich würde mich freuen, wenn ihr morgen nach Einbruch der Dunkelheit zu mir kommt. Ich lade euch ein, mit mir ein paar Happen zu essen und einige Schoppen Wein zu trinken. Ich habe ein Fässchen roten Wein aus den Weinbergen unseres Herzogs an der Donau erhalten.«

6

Der Bürgermeister begab sich auf den Weg zum Haus des Baders Simon Schenk. An diesem späten Herbstnachmittag ergossen sich die letzten Sonnenstrahlen über die Stadt. Am Haus des Baders angekommen, pochte er kurz an die hölzerne Tür und öffnete sie, ohne eine Antwort abzuwarten. Gebückt betrat er die Baderstube. Simon Schenk blickte überrascht zu dem Hereingetretenen auf.

»Grüß dich, Herr Bürgermeister, was treibt dich denn hier her?«

»Ja, ich muss mir endlich mal wieder die Haare und den Bart stutzen lassen. Außerdem habe ich mit dir noch etwas zu bereden.«

Misstrauisch beäugte Barbara Schenk, die gerade einen Stapel frischgewaschener Tücher hereinbrachte, Chuntz Zellmeier. »Was willst du von meinem Mann? Was Gescheites wird es schon nicht sein?«

»Barbara, lass den Herrn Bürgermeister in Ruhe. Was wir zu besprechen haben, ist Männersache und außerdem ist er einer unserer besten Kunden.«

»Ja, eure Männersachen kenn ich schon. Ich bin doch nicht blöd. Den Lallinger und seine Frau haben sie umgebracht, der verehrte Herr Bürgermeister«, der Ton hatte einen leicht verächtlichen und respektlosen Klang, »will dich wieder beschwatzen, seine Verbrecher zu jagen.«

»Frau, jetzt bist du aber still. Du beleidigst unseren Besucher. Der Herr Bürgermeister hat doch noch gar nicht gesagt, was er mit mir zu bereden hat. Und merke dir, wenn die Stadt bedroht ist, muss jeder Bürger seinen Pflichten nachkommen. Schweig jetzt!« Barbara murmelte noch Unverständliches und sah die beiden finster an.

Mit einer weit ausladenden Bewegung bot der Bader dem Stadtoberhaupt an, auf einem Schemel Platz zu nehmen. Er band ihm ein großes, blaues Leinentuch um und fragte dann: »Wie hättest du das Haar heute gerne geschnitten, ganz kurz oder nur die Spitzen?«

»Wie das letzte Mal bitte und den Bart ebenfalls. Wir sollten uns dabei in aller Ruhe unterhalten.«

Barbara wich nicht von ihrer Seite. »Hast du nichts im Haus zu tun?«, fuhr Simon seine Frau an.

»Nein, ich rühr mich nicht von der Stelle. Ich will wissen, was ihr beiden da ausheckt«, antwortete sie im selben unfreundlichen Ton. »Das letzte Mal war mein Mann wochenlang von der Familie getrennt. Ich musste mich um Heim und Herd alleine kümmern und das Geschäft lag darnieder.«

Nun wurde Chuntz Zellmeier auch langsam ungehalten. »Baderin, lass es gut sein. Du übertreibst, dein Ehemann war nicht Wochen, sondern nur einige Tage von dir und den Kindern getrennt. Außerdem haben wir euch den Verdienstausfall großzügig ersetzt und noch eine ordentliche Belohnung obendrauf gepackt. Wie man sehen kann, läuft euer Geschäft auch viel besser, seit Simon sich so große Verdienste um die Stadt erworben hat.«

Simon nahm die Schere und den Kamm und begann das Haar zurechtzustutzen. »Spann mich nicht länger auf die Folter, was willst du von mir?«

»Wie deine Frau schon vermutet hat, geht es um die Morde im Haus des Kaufmanns Lallinger. Um es geradeheraus zu sagen, wir brauchen wieder deine Hilfe.«

Die Blicke der Baderin durchbohrten das Stadtoberhaupt, aber die beiden Männer ließen sich dadurch nicht beirren.

»Wozu das denn? Du hast doch einen Büttel, den Emmeran Wagner. Der ist für diese Aufgaben zuständig. Meinst du nicht, dass der ohne mich zurechtkommt? Ich habe hier im Laden wirklich genug zu tun.«

»Genau da liegt mein Problem. Ich habe auch gedacht, der kann es alleine schaffen. Aber der Wagner stellt sich so saudumm an, der wird den Mörder nie zur Strecke bringen. Ich habe schon mit unserem Richter gesprochen, dem fällt auch niemand anderes ein, der uns weiterhelfen könnte. Wie gut wäre es, wenn Ludwig Kroiß noch in der Stadt wäre! Es war ein Fehler, dass ich ihn im Frühjahr einfach gehen ließ.«

»Ich vermisse den Ludwig auch, aber ich glaube, du solltest deinem Büttel mehr zutrauen. Das ist wahrscheinlich der erste Mord, mit dem er es zu tun hat, da braucht er vielleicht etwas mehr Zeit als erfahrene Hasen«, versuchte Simon dem Bürgermeister seine Bedenken auszureden.

»Du kannst den Wagner gerne einmal kennenlernen, danach siehst du die ganze Sache so wie ich. Am besten, du kommst gleich mit mir zum Haus der Lallinger.«

»Die Haare darf ich dir aber noch zu Ende schneiden«, spottete der Bader, den die Abenteuerlust gepackt hatte.

»Genau das habe ich gewusst. Kaum hast du die Gelegenheit dazu, lässt du alles stehen und liegen und rennst irgendwelchen Verbrechern hinterher. Was wird aus uns? Was wird aus der Kundschaft? Wenn du mich nicht unglücklich machen kannst, bist du nicht zufrieden. Mach doch, was du willst, und lass mich und die Kinder wieder im Stich. Irgendwann schneidet dir einer von den Mördern die Kehle durch und dann bin ich Witwe und die Kinder Waisen.« Barbara standen die Tränen in den Augen und sie schnäuzte sich die Nase in den Ärmel ihrer Bluse. Simon nahm sie in den Arm, drückte sie an seine Schulter und versuchte sie zu trösten.

»Es ist schön, dass du mich verstehst und gehen lässt. Du siehst ja, die Stadt braucht mich.« Erbost stieß Barbara ihren Ehemann zur Seite, rannte aus dem Raum und warf die Tür mit lautem Knall ins Schloss. »Die Haare sind gestutzt, den Bart machen wir beim nächsten Mal. Von mir aus können wir los«, verkündete der Badermeister. Chuntz Zellmeier schüttelte den Kopf und verließ das Haus als Erster.

7

Die große Menschenmenge vor dem Anwesen der Lallinger hatte sich immer noch nicht zerstreut.

»Bürgermeister! Wann bringt ihr die Verbrecher endlich hinter Schloss und Riegel? Wir wollen ihn hängen sehen«, schrie ein bereits ziemlich betrunkener Schustergeselle. In der Menge entdeckten sie einige Händler, die gegen Bezahlung aus ziegenledernen Schläuchen eine klare Flüssigkeit ausschenkten - wahrscheinlich Branntwein. Die Verkäufer scherte es nicht, dass dies verboten war.

»Macht Platz und lasst uns durch!« Chuntz Zellmeier schubste sich den Weg frei und bahnte auch für den Bader eine Gasse. Vor dem Eingangstor hielt immer noch ein Stadtknecht Wache.

»Wo ist der Büttel?«, erkundigte sich der Bürgermeister.

»Er muss irgendwo da drinnen sein«, erwiderte der Knecht.

Sie betraten das Anwesen und begaben sich in die Geschäftsräume des Kaufmanns. Emmeran Wagner schlief in einem großen Lehnstuhl, in dem es sich der Hausherr zu Lebzeiten wohl bequem gemacht hatte. Er hielt die Augen geschlossen, der Kopf war nach hinten gefallen, sein Mund stand offen und er schnarchte laut.

Chuntz Zellmeier trat dem Schlafenden heftig gegen das Schienbein. »Was fällt dir eigentlich ein, du Tropf?

Meinst du, wir bezahlen dich dafür, dass du während des Dienstes ein Nickerchen machst?« Der Angesprochene sprang schlaftrunken auf die Füße und versuchte gerade zu stehen. »Draußen steht die halbe Stadt und ich muss mich beschimpfen lassen, weil wir den Mörder immer noch nicht gefasst haben. Derweil schläft unser Wächter über die Sicherheit und Ordnung in aller Seelenruhe. Das werde ich dir austreiben.« Damit versetzte er dem Gescholtenen einen heftigen Stoß in die Rippen. An Simon Schenk gewandt fuhr er fort: »Vielleicht verstehst du langsam, warum wir dich brauchen.« Damit wandte er sich wieder an den Büttel. »Was hast du bisher unternommen, um herauszufinden, wer die Leute hier im Haus umgebracht hat?«

»Äh, ich habe...«

»Ja, du hast geschlafen, aber was hast du außerdem unternommen?«

»Äh, ich habe.. Ich habe den Stadtknechten aufgetragen nach Verdächtigen Ausschau zu halten. Wenn sie jemand entdecken, sollen sie mir sofort Bericht erstatten.«

Der Bürgermeister verdrehte die Augen. »Welch geniale Ideen du hast! Da wird uns der Übeltäter sicherlich in Kürze ins Netz gehen.« Emmeran Wagner sah seinen Vorgesetzten misstrauisch an. »Hast du die Nachbarn befragt, ob sie etwas Verdächtiges beobachtet haben?« Der Büttel schüttelte den Kopf. »Hast du das Gesinde befragt, das hinten im Hof über den Stallungen sein Quartier hat?« Erneut schüttelte der Gefragte den Kopf. »Dann machst du dich sofort und ohne weitere Verzögerung an die Arbeit!«, brüllte der Bürgermeister, dessen Kopf zwischenzeitlich einen hochroten Farbton angenommen hatte.

»Da könnte ich doch als Erstes dich befragen, Bürgermeister. Du wohnst doch gleich neben dem Lallinger«, meinte Emmeran Wagner.

»Wenn du jetzt nicht augenblicklich verschwindest, drehe ich dir den Hals um«, fauchte Chuntz Zellmeier.

Simon Schenk konnte sich ein Grinsen nicht verkneifen. »Es wird schwierig für dich, den Mörder zur Strecke zu bringen. Wenn er sich nicht freiwillig stellt oder ihn jemand bei der Tat beobachtet hat, seh ich schwarz.«

»Jetzt weißt du auch, warum wir deine Hilfe brauchen. Als Ludwig Kroiß im Frühjahr seinen Dienst bei uns beendete, dachte ich, wir hätten einen fähigen Nachfolger gefunden. Aber dem ist leider nicht so. Ich würde Ludwig sofort wieder einstellen. Aber seit damals habe ich nichts mehr von ihm gehört.«

Simon dachte oft an seinen Freund, der sein Glück im Schwäbischen suchen wollte. Wie es ihm wohl jetzt ergehen würde, ob er in Augsburg seine Liebe gefunden hätte? Es gab keine Antwort auf seine Fragen. »Auch ich habe ihn aus den Augen verloren, zusammen mit ihm würde ich mich augenblicklich daran machen, dich zu unterstützen.«

»Wenn ich wüsste, wo er steckt, ließe ich ihn sofort holen. Aber wo sollte ich ihn suchen? Du musst es alleine versuchen. Wir ersetzen dir alle Auslagen, die dir dadurch entstehen, dass du deinen Geschäften nicht nachkommen kannst. Das letzte Mal hast du eine ordentliche Belohnung erhalten und auch diesmal werden wir uns nicht lumpen lassen.«

»Du musst aber auch meine Frau verstehen. Sie macht sich große Sorgen. Sie fürchtet sich alleine in unserem Haus und sie hat Angst um mich. Ihre Bedenken sind nicht von der Hand zu weisen: Was wird aus ihr, wenn ich beim Umgang mit Mördern und Verbrechern zu Schaden komme?«

»Dann wird die Stadt Aichach deiner Familie natürlich alle mögliche Hilfe zuteil werden lassen.«

»Sei mir bitte nicht böse, das glaubt meine Frau dir nicht und ich auch nicht. Lass es gut sein. Ich werde noch einmal mit Barbara sprechen und versuchen sie davon zu überzeugen, wie wichtig diese Aufgabe für die Stadt ist.«

»Ich danke dir. Lass uns als Erstes durch das Haus gehen, damit du alles genau in Augenschein nehmen kannst. Vielleicht bemerkst du etwas, was uns weiterhilft.«

Zuerst betraten sie die Küche und begaben sich zu dem Verschlag, in dem immer noch die Leiche der Magd Kathrein Hinteregger lag. Simon sah, dass sie missbraucht und ihr der Schädel eingeschlagen wurde. Die gekreuzigte Katze hatte jemand in die Ecke geworfen.

»Wir brauchen mehr Licht! Es ist zu dunkel und um irgendwelche Spuren zu finden, müssen wir etwas sehen können«, erklärte Simon. Der Bürgermeister riss das Fenster der Küche weit auf und begab sich dann in das Kontor des Kaufmanns. Von dort kehrte er mit zwei Unschlitlampen zurück. Mittels eines hölzernen Spanes, den er an der Restglut des Küchenfeuers zum Brennen brachte, entzündete er die Lichter. Nun beleuchteten diese die grausam zugerichtete Leiche des Mädchens. Der Bader untersuchte sie langsam und gründlich. Er drehte sie um, versuchte die Hände hochzuziehen, um sie zu betrachten. Das gestaltete sich schwierig, da die Leichenstarre bereits eingesetzt hatte. Schließlich wandte er sich an den Bürgermeister.

»Dieses Tier von einem Verbrecher hat das arme Mädchen schlimm zugerichtet, bevor er es ermordete, aber sie hat sich gewehrt.«

»Woher willst du das denn wissen?«, erkundigte sich Chuntz Zellmeier.

»Zum einen an den Spuren im Staub, zum anderen sind mehrere Fingernägel des Opfers abgebrochen. Wenn du genau hinschaust, siehst du, dass sich unter ihren Nägeln nicht nur Schmutz befindet, sondern auch Reste von Haut und zwei schwarze, glatte und kräftige Haare. Das bedeutet, dass der Verbrecher vermutlich schwarze, schulterlanges Haar besitzt und mit Sicherheit irgendwo am Körper blutig gekratzt ist.«

»Du machst mich sprachlos, das hätte ich dir nie zugetraut. Aus dem Wenigen kannst du so viel herauslesen – unglaublich.«

»Das ist nicht so schwer, du musst nur versuchen das Wenige zu einem Bild zusammenzufügen, und dazu musst du deinen Verstand benutzen. Komm, lass uns die anderen Räume ansehen und nimm das Licht mit.«

»Oh, wie bin ich mit meinem Büttel gestraft! Willst du nicht dessen Stelle annehmen?«

»Gerade hast du mich wegen meines Verstandes gelobt und einen Moment später stellst du ihn schon auf die Probe.«

»Es war nur ein Scherz. Lass uns weitermachen.«

Als Nächstes nahmen sie das Schlafgemach der Lallinger unter die Lupe. Erneut rissen sie zuerst das Fenster auf, um das Tageslicht und frische Luft herein zu lassen. Anschließend stellten sie die Talglampen in die dunklen Ecken. Simon untersuchte auch hier zuerst die Leichen der beiden Getöteten. Obwohl es im

Herbst nachts bereits sehr kalt wurde, blieb es in diesem Raum, direkt unter dem Dach, tagsüber recht warm. Infolge dessen rochen die Toten bereits unangenehm und Scharen von Fliegen krochen auf den Leichen herum. Sie hatten dort bereits ihre Eier abgelegt. Chuntz Zellmeier schüttelte sich vor Grausen als er dies erkannte. Der Bader hingegen hatte sich ein feuchtes Tuch vor Nase und Mund gebunden und untersuchte die Leichen ebenso gründlich, wie vorher die der Magd. Danach inspizierte er die Kammer.

»Ich verstehe nicht, wie du bei deiner Untersuchung so ruhig bleiben kannst. Mir ist schlecht und gleich muss ich kotzen«, wunderte sich der bleich gewordene Bürgermeister.

»Schön sieht das alles nicht aus, da gebe ich dir Recht. Aber was bleibt mir denn anderes übrig? Und es gibt Schlimmeres! Ich habe dir doch erzählt, dass ich als Feldscher während des Bayrischen Krieges im Heer des Ingolstädter Herzogs gedient habe. Du kannst mir glauben, gegen das, was ich da gesehen habe, ist dies hier ein Kinderspiel.«

»Bist du jetzt fertig? Dann kann ich anordnen, dass die Toten gewaschen und aufgebahrt werden können. Es ist eine Schande, dass den beiden durch den heimtückischen Mord die Sakramente der Buße und der Eucharistie versagt geblieben sind. Was hast du denn hier herausgefunden?«

»Die beiden sind im Schlaf überrascht worden. Die Frau merkte vermutlich gar nichts. Sie wurde als Erstes getötet. Der Lallinger ist davon wahrscheinlich aufgewacht. Dann wurde ihm die Kehle durchgeschnitten und anschließend ein Dolch von hinten direkt ins Herz gestoßen.«

»Und das willst du alles wissen, obwohl du gar nicht dabei warst?«

Simon tippte sich an die Stirn. »Hier muss man es haben. Ehrlich gesagt, ich weiß es nicht, sondern ich schließe es aus den Umständen, die wir hier vorgefunden haben. Eine Sache ist mir allerdings noch aufgefallen. Dort in der Wand wurde etwas herausgebrochen.« Beide sahen zu einer Stelle im Fachwerk neben dem Giebelfenster. »Beleuchte einmal genau diese Stelle.«

Der Bürgermeister kam mit einem der Talglichter. »Ja, jetzt sehe ich es auch. Was könnte hier geschehen sein? Vielleicht hat es doch einen Kampf gegeben und etwas ist dagegen geflogen.«

»Das glaube ich nicht«, antwortete Simon.

Beide musterten die hohle Stelle in der Wand zwischen dem Ständer und der oberen Strebe des Fachwerks. Im Bereich der Verbindung war ein Stück Lehmputz herausgebrochen, der zerbröselt am Boden lag. Dahinter entdeckten sie ein Loch im mit Lehm verschmierten Weidengeflecht. Chuntz Zellmeier leuchtete in die Öffnung, konnte aber nichts erkennen. Nun griff der Bader in das Loch und tastete vorsichtig darin herum. Er stockte, fingerte im Gemäuer und zog schließlich zwischen Zeige- und Mittelfinger einen Fetzen Papier hervor.

»Was ist das?«, rätselte der Bader. Verwundert betrachteten beide das Fundstück.

»Es hing an einer Spitze im Geflecht, ganz hinten im Loch. Es scheint von irgendetwas abgerissen zu sein«, antwortete Simon.

»Da stehen merkwürdige Zeichen drauf. Ich kann sie nicht entziffern.«

»Ich versteh es auch nicht, denn ich kann nicht lesen«, musste Simon eingestehen.

»Das könnte wichtig sein, deshalb nehmen wir es mit. Das Loch in der Wand war sicher noch nicht da,

als der Lallinger zu Bett gegangen ist. Vermutlich schlug es der Mörder in die Wand.«
»Siehst du, Bürgermeister. Es klappt ja schon ganz gut mit dem logischen Denken. Wenn ich mich so umschaue, scheint es, dass wir alles von Bedeutung gefunden haben. Lass uns ins Gewölbe gehen.«

Im Gewölbekeller betrachteten sie ein großes Loch und einen Berg aufgeschütteten Sandes. Ein viereckiger, etwa eine Elle langer und eine halbe Elle tiefer Abdruck zeichnete sich am Boden der Grube ab. Das ausgegrabene Behältnis war verschwunden, wahrscheinlich handelte es sich um eine Kiste. Im Sand fanden sich zahlreiche Fußspuren und daneben lag eine hölzerne Schaufel.

Nachdem Simon auch hier alles ausführlich untersucht hatte, verkündete er: »Ich glaube, wir haben jetzt alles Wichtige gesehen, wir können das Anwesen verlassen. Ich lasse mir das alles in Ruhe noch einmal durch den Kopf gehen und gebe dir morgen Bescheid, ob ich mich an der Aufklärung dieses Mordfalles beteilige oder nicht..«

»Ich hätte es besser gefunden, wenn du dich heute schon entscheiden könntest. Aber wenn du noch Bedenkzeit brauchst, dann will ich sie dir gerne gewähren.«

»Du bist aber gnädig zu mir. Dann hab´ dich wohl«, spottete Simon.

»Halt, warte! Eine Frage habe ich noch, hast du auch hier im Gewölbe etwas Auffälliges bemerkt?«

»Ja, das habe ich. Hier hat nur einer gegraben. Man findet im Sand zwar viele, große Fußabdrücke, sie sind aber nur von einer Person, sicherlich einem Mann. Siehst du hier«, er deutete auf einen Abdruck. »Hier in der Mitte. Die rechte Sohle hat einen Riss von der Mitte bis hinauf zum Fußballen und ist fast durchgebrochen. Jeder rechte Fußabdruck zeigt dasselbe Muster. Deshalb kann es sich auch nur um eine Person gehandelt haben. Da die Eindrücke im losen Sand sehr tief sind, schließe ich, dass es sich um einen Mann handelt.«

Als sie in die oberen Räume zurückkehrten, trafen sie auf Korbinian Lallinger, der sein Zimmer verlassen hatte. Er schaute sich im Haus um. Simon blickte den Bürgermeister fragend an.

»Darf ich dir Korbinian, den Brudersohn des Kaufmanns Lallinger vorstellen? Er kommt aus Schrobenhausen und war bei seinem Oheim zu Besuch, als die schreckliche Tat geschah.«

Dem jungen Mann standen erneut Tränen in den Augen. »Ich habe versucht mich auszuruhen, aber mir erscheint immer wieder das Gesicht des lieben Oheims und seiner Frau vor Augen. Ich vermisse ihre gütigen Worte und ihr herzhaftes Lachen.« Schluchzend zog er sich wieder zurück.

»Der Junge wird nicht so schnell über diesen Schicksalsschlag hinwegkommen. Er ist kaum zu beruhigen«, merkte der Bürgermeister an.

Simon, der die Dinge nüchterner betrachtete, erkundigte sich. »Die Lallinger sind doch kinderlos? Erbt dann der Bruder aus Schrobenhausen alles oder vielleicht dessen Sohn?«

»Wie kann man nur so herzlos sein? Siehst du nicht wie der Junge leidet? Er denkt jetzt gerade ganz bestimmt nicht über solche Dinge nach.«

»Das mag dir alles herzlos erscheinen, aber früher oder später müssen wir ihm solche Fragen stellen.«

»Ich weiß nicht, wer das Vermögen erbt. Wenn sie es nicht der Kirche vermacht haben, wird es wohl dem Bruder zufallen.«

8

Simon kehrte zu seiner Familie zurück. Barbara saß am großen Tisch in der Wohnstube neben der Baderstube und sah ihn fragend an. Die Kinder spielten in der Gasse vor dem Haus. »Gehst du wieder auf Verbrecherjagd?«, erkundigte sie sich.

»Darüber müssen wir reden«, erwiderte er und nahm ebenfalls Platz.

»Du hast dich doch schon entschieden. Mir bleibt doch nichts anderes übrig, als mit deinem Entschluss zu leben. Soweit kenne ich dich.«

»Ich habe mir bis morgen Bedenkzeit erbeten und natürlich müssen wir die Entscheidung gemeinsam treffen.«

»Was möchtest du denn gerne tun?«, fragte sie.

»Ich glaube nicht, dass sie den Verbrecher alleine schnappen werden. Ich habe dem Bürgermeister erklärt, dass ich die Aufgabe nur dann übernehme, wenn auch du damit einverstanden bist. Sie werden uns alle Verdienstausfälle, die wir haben, ersetzen. Wenn ich einen Beitrag leiste und der Mörder erwischt wird, gibt es noch eine ordentliche Belohnung obendrauf. Das letzte Mal konnten wir uns über das erkleckliche Zubrot nicht beklagen. Vielleicht können wir auch einen zusätzlichen Gesellen einstellen, der uns zur Seite steht.«

»Sicher, wenn wir einen Gesellen haben, der die ganze Arbeit macht, dann bist du nur noch im Rathaus und die Stadt braucht keinen Büttel mehr. Wie ich und die Kinder über die Runden kommen sollen, wenn dir etwas geschieht, verrätst du mir sicherlich nicht? Die Gauner, mit denen du es bei der Verbrecherjagd zu tun bekommst, sind bestimmt viel harmloser als die Bürger, die zu uns ins Geschäft kommen.« Sie lachte verbittert. »In Gottes Namen tu, was du nicht lassen kannst. Du hast dich doch schon längst entschieden.«

Kurz vor Einbruch der Dunkelheit trafen der Richter Leonhard Sandizeller, der Bürgermeister Chuntz Zellmeier und der Vikar Hanns Frankfurter in der herzoglichen Burg zusammen. Sie ließen sich in einem großen Raum nieder, dessen Wände mit vom Rauch des offenen Kamins dunkel gewordenen Teppichen behängt waren. Für jeden stand um einen runden Tisch herum ein Lehnstuhl bereit. Auf mehreren Kissen konnten sie es sich bequem machen. Beleuchtet wurde die Runde von drei rußenden Fackeln, die in schmiedeeisernen Halterungen an der Wand steckten. Eine Magd stellte zwei Krüge auf den Tisch, einen mit Bier und den anderen mit rotem Wein gefüllt. Neben zwei Laib Brot, einem großen Messer stand eine Schüssel mit Fleischstücken vom Lamm und Schwein, die in einer sämigen, fetten Soße schwammen. Nachdem aufgetischt war, ließ die Magd die drei alleine.

»Es ist nun schon eine ganze Weile her, dass wir uns in dieser Runde zusammengefunden haben. In den letzten Monaten ist viel geschehen, und es gibt sicher eine Menge zu erzählen. Leider werden unsere Zusammenkünfte immer von Ereignissen überschattet, die die Sicherheit in unserer Stadt gefährden. Ich hoffe, dass wir dieses Mal unseren Bürgern gegenüber in Einigkeit auftreten.« Mit diesen Worten eröffnete der Gastgeber den Abend.

»Schön gesprochen, lieber Leonard, aber die Geschehnisse betreffen nicht nur die Sicherheit in unserer Stadt, sondern auch das Seelenheil ihrer Bürger.« Der Pfarrer sprach ruhig, wurde aber zusehends lauter. »Ich habe den Eindruck ihr wollt die Dinge, die euch nicht in den Kram passen, unter den Teppich kehren. Haltet ihr mich eigentlich für einen Narren? Was denkt ihr, wie lange es dauert, bis mir eure Geheimnisse zugetragen werden? Es gibt genügend aufrichtige Christenmenschen in der Stadt, die mir stetig berichten.«

»Wie meinst du das? Ich versteh dich nicht«, erwiderte Chuntz Zellmeier.

»Du bist ein Heuchler, lieber Bürgermeister«, der Geistliche sprach wutentbrannt, mit zitternder Stimme.

»Reg dich nicht auf, das tut dir nicht gut«, ermahnte ihn Leonard Sandizeller, aber ohne Erfolg.

»Da soll ich mich nicht aufregen? Drei unschuldige Lämmer aus der Herde unseres Herrn sind auf das Brutalste aus unserer Mitte gerissen worden, und ich soll ruhig bleiben? Und was erfahre ich, bevor ich hierherkam?« Die beiden anderen blickten ihn erwartungsvoll an. »Es geschahen nicht nur drei Morde, sondern es wurden dabei auch teuflische Rituale zelebriert.«

»Oh, warum haben die verfluchten Knechte und der vermaledeite Büttel ihr Maul nicht halten können«, dachte der Bürgermeister.

Der Richter blickte zuerst den Vikar und dann Chuntz Zellmeier überrascht an.

»Ich verstehe das alles nicht. Was hast du mir verschwiegen, Chuntz?«, wollte der Richter von ihm wissen.

»Ich glaube, ich weiß, was Hanns meint. Aber ich habe dir nichts verschwiegen, sondern ich habe dem Umstand keine große Bedeutung geschenkt.«

Der Vertreter des Herzogs verstand ihn nicht. »Du sprichst in Rätseln. Welchem Umstand? Ich weiß nicht, wovon du redest. Raus mit der Sprache!« Hanns Frankfurter nickte zustimmend.

»Also, wie soll ich es sagen? Ich glaube Hanns spricht von der Katze, die wir neben der Leiche des Mädchens gefunden haben.«

»Genau von der spreche ich, aber es war doch mehr als nur einfach ein süßes Kätzchen, das in der Küche herum gestromert ist.«

»Lass mich doch ausreden. Die schwarze Katze lebte nicht mehr und war an ein aus Haselnussruten gefertigtes Kreuz gebunden.«

»So, und das hältst du für unwichtig?«, ereiferte sich der Geistliche.

»Das sehe ich aber ebenso wie Hanns.«

»Ich denke nicht, dass die Gründe für den Mord mit der Katze zu tun haben. Der Verbrecher scheint im Kellergewölbe und in der Schlafkammer der Lallinger Münzen oder Wertsachen geraubt zu haben. An dem jungen Ding hat er seine niederen Gelüste befriedigt, bevor er sie grausam erschlagen hat. Die Katze benutzte er möglicherweise dafür, uns auf eine falsche Fährte zu locken. Deshalb sollten wir der Katze nicht zu viel Aufmerksamkeit schenken.«

»So mag es dir erscheinen. Aber in unserer Stadt treiben sich genug Subjekte herum, die dem Aberglauben frönen und ketzerische Taten begehen. Man kann die Tat auch aus einem anderen Blickwinkel betrachten. Der Verbrecher verging sich an der Kathrein Hinteregger, benutzte sie für seine satanischen Rituale, verstümmelte den schönen Körper dieser katholischen Jungfrau, bevor er sie ermordete. Im Anschluss tötete er die Eheleute Lallinger und raubte sie aus. Das ist meine Überzeugung.«

Der Richter versuchte, die Auseinandersetzung zu schlichten. »Egal welches Motiv den Mörder antrieb, wir müssen die Untat so schnell wie möglich aufklären. Chuntz hat sicher schon alle Hebel in Bewegung gesetzt. Der Büttel und seine Stadtknechte sind dem Täter bestimmt schon auf der Spur. Wenn wir ihn gefasst haben, werden wir schnell herausfinden, was ihn zu seiner Tat trieb. Ich verurteile ihn dann entweder zum Tod am Galgen, wenn es ein normaler Mord war, oder er landet als Gotteslästerer auf dem Scheiterhaufen.«

»Ich muss leider zugeben, mein Büttel Emmeran Wagner scheint nicht im Besitz der Gaben zu sein, die man benötigt, um einen so vertrackten Fall lösen zu können. Deshalb habe ich mich erneut an den Bader Simon Schenk gewandt und ihn gebeten, uns zu unterstützen. Er war uns bereits früher bei der Suche nach Verbrechern behilflich. Darin besitzt er besonderes Geschick. Ihr könnt euch sicher noch daran erinnern. Er wird uns morgen Bescheid geben, was er zu tun gedenkt.«

»Vielleicht hast du ja auch noch einen Schusterjungen, der die Finanzen der Stadt verwaltet«, grummelte der Pfarrer vor sich hin und lauter fuhr er fort: »Sind wir jetzt schon von der Gnade eines Baders abhängig? Es geht auch einfacher. In den letzten Tagen treibt sich allerlei Gesindel in der Stadt herum. Denen würde ich zuerst auf den Zahn fühlen. Sie stellen sich in schamverletzender Weise auf dem Marktplatz zur Schau und singen unzüchtige Lieder. Was jeden Bürger eigentlich noch misstrauischer machen müsste, sind ihre Taschenspielertricks und satanischen Verführungskünste. Aus den Linien der Hand und den Karten lesen sie die Zukunft. Das ist Teufelswerk und Ketzerei. Sie spionieren unsere Bürger aus, berauben und erschlagen sie. Dann verschwinden sie so plötzlich, wie sie gekommen sind.«

»Auf die haben wir natürlich auch ein Auge geworfen. Aber solange wir keine Zeugen finden, die den Mörder gesehen haben und die Befragung der Nachbarn und des Gesindes keine Ergebnisse bringt, wird es schwierig. Es dauert dann seine Zeit, aber ich kann euch versichern, wir tun alles, was in unserer Macht steht, um den Mörder seiner gerechten Strafe zuzuführen«, versicherte der Bürgermeister.

»Das Fleisch ist kalt geworden und getrunken habt ihr auch noch nichts. Greift erst einmal richtig zu. Probiert einen guten Tropfen und danach unterhalten wir uns weiter«, lud sie der Richter ein. Ihr leibliches Wohl hatten die drei bei der Streiterei ganz vergessen und so griffen sie mit Appetit zu.

»In der großen Politik hat sich auch viel getan, seitdem wir das letzte Mal in gemütlicher Runde beisammen gesessen sind. Wie man aus Ingolstadt erfährt, sind der Herzog und sein Sohn in keiner Frage von Bedeutung mehr einer Meinung. Ludwig der Jüngere beteiligt sich an den Verhandlungen über einen Landfrieden für das gesamte Bayernland. Der Vater sieht das ganz anders. Wohin wird dieses Zerwürfnis unser Herzogtum führen? Zu mehr Frieden und Sicherheit auf den Straßen gewiss nicht«, nahm Chuntz Zellmeier das Gespräch wieder auf.

Der Pfarrer nickte zustimmend. »Zumindest in dieser Frage sind wir uns einig. Nur ein geeintes Bayern, ohne den Familienzwist der Wittelsbacher Vettern, bildet ein standhaftes Bollwerk im christlichen Abendland gegen den Unglauben und die Ketzerei.«

Die beiden anderen nickten zustimmend. »Ich hoffe, dass wir bald Neuigkeiten aus Ingolstadt erfahren. Ich erwarte in wenigen Tagen Neuigkeiten von einem Amtsbruder aus der Residenzstadt.«

Plötzlich wurde die Türe aufgerissen und ein Bediensteter stürzte herein. »Entschuldigt, aber ich habe eine dringende Botschaft für den Herrn Richter.«

»Was gibt es so Wichtiges, dass du uns störst?«

»Ein Bürger berichtete uns, dass das Gesindel, welches sein Lager an der Paar in der Nähe der oberen Vorstadt aufgeschlagen hat, seine Wagen zum Aufbruch vorbereitet hat. Ich dachte mir, ihr sucht doch noch immer den Verbrecher, der den Lallinger umgebracht hat. Die ganze Stadt spricht davon und viele glauben, dass so etwas nur Auswärtige getan haben können.«

»Sind sie schon aufgebrochen oder sind sie noch da?«, wollte Chuntz Zellmeier wissen.

»Nein, sie sind noch da, aber es sieht so aus, als ob sie während der Nacht oder morgen in aller Frühe verschwinden wollten.«

»Dann schickt sofort die Stadtwachen hinaus und setzt das ganze Pack fest«, forderte der Pfarrer.

»Nicht so schnell«, bremste der Richter. »Wo willst du denn mit denen hin? Das sind doch fast zwanzig Leute, Pferde und vielleicht noch andere Tiere, dazu kommt der Wagen. Die werden nicht bei mir im Burghof ihr Lager aufschlagen. Außerdem müssten dann alle verpflegt werden. In unserem Kerker ist kein Platz für so viele Gefangene. Du kannst Schuldner und Trunkenbolde nicht mit Männern zusammensperren, die des mehrfachen Mordes beschuldigt werden. Deshalb kommen die Zelle im Rathaus und der Schuldturm nicht in Frage.«

»Das kann doch kein Grund sein die Verdächtigen laufen zu lassen«, empörte sich der Geistliche.

»Ich habe einen Vorschlag zu machen«, mischte sich der Bürgermeister ein.

»Willst du sie auf dem Marktplatz lagern und durch deine Knechte bewachen lassen?«, spottete Hanns Frankfurter.

»Blödsinn! Wir sollten nur die Männer festsetzen und dem Rest untersagen weiterzuziehen. Für die reicht der Platz im Kerker allemal und solange sie eingesperrt sind, bleiben auch die Übrigen hier. Zusätzlich müssen wir uns dann nicht auch noch um Pferde, Frauen und Kinder kümmern. Außerdem kommt als Mörder sowieso nur ein Mann in Frage.«

»Bürgermeister, genauso machen wir es. Das ist ein glänzender Vorschlag, den hätte ich dir nicht zugetraut. Wir holen sie uns sofort. Ich gebe dir einige meiner Soldaten zur Unterstützung mit und zusammen mit deinen Stadtwachen dürfte uns die Festnahme nicht schwerfallen.«

Die kleine Gruppe der Gaukler hatte am späten Nachmittag all ihre Habseligkeiten auf dem Wagen verstaut und einen Teil unter dem Wagen festgebunden. Auch der Kessel, der sonst über dem Feuer hing, war verschwunden. Sie saßen um das Feuer herum, auf das sie das verbliebene Holz geworfen hatten.

»Ich freue mich so drauf, dass wir weiterziehen - in die große Stadt Augsburg. Weg von diesen unfreundlichen Menschen hier«, verkündete Maria und kuschelte sich an Gesa, ihre Mutter.

»Freu dich nicht zu früh, meine Kleine. Ich hab ein ungutes Gefühl. Gestern Nacht habe ich davon geträumt, dass uns großes Unheil widerfährt. Und ob die Leute in Augsburg uns freundlicher behandeln als die Aichacher, das muss sich erst noch herausstellen«, erklärte Afra, an das Kind gerichtet.

»Afra, höre auf damit, du machst der Kleinen Angst. Es ist gut, wenn sie sich auf das Neue freut«, stellte sich Gesa schützend vor ihre Tochter.

»Seid leise! Ich hör etwas!«, gebot Marcus den anderen Ruhe.

Sie blickten in die Richtung, aus der die Geräusche zu kommen schienen. Eine Anzahl flackernder Lichter näherte sich dem Lagerplatz. Ängstlich drängten sich Frauen und Kinder zusammen und die Männer stellten sich schützend vor sie.

»Räuber«, flüsterte Urs.

»Ich glaube nicht, dass es Räuber sind. Wir sind zu nahe an der Stadt. Aber wir werden gleich sehen, worum es sich handelt. Etwas Gutes wird es nicht sein«, vermutete Marcus.

Emmeran Wagner schritt an der Spitze der Gruppe Bewaffneter.

»Umstellt sie! Vergesst nicht das Paarufer, damit sie uns nicht über den Fluss entwischen können«, flüsterte er. Die Soldaten des Herzogs und die Stadtknechte verteilten sich um das Feuer und das Lager. Sie trugen Spieße und einige hatten ihr Schwert gezogen. Dann traten sie aus dem Dunklen in den Schein des Feuers. Die überraschten Menschen starrten ihnen mit vor Schreck und Angst weit aufgerissenen Augen entgegen.

»Was wollt ihr von uns? Wir sind friedliche Musikanten und Gaukler. Wir haben uns nichts zuschulden kommen lassen«, fragte ihr Anführer Marcus unsicher.

»Ob ihr jemandem etwas getan habt oder nicht, wird sich noch herausstellen«, erwiderte Emmeran Wagner schroff. »Habt ihr Waffen bei euch?«

Leichenblass geworden schüttelten die Gefragten die Köpfe.

»Wie viele seid ihr und wie viele Männer sind unter euch?«

»Warum wollt ihr das denn wissen?«, erkundigte sich Marcus.

»Das geht dich gar nichts an, die Fragen stelle ich. Also antworte gefälligst.«

»Ist ja gut – wir sind vier Männer, drei Frauen und sieben Kinder.«

»Und du hast mich auch bestimmt nicht angelogen?«

Wieder schüttelten die Umstellten die Köpfe.

»Ihr vier Männer kommt zu mir«, befahl Emmeran Wagner. Die Angesprochenen begaben sich nach vorne und blickten den Büttel teils neugierig, teils eingeschüchtert an. »Im Namen des Herzogs und im Auftrag seines Richters Leonard Sandizeller nehme ich euch, unter dem Verdacht die Eheleute Lallinger und die Magd Kathrein Hinteregger ermordet zu haben, fest.«

In die atemlose Stille hinein schritten die Bewaffneten auf die Männer zu und bedrohten sie mit ihren Spießen. Gleichzeitig drängten einige Soldaten die Frauen und Kinder zurück. Nach wenigen Augenblicken brach der Sturm los. Die Frauen schrien und tobten. Die Kinder weinten. Während die Stadtknechte den Männern die Hände mit Stricken auf dem Rücken zusammenbanden, begannen diese ebenfalls aufzubegehren.

Marcus schrie: »Wir haben niemanden ermordet! Ihr seid doch vollständig verrückt geworden! Das ist alles ein großer Irrtum und unsere Unschuld wird sich schon morgen herausstellen. Dann wirst du dich rechtfertigen und uns um Verzeihung bitten müssen.« Die Knechte lachten und stießen dem Anführer des fahrenden Volkes das stumpfe Ende des Spießes in den Rücken. Gleichzeitig prügelten sie auf die anderen Männer ein, damit sie sich in Bewegung setzten. Die Schmerzensschreie gingen im Gekreisch der Frauen und Kinder unter.

An die Frauen gewandt erklärte Emmeran Wagner. »Ihr habt nicht die Erlaubnis, die Stadt zu verlassen. Ihr bleibt hier an diesem Platz, bis ihr von mir andere Anweisungen erhaltet.« Wieder erhob sich ein lautstarkes Wehklagen.

Plötzlich sprang Afra auf und die anderen verstummten. Sie streckte beide Hände aus, zeigte auf den Büttel und verkündete mit fester, dunkler Stimme. »Ich verfluche dich und deine Kinder bis ins fünfte Glied!« Allen stockte der Atem und Emmeran Wagner verlor alle Farbe aus seinem Gesicht. Dann lachte er gekünstelt auf und drehte sich von Afra weg. Ein Soldat holte mit seinem Spieß aus, um sie niederzuschlagen. Aber ein Blick von ihr genügte, damit er die Waffe senkte und drei Schritte zurückwich. Anschließend führten die Bewaffneten ihre Gefangenen in die Stadt, durch das Obere Tor und direkt zur Burg, wo sie im Untergeschoss in einem leeren Kerkerraum gesperrt wurden.

9

Am nächsten Morgen wurde Simon durch seine Frau geweckt. »Ich konnte die ganze Nacht nicht schlafen. Ich habe mir solche Sorgen gemacht. Ich habe geträumt, dass ein Ungeheuer von einem Mann dir die Kehle durchgeschnitten hat und anschließend mich und die Kinder bedrohte. Danach konnte ich nicht mehr einschlafen. Und du merkst nicht mal, dass ich die halbe Nacht wach liege. Du hast ruhig vor dich hin geschnarcht.«

»Hmmm…«

»Mehr hast du nicht dazu zu sagen?«

»Hmmm…, ja…..«

»Das ist typisch für dich, ich mach mir Sorgen und dich lässt das völlig unberührt.«

»Barbara, jetzt ist es aber gut. Ich bin noch nicht wach und verstehe gar nicht, was du da redest. Ich dachte, wir wären uns einig, dass ich der Stadt helfe den Mörder zu finden. Wenn du deine Meinung geändert hast, dann können wir erneut darüber sprechen.«

»Nein, ich habe meine Meinung nicht geändert. Aber ich darf doch noch aussprechen, dass ich traurig darüber bin, wie wenig Rücksicht du auf mich nimmst.«

»Ja natürlich, mein Schatz, darfst du das sagen, aber es ist nicht wahr. Zuerst kommt für mich die Familie und dann alles andere. Wenn das Ganze vorbei ist, dann kaufen wir dir ein wunderschönes neues Kleid und vielleicht auch ein schönes Schmuckstück.«

»Warum vielleicht?«

»Nein, natürlich kaufen wir es. Aber jetzt lass uns aufstehen.« Simon quälte sich aus dem Bettkasten. Er trug ein langes weißes Nachtgewand, das ihm über die Knöchel reichte. Trotzdem traf ihn die Kälte des Herbstmorgens wie ein Schlag. Schnell zog er sich die klammen Beinlinge über, stopfte das Hemd hinein und verließ das Schlafgemach. Unten im Wohnraum musste zuerst das Herdfeuer neu angefacht werden. Dazu stocherte er mit einem eisernen Schürhaken in der Asche herum, bis er die verbliebene Glut freigelegt hatte. Darauf legte er ein wenig Reisig und drei frische Holzscheite. Während sich unter dem Dach seine Frau um die Kinder kümmerte, schlang Simon einige Löffel kalten Haferbrei aus einer irdenen Schüssel hinunter und trank zwei Becher Bier, die vom Vortag stehen geblieben waren. So gestärkt, machte er sich auf den Weg zum Bürgermeister.

An diesem trüben Vormittag fiel aus grauem Himmel leichter Nieselregen. Nur wenige Aichacher bevölkerten die Straße und die ersten Bauern errichteten ihre Stände auf dem Marktplatz. Wenige Schritte vom Rathaus entfernt, lag das Anwesen von Chuntz Zellmaier. Durch den großen Torbogen trat Simon ein, erklomm rechts die wenigen Stufen zur Haustür, die er nach dem Anklopfen durchschritt. Im Kontor des Bürgermeisters angekommen, bat ihn ein Bediensteter sich noch einen Moment zu gedulden. Von der Treppe, die aus dem Obergeschoss herunterführte, hörte er bereits: »Hallo Simon, wie hast du dich entschieden? Ich kann deine Antwort kaum erwarten.«

»Komm doch erst mal herunter, dann können wir reden.«

»Du hast ja Recht, aber es ist so wichtig für die Stadt zu erfahren, wozu du dich durchringen konntest. Wenn du mir jetzt absagst, sehe ich schwarz.«

»Ich habe mit Barbara gesprochen. Sie ist damit einverstanden, dass ich euch ein paar Tage unterstütze. Aber, wenn ich meinen Laden geschlossen halte, dann habe ich nicht nur den Verdienstausfall, sondern werde auch einen Teil meiner Kunden an die Konkurrenz verlieren.«

»Mach dir keine Sorgen, am Geld wird es nicht scheitern. Wenn du soweit bist, können wir mit der Ermittlungsarbeit unverzüglich beginnen. Vielleicht ist der Mörder ja auch schon gefasst. Gestern haben wir vier Männer eingekerkert, die zu den Fahrensleuten gehören, welche unten an der Paar ihr Lager aufgeschlagen haben.«

»Das ist eine Überraschung, da kann ich ja wieder nach Hause gehen. Wie seid ihr denn auf die gekommen?«

»Gestern Abend saßen der Richter, der Vikar und ich bei einem Becher Wein zusammen, als uns gemeldet wurde, dass die Gaukler, die seit ein paar Tagen in Aichach ihr Unwesen treiben, ihre Sachen packten und aufbrechen wollten. Es blieb uns nicht lange Zeit zum Überlegen und unsere Stadtknechte sind losmarschiert. Sie nahmen alle Männer der Gruppe fest. Warte, ich hole Emmeran Wagner, der war dabei.«

Der Bürgermeister schickte nach dem Büttel, der kurz darauf den Raum betrat. »Ihr habt nach mir gerufen, was kann ich tun?«

»Du sollst uns kurz berichten, was gestern Abend geschehen ist.«

»Ja, das ist schnell erzählt. Wir sind mit Fackeln hinunter zur Paar, haben das Pack überrumpelt, die Männer gebunden und in der Burg eingesperrt. Die Männer wehrten sich nicht, nur die Frauen waren rebellisch und haben uns mit den unchristlichsten Schimpfworten belegt. Das war alles.«

»Gibt es sonst noch irgendwelche weiteren Hinweise darauf, dass sich unter den Vieren der Mörder befindet, außer dem, dass sie die Stadt verlassen wollten?«, erkundigte sich der Bader.

»Nein, warum? Was geht dich das überhaupt an? Ich dachte du wärst hier, um dem Herrn Bürgermeister die Haare zu stutzen?«

»Beantworte ihm bitte seine Fragen, er ist hier um uns zu helfen, den Mörder zu finden.«

»Mir muss niemand helfen, wir haben die Mörder gefunden.«

»Nein, er wird dir helfen. Vielleicht habe ich mich falsch ausgedrückt. Er wird derjenige sein, der sich fortan um alles Weitere kümmert, und du wirst ihn unterstützen!«

»Aber ich bin doch der Büttel, und er ist nur irgendein Bader.« Emmeran Wagner war empört und blickte abwechselnd den Bürgermeister und Simon Schenk wütend an.

»Ich gebe dir den Befehl, seinen Anweisungen in allen Dingen, die die Ermordung der Lallinger betreffen, so zu folgen, als kämen sie von mir. Hast du mich verstanden?«

»Jawohl, das habe ich«, knurrte er.

Nun mischte sich auch Simon in die Auseinandersetzung ein. »Meine Frage lautete: Welche Hinweise habt ihr, dass es sich bei den Männern um die Gesuchten handelt?«

Missmutig antwortete der Gefragte. »Es gibt keine weiteren Hinweise, aber wir werden die Wahrheit schon noch aus ihnen herausprügeln.«

»Das ist meine erste Anweisung: Ich möchte weder, dass ihr sie verprügelt, noch dass ihr sie foltern lasst. Ich werde sie verhören und du kannst mit dabei sein, wenn du möchtest. Unter der Folter gestehen alle, außer den Heiligen. Nach dem Ende der Tortur hast du zwar ein Geständnis, weißt aber immer noch nicht sicher, ob der Verbrecher wirklich vor dir steht.«

Emmeran Wagner schüttelte unwillig den Kopf. »So etwas habe ich ja noch nie gehört. Überall wird gefoltert und kein Richter hat etwas dagegen. Sogar die Mutter Kirche und ihre heilige Inquisition halten die Folter für ein legitimes Instrument, Hexen und Häretikern auf die Schliche zu kommen.«

»Egal, was du jetzt denkst. Die Gefangenen werden nicht misshandelt. Habt ihr das Hab und Gut der Leute in ihrem Lager durchsucht, bevor ihr die Männer weggebracht habt?«

»Nein, warum? Das haben wir nicht. Ich hatte nur den Befehl die Männer einzusperren.«

Simon Schenk verzog das Gesicht, blickte verzweifelt zur Seite und strich sich über die Haare. »Wenn sich der Mörder unter den Männern befände, dann hättet ihr in den Wagen Hinweise finden können, die ihn überführen. Der Täter hat vermutlich eine Truhe im Keller ausgegraben, diese oder deren Inhalt muss ja irgendwo geblieben sein.«

»Da hast du Recht. Daran habe ich nicht gedacht. Wir holen die Durchsuchung sofort nach.«

»Warte, warte! Gesetzten Falles, wir hätten es wirklich mit den Verbrechern zu tun, dann hätten sie spätestens jetzt alle Spuren vernichtet. Ich möchte, dass wir zuerst die Gefangenen befragen und im Anschluss mit den Frauen sprechen.«

»Also ich sehe schon, es klappt mit euch beiden. Ich habe nun andere Dinge zu erledigen. Wenn ihr die Gefangenen befragt habt, kommt ihr wieder her«, verabschiedete sich der Bürgermeister.

Die schwere Kerkertür öffnete sich und Simon Schenk, Emmeran Wagner und der Kerkermeister betraten die Zelle. Der Bewacher befahl den Eingesperrten, sich in die rechte Ecke zu begeben. Sie waren nicht, wie es üblich war, an die eisernen Ringe gekettet, die im Boden und knapp unter der Gewölbedecke eingelassen waren. Die vier Gefangenen saßen in dem stinkenden Raum, durch eine winzige Luke oben in der Außenwand fiel ein wenig Licht herein. Zusätzlich hatte der Wächter eine Fackel mitgebracht, die er in eine Halterung neben der Türe steckte. Als sich die Vier erhoben hatten und sich an dem befohlenen Platz versammelten, erkundigte sich der Aufseher. »Kann ich euch mit dem Verbrecherpack alleine lassen oder soll ich lieber hierbleiben?«

»Ist schon gut, wir wollen mit den Gefangenen alleine sprechen. Du kannst gehen. Wir klopfen, wenn wir die Befragung beendet haben.« Mit einem dumpfen Knall fiel die Kerkertür ins Schloss. Im ersten Moment herrschte eine bedrückende Stille und der Bader fühlte die Enge des Eingesperrtseins.

Der Büttel öffnete den Mund und wollte weitere Anweisungen erteilen, da fiel ihm Simon ins Wort. »Ihr könnt euch wieder setzen oder stehenbleiben, ganz wie ihr möchtet.« Er sah sich jetzt in dem Gemäuer genauer um. In der linken Ecke befand sich ein Loch im mit Steinplatten bedeckten Fußboden, aus dem es teuflisch stank. Zusätzlich stand dort ein bis zum Rand mit Kot und Urin gefüllter Holzkübel. Aber auch das Stroh war vermutlich schon seit vielen Tagen nicht mehr erneuert worden. Es stank nach Schweiß, Urin und Kot. »Meine erste Frage, wo wart ihr vorletzte Nacht?«, eröffnete der Bader die Befragung.

Nach einer Weile antwortete Marcus. »Wo sollen wir schon gewesen sein. Es wird jeden Tag früher dunkel und draußen ist es kalt. Mit Einbruch der Dunkelheit sind wir immer in unserem Lager zurück. Dann muss das Feuer brennen und bis wir uns in unsere Decken legen, sitzen wir dort, wärmen uns und besprechen den Tag.«

»Kann aus dem Lager jemand verschwinden, ohne dass ihr das bemerken würdet?«

»Das verstehe ich nicht, warum sollte sich jemand aus unserem Lager davonstehlen?« Der Sprecher der Gefangenen blickte Simon fragend an.

»Zum Beispiel, um nachts einen Bürger zu überfallen und auszurauben«, mischte sich der Büttel ein.

»Wir sind Artisten und Musikanten, aber keine Räuber. Es hat nachts niemand das Lager verlassen!«

»Woher willst du das denn so genau wissen? Wenn ihr schlaft, kann sich doch einer von euch heimlich davonstehlen, ohne dass ihr es bemerkt?« Emmeran Wagner versuchte, die Leitung des Verhörs an sich zu ziehen.

»Nein, das kann er nicht. Wir stellen jede Nacht eine Wache auf, die sich abwechselt. Wir haben nämlich Angst davor, dass sich einer von dem Diebsgesindel aus der Stadt nachts heranschleicht und uns bestiehlt.«

»Dir gebe ich gleich, Diebsgesindel!« Der Büttel brauste auf, hob die Hand, um Marcus zu schlagen, aber Simon fiel ihm in den Arm.

»Emmeran, bleib ruhig!«, beschwichtigte er den erbosten Büttel und forderte die Gefangenen auf: »Zeigt mir eure Schuhe!«

Alle, auch der Büttel, blickten Simon überrascht an. »Wozu soll das denn gut sein?«, wollte Marcus wissen.

»Fragt nicht, tut einfach, was ich euch sage.«

Marcus und Urs zeigten ihre Schuhe vor. Simon nahm sie genau in Augenschein – einige Löcher in der Sohle, aber kein Riss.

»Wo sind eure Schuhe?«, fragte der Bader die beiden anderen Männer.

»Wir besitzen keine«, antwortete der Jüngere.

»Und was macht ihr dann im Winter?«

»So lange es möglich ist, tragen wir keine, dann binden wir uns Lappen um die Füße, vielleicht schnitzt uns Urs auch Holzschuhe für die kälteste Zeit.«

Simon Schenk und Emmeran Wagner ließen es mit der Befragung bewenden, klopften an die Kerkertür und verließen den düsteren Ort. Wieder im Freien erklärte Simon. »Ich glaube nicht, dass sie etwas mit dem Mord an den Lallingers zu tun haben. Sie machen auf mich einen anständigen Eindruck. Es gibt auch keine Beweise gegen sie.«

Jetzt platzte die ganze aufgestaute Wut aus dem Büttel heraus. »Ich bin fester denn je davon überzeugt, dass sie es waren. Wenn du sie mir überlassen würdest, würde ich die Wahrheit schon aus ihnen herausprügeln. Das ist ein ganz verkommenes Pack – heuchlerisch und verlogen. Und du bist so gutgläubig und nimmst ihnen ihre Lügengeschichten ab. Ich weiß nicht, wer schlimmer ist, du mit deiner Gutgläubigkeit oder dieses Verbrechergesindel.«

Für Simon kam dieser Angriff vollkommen überraschend. Nach einem Moment des Schreckens überkam ihn die kalte Wut und er sprang zornig auf seinen Widersacher zu. Er packte den Büttel am Kragen und zog ihn zu sich heran, sodass sie sich direkt in die Augen blickten. »Du bist ein vollkommen verblödeter Hornochse. Wenn dir eine Taube auf den Kopf scheißt, glaubst du, dass es regnet. Wenn sie dich lassen würden, dann würdest du alle braven Bürger an den Galgen bringen und die Verbrecher auf den Richterstuhl setzen. Ich werde ab jetzt die Mörder alleine jagen. Du kannst dich weiter mit zänkischen Marktweibern herumstreiten und die Besoffenen in deine Zelle im Rathaus sperren. Das wirst du wohl schaffen. Ich werde keinen Tag länger mehr mit dir zusammenarbeiten. Wenn der Bürgermeister meint, das wäre nicht in Ordnung, dann habe ich keine Schwierigkeiten, mich sofort nur noch meiner Handwerkskunst zu widmen. So, und jetzt geh mir aus den Augen!«

»So habe ich das doch nicht gemeint!« Emmeran Wagner war blass geworden. Der Ärger mit dem Bürgermeister war vorauszusehen, da er von seinem Untergebenen Gehorsam erwartete. »Komm schon, reg dich wieder ab. Wir machen es so, wie du es vorschlägst. Ich habe eben meine Erfahrungen mit dem fahrenden Volk und die waren nicht immer gut.«

Simon dachte nach und als seine Wut ein wenig verraucht war, lenkte er ein. »Komm mir nicht noch einmal so komisch. Ich muss euch bei der Verbrecherjagd nicht zur Seite stehen.«

10

Im Anschluss an den Kerkerbesuch begaben sich Simon Schenk und Emmeran Wagner in das Lager der Gaukler südwestlich der Stadt. Der Nieselregen hatte aufgehört. Es war unangenehm kühl und ihre Kleider wurden klamm. Wenige Schritte hinter den letzten Häusern der Vorstadt befanden sich der Wagen und die wieder errichteten Zelte, die den Leuten als Heimstätte dienten. Das Feuer unter dem Kessel am metallenen Dreibein war erloschen, da sich niemand darum kümmerte, Brennholz zu sammeln. Um die erkaltete Feuerstatt herum saßen mehrere Frauen und Kinder, die sie aus hasserfüllten Augen misstrauisch anstarrten. Simon kannte niemand von ihnen.

Afra zischte. »Wollt ihr uns jetzt auch noch fortschleppen? Oder wollt ihr an uns wehrlosen Frauen und Kindern euer Mütchen kühlen? Sagt, was habt ihr mit unseren Männern gemacht?«

Der Büttel warf sich in Positur. »Halt dein freches Maul, sonst bekommst du was drauf! Hier stellen wir die Fragen.«

Simon warf ihm einen wütenden Blick zu. »Wenn eure Männer nichts getan haben, dann wird ihnen auch nichts geschehen.«

»Du willst uns wohl für dumm verkaufen, wir haben auf unseren Reisen eure Gerechtigkeit kennen gelernt. Und der da«, sie zeigte mit dem Finger auf Emmeran Wagner, »ist einer von denen, die uns das Leben zur Hölle machen. Oder glaubst du etwa selber, was du da von dir gibst?« Afra sah ihn geringschätzig an.

»Ich kann euch nicht vorschreiben, was ihr über uns denkt oder nicht denkt. Ich versichere euch, dass wir alles in unserer Macht Stehende tun werden, um Gerechtigkeit walten zu lassen«, verkündete der Bader.

Eine aufgebrachte blonde Frau trat auf Simon zu und fauchte ihn an: »Was hast du denn mit der ganzen Sache hier zu tun? Ich habe dich doch schon mal in der Stadt gesehen. Bist du nicht der Bader, der am Unteren Tor seinen Laden betreibt?«

Plötzlich, wie vom Blitz getroffen, blickte Simon Schenk der Frau in die blauen Augen und antwortete stotternd. »Ja, ich bin Bader... Äh.. vom Unteren Tor... äh... sonst schneid ich Haare...«

Emmeran Wagner sah ihn ungläubig an. »Was ist los mit dir? Ist dir nicht gut?«

Simon bemühte sich, sich zusammenzureißen, während ihn die Blonde spöttisch angrinste. Er konnte nicht sagen, weshalb ihn diese Frau so verunsicherte.

»Also, du sollst uns sicherlich die Haare abscheren? Macht diese Arbeit nicht sonst der Henker?«

»Nein, nein, ich wollte sagen...«

»Steht das Urteil für uns und unsere Männer schon fest?«

»Jetzt hältst du dein Schandmaul und hörst uns zu!« Der Büttel hatte die Geduld verloren und nur die

Anwesenheit des Baders hinderte ihn daran, der Blonden ins Gesicht zu schlagen. »Wir werden jetzt eure Habseligkeiten durchsuchen. Und Gnade euch Gott, wenn wir Diebesgut bei euch finden, welches ihr Aichacher Bürgern gestohlen habt. Unser Richter kennt keine Milde mit Dieben.«

Die große Blonde baute sich vor den beiden auf. Statt vor Furcht zu zittern, schnaubte sie vor Zorn. »Da brauchen wir keine Angst zu haben. Wir sind Künstler und Artisten, keine Diebe. Ich kann dir zwar deine drei Pfennige aus dem Beutel holen, ohne dass du es merkst, aber das tun wir nur, um den dummen Bauern zu zeigen, dass sie besser auf ihr Hab und Gut achten sollen. Anschließend geben wir alles zurück. Die gehören doch dir, oder nicht?« Emmeran Wagner griff in seinen Beutel, bekam einen roten Kopf und riss der Frau die Münzen aus der Hand. Simon Schenk konnte sich das Lachen nicht verkneifen, was den Büttel jedoch nur noch ärgerlicher machte.

»Ich werde dich im Auge behalten, da helfen dir auch keine billigen Kunststückchen. Geht aus dem Weg und lasst uns in den Wagen sehen.« Er stieß die Frauen zur Seite und kletterte in den Karren. Simon trottete hinterher, zuckte mit den Schultern und warf der Blonden einen entschuldigenden Blick zu. Diese musterte ihn nur verächtlich.

»Passt auf unsere Musikinstrumente auf, sie sind nicht geschaffen für die Hände von solchen Grobianen wie euch beiden. Die sind alles, was wir besitzen und mehr wert, als das, was sich so ein Büttel leisten kann.« Kleidungsstücke flogen im hohen Bogen aus dem Wagen, danach kam eine Trommel, die aber im hohen Gras keinen Schaden nahm. Als eine Laute durch die Luft schwirrte, hechtete Simon danach, fing sie auf und legte sie vorsichtig neben die Trommel ins Gras.

»Jetzt reicht es, Emmeran«, schrie der Bader. »Es ist nicht nötig, dass du mutwillig etwas zerbrichst. Wenn du Diebesgut gefunden hast, ist es etwas anderes. Aber bis jetzt suchst du nur danach.« Aus dem Wagen drangen unverständliche Flüche, jedoch nahm die Durchsuchung nun ruhigere Formen an. Nachdem die Suche im Wagen erfolglos geblieben war, nahm sich Emmeran Wagner die zwei Zelte vor. Simon flüsterte ihm zu: »Selbst wenn sie Diebesgut hätten, müssten sie doch verrückt sein, es noch bei sich zu führen. Nachdem ihr gestern ihre Männer mitgenommen habt, ohne die ganze Sippe genauer in Augenschein zu nehmen, hatten sie genügend Zeit, alles verschwinden zu lassen.«

»Trotzdem werde ich weitermachen. Jeder Verbrecher macht Fehler.«

»Auch jeder Büttel und du besonders«, dachte Simon.

Es dauerte noch eine Weile, bis sich die beiden wieder zurück in die Stadt begaben, ohne einen weiteren Hinweis auf den Mörder oder irgendwelches Diebesgut entdeckt zu haben.

»Endlich sind sie weg, diese Leuteschinder«, fluchte Afra.

»Der Büttel ist das größere Stück Scheiße, während der andere einen vernünftigeren Eindruck macht«, erwiderte Gesa.

»Das glaubst auch nur du, die sind alle aus dem gleichen Holz geschnitzt. Der eine spielt den Bösen und der andere den Guten, aber beide wollen nur das Schlechteste für dich. Wir sind eine Sippe und können nur überleben, wenn wir gegen die da draußen fest zusammenstehen. Lass dich von keinem von denen um den Finger wickeln.« Plötzlich blickte Afra Gesa mit einem merkwürdigen Gesichtsausdruck an, griff ihre Hand und fuhr mit ihrem Zeigefinger die Handlinie entlang. Sie schüttelte den Kopf.

Gesa wurde blass. »Was hast du gesehen, ist es etwas Schlimmes? – Komm, sag es mir!«

»Nimm dich vor dem Bader in Acht! Er wird dir Unglück bringen und großen Kummer bereiten.«

»Er wirkt doch ganz harmlos. Was soll er mir denn für Kummer bereiten? Du spinnst dir da etwas zusammen.«

»Nein, ich spinne nicht. Er wird dir den Kopf verdrehen, und du wirst uns dadurch alle in Gefahr bringen. Dann lässt er dich fallen, wie einen heißen Stein.«

»Was denkst du denn von mir? Ich würde mich niemals mit so einem einlassen. Außerdem hat er sicher Frau und Kinder in der Stadt. Weißt du denn nicht, was die mit Ehebrechern anstellen? Du musst mich für ganz verrückt halten. Manchmal glaube ich, dass du die Zukunft vorhersagen kannst, aber jetzt denke ich: Dir haben sie Bilsenkraut in den Brei gerührt.«

»Ich rate dir: Nimm dich in Acht, obwohl es eigentlich nichts nützt, denn seinem Schicksal kann niemand entgehen.« Sie ließ Gesas Hand los und begab sich zur Feuerstelle um die erloschene Glut neu anzufachen.

Gesa folgte ihr und half das von den Kindern gesammelte Holz in Kegelform aufzustapeln. Da keine Glutreste mehr vorhanden waren, stopften sie trockenes Heu zwischen die Holzscheite. Nachdem Afra mit großem Geschick mittels des Feuerstahls und eines Feuersteins den Zunder zum Glimmen gebracht hatte, bliesen die beiden Frauen die Funken ins Heu, welches sofort Feuer fing. Nach kurzer Zeit brannte das Holz lichterloh und nach Stunden, in denen sich die kleine Schar antriebslos ihrem Schicksal ergeben hatte, kam mit der Wärme auch wieder Lebensmut in die Gruppe.

Afra klagte: »Wie soll es jetzt nur mit uns weitergehen? Es wird von Tag zu Tag kälter, und wir haben noch kein Winterquartier. Keiner weiß, was mit unseren Männern geschehen wird, ob wir sie jemals wohlbehalten wiedersehen? Was können wir nur tun? Ich habe Angst und weiß nicht weiter.«

»Der Büttel und die anderen Hurensöhne, die unsere Männer verschleppten, haben uns verboten, die Stadt zu verlassen. Wir können nicht einfach nur herumsitzen und uns selber leidtun. Wir müssen etwas unternehmen. Wir sollten jeden Tag mit den Kindern zur Burg ziehen und verlangen, unsere Männer zu sehen. Sie sind unschuldig und sie sollen wissen, dass wir noch da sind und hinter ihnen stehen. Wenn sie uns nicht vorlassen, nehmen wir die Instrumente mit und machen so viel Lärm, dass alle uns hören. Das gibt ihnen Kraft«, schlug Gesa vor.

Ihre zwei Gefährtinnen dachten einen Augenblick darüber nach und Afra antwortete: »Darauf muss erst mal einer kommen. Das ist ein glänzender Vorschlag. Das machen wir. Es ist in jedem Fall besser, als hier in die Glut zu starren und Trübsal zu blasen.« Die Kinder waren ebenfalls Feuer und Flamme.

Gesa fuhr fort: »Eine von uns müsste sich auch um unser Winterquartier kümmern. Jeder Tag, den wir verlieren, bringt uns dem Hunger und dem Elend ein Stückchen näher. Es wäre gut, wenn wir bereits wüssten, wo wir unterschlüpfen können, wenn unsere Männer wieder frei sind. Sie sind unschuldig und ich glaube fest daran, dass sie ihre Freiheit wiedererlangen. Nur kann das noch eine Weile dauern.«

»Wie stellst du dir das denn vor?«, unterbrach sie Afra. »Wohin wollen wir gehen? Wie soll das denn eine von uns Frauen ohne die Männer schaffen?«

»Wenn die Männer fehlen, müssen es die Frauen eben alleine zuwege bringen. Willst du verhungern? Wir haben beschlossen, den Winter in der Nähe von Augsburg zu verbringen. Verhungern werden wir, wenn wir an diesem verfluchten Ort bleiben. Hier hat uns das Schicksal diesen üblen Streich gespielt, und hier werden wir auch keine Hilfe finden.«

»Du willst nach Augsburg? Alleine?«

»Ja, ich oder eine von euch.«

»Also ich ganz bestimmt nicht.« Auch die Dritte unter ihnen schüttelte energisch den Kopf. »Das kann dich dein Leben kosten! Alleine, ohne Mann! Du kommst doch nicht mal durchs nächste Dorf, dann haben sie dir schon Gewalt angetan, dich umgebracht und irgendwo im Wald verscharrt. Du musst verrückt sein!«

»Ich bin nicht verrückt und das wisst ihr auch. Wenn es sich keine von euch traut, dann gehe ich. Ich werde mich schon zu wehren wissen. Unter meinem Kleid habe ich ein scharfes Messer versteckt und wenn mir einer zu nahe kommt, dann Gnade ihm Gott.«

»Und was wird aus Maria? An deine kleine Tochter verschwendest du keinen Gedanken. Was soll aus ihr werden, wenn du nicht mehr bist?«

»Wenn wir in diesem Winter nichts zu essen haben, dann sind es die Schwächsten, die als Erstes ins Gras beißen. Außerdem, ich weiß, dass ich zurückkomme. Ich gehe diesen Weg für euch, für unsere Männer, für meine Tochter und schließlich auch für mich.«

Jetzt mischte sich die kleine Maria ein. »Ich bin traurig, wenn meine Mutter nicht da ist. Aber ich weiß, dass sie stark ist und ich bin auch stark. Sie wird uns allen helfen und ich werde jeden Abend für sie beten. Mutter wird auf jeden Fall so schnell sie kann heil und gesund zu mir zurückkehren.«

Gesa umarmte Maria und drückte sie zärtlich an ihre Brust. »Morgen in aller Frühe breche ich auf. Es wird keiner merken, dass eine von uns fehlt. Danach macht ihr euch auf den Weg in die Stadt und macht Lärm, den ich bis nach Augsburg hören kann.«

11

Am späten Nachmittag versammelten sich die Ermittler erneut im Kontor des Bürgermeisterhauses. »Was habt ihr bis jetzt herausgefunden?«, wollte dieser wissen.

Emmeran Wagner sah betreten zu Boden, als Simon Schenk antwortete. »Nicht viel! Wenn ich ehrlich bin, eigentlich überhaupt nichts. Die Gefangenen konnten uns nichts Erhellendes mitteilen und es spricht auch wenig für ihre Schuld.«

»Wenn wir sie richtig in die Mangel nehmen, dann werden sie schon reden«, knurrte der Büttel.

»Ich dachte, das Thema hätten wir geklärt? Wenn du sie folterst, werden sie gestehen. Aber, wenn du Pech hast, hängst du den Falschen, und der Mörder läuft weiter frei herum. Nun zurück zu deiner Frage, Bürgermeister, wir waren draußen im Lager der Fahrensleute, haben den Wagen und die Zelte durchsucht und nichts Verdächtiges gefunden. Wir sind also genauso klug wie gestern.«

»Das kann nicht alles gewesen sein. Was tun wir jetzt?«, wollte Chuntz Zellmeier wissen. Er raufte sich die Haare, während er auf und ab ging. Der Büttel zuckte nur mit den Schultern.

»Wir müssen uns genau überlegen, wie es weitergehen soll. Hast du die Nachbarn und das Gesinde der Lallinger befragt?« Simon blickte Emmeran, auf eine Antwort wartend, an.

»Ich habe ihnen erklärt, dass, wenn jemand etwas wüsste, er sofort zu mir kommen solle. Wann hätte ich denn mit den Leuten reden sollen? Ich war doch die ganze Zeit damit beschäftigt, hinter dir herzulaufen, um aufzupassen, dass du dem Verbrechergesindel nicht auf den Leim gehst.«

»Jetzt reicht es mir. Du sollst das tun, was man dir aufträgt und nicht hinter mir her spionieren. Wir befragen heute und morgen die Knechte und Mägde des Lallinger und die Anwohner in den umliegenden Häusern. Du kannst gleich damit anfangen.« Damit verabschiedeten sie den Büttel. Als dieser unwillig protestierend den Raum verlassen hatte, wandte sich Simon erneut an den Bürgermeister.

»Du hast doch sicherlich den Fetzen Papier aufgehoben, den wir in der Wand im Schlafgemach der Kaufleute entdeckt haben? Es scheint dort jemand etwas gesucht und dazu die Wand aufgebrochen zu haben. Zeig ihn noch mal her!«

Chuntz Zellmeier begab sich zu einer eichenen Truhe unter dem Fenster, öffnete sie und nahm das Gesuchte heraus.

»Hier ist das gute Stück. Ich habe meinen Schreiber gefragt, aber der kann es auch nicht entziffern. Möglicherweise ist es eine Geheimschrift, aber vielleicht hat nur jemand etwas zusammengekritzelt.«

»Ich kann ebenfalls nichts erkennen, aber du weißt ja: Ich kann nicht lesen«, gab der Bader verschämt zu.

»Überlasse mir das Stück trotzdem. Ich glaube ich kenne jemanden, den ich fragen kann.«

»Bitte sehr, aber gib gut darauf Acht. Ich dachte du wolltest das Gesinde verhören?«

»Das kann der Emmeran erst einmal alleine versuchen, irgendwann muss er so etwas doch auch lernen. Ich komme später dazu und sehe mir an, was er herausgefunden hat. Einer muss doch etwas bemerkt haben.«

Nachdem Simon das Haus des Bürgermeisters verlassen hatte, machte er sich auf den Weg über den Marktplatz, an der Spitalkirche vorbei in Richtung des Oberen Tores. Am späten Nachmittag hatte sich das Wetter gebessert und zwischen den langsam dahinziehenden Wolken schien ab und zu der blaue Himmel hindurch. Der eine oder andere Sonnenstrahl fand seinen Weg auf den Marktplatz. Direkt vor dem Torhaus trat Simon links in die Gasse, welche unmittelbar an der Stadtmauer entlangführte. Sein Ziel war das dritte Haus. Dort wohnte und arbeitete der Jude Isaak, einer der beiden Juden, die sich in Aichach niedergelassen hatten. Seinem Glaubensbruder Mosse und dessen Familie gehörte das Nachbarhaus.

Er klopfte und trat ein. Isaak saß an seinem schweren Eichentisch über ein dickes Buch gebeugt, in welches er mit einem Federkiel langsam Zahlenreihe um Zahlenreihe schrieb. Er blickte auf, erhob sich und begrüßte Simon. »Es ist schön, dass dich dein Weg auch wieder einmal zu mir führt. Es ist jetzt fast ein halbes Jahr vergangen, seit du mich das letzte Mal aufgesucht hast. Womit kann ich dir helfen? Gehe ich recht mit meiner Vermutung, dass du dir auch diesmal kein Geld von mir leihen willst?«

Schon beim letzten Besuch hatte es den Bader überrascht, dass der Geldwechsler über seine finanziellen Verhältnisse gut Bescheid zu wissen schien. »Isaak, ich grüße dich. Du hast Recht, ich brauche kein Geld.« Simon lachte. »Natürlich kann man immer Geld brauchen, aber ich warte lieber, bis es von selber zu mir kommt. Dann muss ich es mir nicht bei dir mit horrenden Zinsen leihen.«

»Das ist vernünftig. Aber meine Zinsen sind nicht höher als üblich. Wie laufen die Geschäfte?«

»Ich kann nicht klagen. Seit mit meinem Zutun die Stadt vor großem Unglück bewahrt wurde, kann ich mich vor Kunden nicht retten. Sogar gut betuchte Herrschaften kommen zu mir oder bestellen mich ins Haus. Und wie ist dein Befinden?«

»In Aichach laufen die Geschäfte gut. Wir Juden sichern euren Fernhandelskaufleuten die Geschäfte, geben ihnen Kredite und sorgen für den sicheren Weg des Geldes. Solange Handel und Wandel gedeihen, geht es mir auch gut. Mit dir kann ich ja offen reden. Es geht uns so lange gut, bis sie wieder einmal jemanden suchen, dem sie alles Unglück der Erde in die Schuhe schieben können. Dann brauchen sie uns als Sündenböcke. Heute geht es mir gut, und morgen muss ich um mein und das Leben meiner Familie bangen. Bei dem großen Schlachten zu Zeiten der Kreuzzüge wurden tausende meiner Glaubensbrüder erschlagen und verbrannt. Seither sind diese Mordbrenner immer wieder über uns hergefallen. Wir verspeisen christliche Kinder, vergiften die Brunnen, haben euren Heiland ermordet und bringen die Pest.« Isaak war zornig und zugleich traurig. Er holte Luft und fuhr fort. »In Augsburg werden meine Brüder zum zweiten Mal vertrieben. Nach einem Ratsbeschluss der Stadt soll diesmal alles geordnet ablaufen.

Es wurde den Juden eine Frist gesetzt, um alles zu regeln.«

»So schlimm wird es schon nicht kommen.«

Verstimmt fuhr Isaak fort: »Du kannst gut reden, dich trifft es ja nicht. Meine Augsburger Glaubensbrüder müssen auch noch dankbar sein, dass sie sie stattdessen nicht einfach erschlagen. Viele haben ihr Hab und Gut bereits verkauft und sind weitergezogen. In Augsburg brauchen sie uns nicht mehr für ihre Geldgeschäfte. Wir sind ihnen lästig geworden. Die großen Handelshäuser der Welser und der Fugger, aber auch die italienischen Handelsherren sind in das Geldgeschäft eingestiegen. Jetzt vertreiben sie uns, als lästige Konkurrenz. Ich dachte eigentlich, euch Christen sei das Nehmen von Zinsen verboten. Aber wir werden auch das überstehen. Gott sei Dank ist die Lage hier in Aichach noch anders. Die Kaufleute brauchen unser Geld, die Stadt und der Herzog unsere Steuern.«

»So habe ich die Sache noch nie betrachtet, ich dachte immer, es geht um den rechten Glauben. Aber darüber, was die Sache mit euch Juden mit Handel und Geld zu tun hat, habe ich noch nie nachgedacht. Es hört sich vernünftig an, was du sagst«, lenkte Simon ein.

»Was ich sage, ist meistens vernünftig. Ich habe es dir im Vertrauen darauf erzählt, dass du es für dich behältst. Solche Gedanken zu hegen ist für dich gefährlich und für mich bedeutet es Vertreibung oder im schlimmsten Fall den Tod.«

»Warum lasst ihr Juden euch dann nicht einfach taufen? Für dich und deine Familie wäre dann alles ausgestanden.«

»Frage deinen Pfarrer, warum er nicht Jude wird. Gut, er kann sich nicht frei entscheiden, denn ein

Christ, der sich unserem Glauben anschließt, wird verbrannt. Wir Juden sind vor mehr als tausend Jahren in alle Welt zerstreut worden. Unser Tempel in Jerusalem wurde zerstört, aber wir haben uns den Glauben an die Rückkehr in das gelobte Land bewahrt. Das, was alle Juden in der Welt verbindet, ist der Glauben. Gäben wir unseren Glauben auf, würde unser Volk seine Existenzberechtigung verlieren. Und was nützt es, sich taufen zu lassen? Brüder, die diesen Weg gingen, wurden trotzdem verfolgt, weil sie angeblich heimlich weiter ihrem alten Glauben anhingen.«

»Es ist ein Elend. Wenn es nach mir ginge, würden wir alle in Eintracht miteinander leben.«

»Aber nach dir geht es nicht, und deshalb ist es so, wie es ist. Glaubst du, mir gefällt es, gebrandmarkt mit dem gelben Fetzen am Rock und dem gelben Hut herumzulaufen? Aber wenn ich es nicht tue, muss ich eine horrende Strafe zahlen oder werde aus der Stadt gejagt. Komm, lass uns von etwas Erfreulicherem reden, mein Freund. Weshalb bist du hier?«

»Ich bin mir nicht sicher, ob es erfreulicher ist. Du hast doch sicher schon von der Ermordung der Eheleute Lallinger und ihrer Dienstmagd gehört?«

»Ich habe davon gehört, aber was habe ich damit zu schaffen?«

»Du hast nichts damit zu tun, aber möglicherweise kannst du mir helfen. Du konntest mich ja schon einmal mit einem wichtigen Hinweis unterstützen, damals ging es um arabische Schriftzeichen. Weißt du noch?«

»Ich erinnere mich. Hast du wieder seltsame Zeichen entdeckt?«

»So ist es, und wieder kann sich niemand einen Reim darauf machen. Wir haben bei den Lallingers einen zerrissenen Zettel mit merkwürdigen Symbolen gefunden, die keiner entziffern kann. Vielleicht ist es arabisch, ich weiß es nicht. Ich kann ja leider nicht einmal eine normale Schrift lesen. Möglicherweise ist es auch nur irgendwelches Gekritzel.«

»Zeig einmal her, was du da hast.« Simon reichte ihm die Schriftzeichen auf dem zerrissenen Stück Papier. Isaak nahm den Fetzen, lächelte erst und wurde sofort wieder ernst.

»Das ist nicht schwer, das ist hebräisch.«

»Was ist hebräisch? Davon habe ich noch nie gehört, wo wird diese Sprache gesprochen?«

»Hebräisch ist die Sprache unserer Vorväter, die Bücher Moses sind darin geschrieben und alles Bedeutende, was in unserer Welt wert war, niedergeschrieben zu werden.«

»Hebräisch ist die Sprache der Juden?«

»Ja, das ist die alte Sprache meines Volkes.«

»Dann kannst du lesen, was dort geschrieben steht?«

»Sicher kann ich das. Ich kann nur nicht beurteilen, was es für uns Juden hier in der Stadt bedeutet, wenn man bei einer so schrecklichen Untat einen Hinweis findet, der zu uns führt?«

»Du weißt, dass du mir vertrauen kannst und keine Angst zu haben brauchst. Ich werde das, was du mir anvertrauen wirst, sorgsam hüten. Ich sage einfach, es handelt sich um eine Geheimschrift. Die kann hier sowieso keiner entziffern.«

»Wenn euer Pfarrer belesen ist und studiert hat, kann er das schon.«

»Um den Hanns Frankfurter mach ich sowieso einen großen Bogen. Dem sag ich überhaupt nichts, da musst du dir keine Sorgen machen. Ich bin ganz aufgeregt, erzähl schon.«

»Also hier steht: »Willst Du aber das allerbeste Büchsenpulver machen, so nimm 2,5 Zentner Salnitter, 1 Zentner Schwefel, das stoß gar wohl untereinander, dann nimm all weg den achten Teil Kohlen, den dreißigsten Teil Salamoniak und stoß und misch es durcheinander.««

»Ich glaub es nicht, das ist Alchemie.«

»Es ist sehr schwer zu entziffern, da der Text aus einer Mischung lateinischer, deutscher und hebräischer Worte besteht.« Isaak las stockend und fuhr mit dem Zeigefinger die Zeilen entlang. »Die Schrift ist aber hebräisch. In unserer Schrift gibt es keine Zeichen für die Buchstaben a, e, i, o und u. Ich muss diese Laute bei allen Worten hinzudenken, deshalb fällt mir das Lesen auch so schwer, denn die lateinische Sprache beherrsche ich nicht.«

»Ich verstehe nur die Hälfte von dem, was du sagst. Das macht aber nichts. Ich kann weder Latein noch Hebräisch und kann deinen großen Wissensschatz nur bewundern. Komm schon, lies weiter.«

»Hier fehlt ein großes Stück. Es ist abgerissen. Der übrig gebliebene Text bedeutet: »Und nimm zu je 30 Pfund, 3 Lot de mercuriosublimato, 1 Lot Kampfer, und 5 Lot Arsenik, tu ein wenig Salnitterwasser hinzu und stoß damit. Solch Pulver ist stark, gut und lässt sich lange halten.««

»Hier geht es also um diese neue Entdeckung, man nennt es Donnerkraut. Es sorgt dafür, dass keine Festungsmauer mehr einem Beschuss mit den neuen Donnerbüchsen standhält.«

»Das glaube ich auch.«

»Was hat der Lallinger mit der Kriegstechnik zu tun? Der handelt doch mit Salz. Ich versteh das nicht.«

»Ich habe gehört, er hätte in den letzten Jahren viele Geschäfte gemacht, die ihm hohe Verluste einbrachten. Er konnte seine Schulden nicht mehr zurückzahlen. Bei mir liegen auch noch mehrere Schuldscheine von ihm. Ich hoffe nur, dass mein Geld nach dem Mord nicht verloren ist. Außerdem haben ihn in den letzten Wochen zwielichtige Gestalten besucht.«

»Meinst du die Musikanten, die nahe der Paar ihr Quartier aufgeschlagen haben?«

»Nein, ich meine keine Habenichtse. Sondern gut gekleidete Herren, die zu später Stunde sein Haus besuchten, lange blieben und sich dann wieder davonschlichen. Die Fensterläden wurden an diesen Tagen fest verriegelt.«

»Woher willst du das denn wissen?«

»Ein Vögelchen hat es mir gezwitschert. Wenn du gute Geschäfte mit den hiesigen Kaufleuten machen willst, musst du über sie Bescheid wissen.«

»Ich glaube, das ist der erste vernünftige Hinweis auf den Mörder, obwohl er uns alleine auch nicht voranbringt.«

»Wenn du mir versprichst, mich aus der ganzen Geschichte herauszuhalten, kann ich dir vielleicht weiterhelfen.«

»Ich weiß deine Freundschaft und Hilfe zu schätzen und würde niemals etwas tun, was dir schaden könnte. Deshalb verspreche ich dir, bei meiner Ehre, ich gebe keinen Hinweis auf euch Juden und ich werde zu keinem ein Sterbenswörtchen über das verlieren, was du mir anvertraut hast.«

»Gut, mein Freund, ich glaube dir. Deshalb gebe ich dir einen Hinweis, wer dir vielleicht noch etwas mehr sagen könnte. In Augsburg lebt ein entfernter Vetter meiner Frau, sein Name ist Joseph Hartmann. Er geht dem Metzgerhandwerk nach und schlachtet die Tiere gemäß den Regeln, die uns unser Glauben vorschreibt. Er hat sein Geschäft in der Judengasse. Suche ihn auf, erkläre ihm, dass ich dich zu ihm sende, und zeige ihm die Schrift. Vielleicht kann er dir weiterhelfen. Hoffentlich hat Joseph die Stadt noch nicht verlassen und ist wohlauf. Ich erzählte es dir ja bereits, dass die Augsburger all meine Brüder aus der Stadt vertreiben wollen. Dies stimmt mich sehr traurig.«

»Das kann ich gut verstehen. Ich werde vielleicht eine Reise ins Schwäbische unternehmen und wenn ich deinem Verwandten helfen kann, so werde ich es tun. Der Ort meiner Geburt ist Haunstetten und in Augsburg habe ich das Baderhandwerk erlernt. Ich freue mich, dass es einen Grund gibt, wieder in meine alte Heimat zurückzukehren.«

»Schalom! Ich gebe dir den alten jüdischen Friedensgruß mit auf deinen Weg. Möge Gott dich schützen.«

»Ich weiß nicht, wie ich dir für deine Hilfe danken kann. Hoffentlich können wir den Mörder, auch dank deiner Unterstützung, möglichst schnell dingfest machen und der Gerechtigkeit Genüge tun. Leb wohl!«

12

Der nächste Weg führte Simon zurück zum Haus der Lallinger. Im Hof vor den Stallungen traf er auf den städtischen Büttel, der mit der Befragung der Dienstboten fertig zu sein schien.

»Hallo Emmeran, was ist bei deiner Befragung herausgekommen?«

»Es war ein mühseliges Geschäft. Ich wusste gar nicht, wie viele Leute für so einen Kaufmann arbeiten. Außer den Knechten und Mägden, die im Haus beschäftigt sind, hatte er noch Fuhr- und Waffenknechte. Die sind nur in Aichach, wenn seine Handelszüge hier durchziehen.«

»Ja, ich weiß! Was hast du herausgefunden?«

Emmeran Wagner machte einen zerknirschten Eindruck. »Nichts! Keiner hat etwas gehört oder gesehen. Das Gesinde hat in den Stallungen gesoffen und gefeiert.«

»Das kann ich nicht glauben, so etwas hätte der Lallinger niemals zugelassen.«

»Sie haben es trotzdem getan. Im Nachhinein haben sich die Dienstboten auch gewundert, weshalb ihr Herr nicht mit dem Knüppel dazwischen gefahren ist. Vielleicht hat einer der Knechte ein Fass Branntwein von der letzten Reise mitgebracht. Als wir die Leichen fanden, lag ein Teil des Gesindes noch vollkommen betrunken im Heu herum. Einige der Mägde waren kaum bekleidet, und es schien nicht nur einer von den Kerlen drübergestiegen zu sein.«

Simon grinste: »Da haben die Aichacher für die nächsten zehn Jahre was zu tratschen. Die Predigt, die der Pfarrer beim nächsten Gottesdienst seinen Schäfchen hält, möchte ich nicht hören. Das ist ja wie in Sodom und Gomorrha.« Dann wurde er wieder ernst. »Das ist doch kein Zufall, dass dies Besäufnis genau an dem Tage stattfand, an dem der Mord geschah. Wer hat das Fass beschafft?«

»Weshalb kann das kein Zufall sein?« Emmeran Wagner sah ihn verwundert an. »Der Schnaps war da, und die Leute sind der Versuchung halt erlegen.«

»Versuche lieber herauszufinden, wer das Fass besorgt hat. Das kann doch nicht so schwer sein.«

»Wo warst du eigentlich? Ich muss die Vernehmungen alleine führen und du drückst dich irgendwo herum.«

»Ich war beim .... Ich war im.... Ich war kurz in meinem Geschäft. Ich muss ja dort auch ab und zu nach dem Rechten sehen.«

Aus den Stallungen trat einer der Knechte und bewegte sich in Richtung Abtritt. Er war groß, kräftig und trug schwarzes, halblanges, ungepflegtes Haar. Am auffälligsten war eine lange, rote Narbe, die vom linken Ohr, quer über die Wange bis zum Kinn führte. Der dichte Vollbart konnte sie nicht verdecken. Wahrscheinlich rührte sie von einem Schwerthieb oder einem Messerschnitt her.

»Wer ist denn das?«, erkundigte sich Simon neugierig.

»Das ist Lorenco Forlan, einer der Waffenknechte des Lallinger, einer seiner besten Männer. Vor dem laufen die Straßenräuber davon, sobald sie ihn sehen. Mit seinen Waffen kann er umgehen wie kaum ein Zweiter«, erwiderte Emmeran.

»Den habe ich noch nie gesehen. Eigentlich müsste der auch mal zum Bader gehen. Schau mal, wie der sich beim Rasieren geschnitten hat«, lachte der Badermeister.

»Sag so was nicht zu laut, der versteht keinen Spaß. Der Kerl war viele Jahre Söldner in Italien. In irgendeinem Krieg hat er sich die Wunde zugezogen.«

»Ein Söldner aus Italien. Ja, so was! Und so einen braucht der Lallinger, um das bisschen Salz bewachen zu lassen«, wunderte sich der Bader und ging kopfschüttelnd von dannen.

Zwei Häuser weiter betrat der Bader das Haus des Bürgermeisters. Chuntz Zellmeier war anwesend und empfing ihn sofort. »Grüß dich, Simon. Was kannst du Neues berichten?«

»Es gibt nur wenige neue Erkenntnisse. Emmeran Wagner hat die Befragung des Gesindes durchgeführt. Er wird dir später sicher einen ausführlichen Bericht erstatten. Von denen hat keiner was mitbekommen, da alle besoffen waren.«

»Wie? Alle besoffen? Und das unter der Woche? Der Lallinger hätte so etwas doch niemals geduldet.«

»Das finde ich ja auch merkwürdig. Aber so war es. – Ich habe mich auch ein wenig umgehört, es heißt, dem Lallinger soll das Wasser finanziell bis zum Hals gestanden haben. Weißt du was darüber?«

»Woher willst du das denn wissen? Davon habe ich nichts gehört.« Der Bürgermeister schüttelte ungläubig den Kopf.

»So etwas hättest du eigentlich mitbekommen müssen. Außerdem sollen ihn in letzter Zeit zwielichtige Gestalten besucht haben. Du bist doch sein Nachbar, hast du davon etwas bemerkt?«

»In den letzten Wochen waren manchmal die Fensterläden verschlossen, obwohl es draußen noch hell war. Ich habe mir nichts dabei gedacht. Aber wo du es jetzt sagst: Es war schon komisch. Aufgefallen ist mir aber nichts, und es hat sich auch keiner das Maul darüber zerrissen.«

»Denke doch noch einmal genau nach.«

»Also wirklich, es mir fällt nichts ein! Doch! Warte! Vor drei Tagen ist ein Mönch zu ihm hineingegangen. Der war mit einem braunen Habit bekleidet. Ich glaube, es war ein Franziskaner, ein älterer Mönch, den ich vorher noch nie gesehen habe. Wenn ich mir es im Nachhinein überlege, das ist schon merkwürdig. Der Lallinger ging nur in die Kirche, wenn er nicht anders konnte. Die Beichte nimmt ihm der Pfarrer ab«, berichtete der Bürgermeister gedankenverloren.

»Trotzdem ist alles, was wir in der Hand haben, recht dürftig. Ich glaube nicht, dass die Gaukler, die wir eingesperrt haben, etwas mit dem Verbrechen zu tun haben, obwohl sie sich durch ihren plötzlichen

Aufbruch verdächtig gemacht haben. Ich entdeckte aber noch eine weitere Spur. Ich weiß jetzt, welches Geheimnis der Zettel birgt.« Der Bader tat sehr geheimnisvoll.

Chuntz Zellmaier blickte ihn gespannt an. »Jetzt rede schon. Mach es nicht so spannend.«

»Auf dem Papier steht eine alchemistische Rezeptur.«

»Was erzählst du denn, eine alchemistische Rezeptur? Woher willst du das denn wissen? Du kannst ja selber nicht mal lesen und schreiben. Wer hat dir denn den Bären aufgebunden?« Der Bürgermeister winkte verächtlich ab.

»Da hat mir niemand einen Bären aufgebunden. Ich habe es jemandem gezeigt, der die Geheimschrift entschlüsseln konnte. Ich musste ihm aber versprechen seinen Namen nicht zu nennen. Und er kann lesen und schreiben. Ich glaube ihm!« Simon ärgerte sich, dass die Ergebnisse seiner Ermittlungen angezweifelt wurden.

»Ich glaube, ich weiß, bei wem du warst. Da hat dir doch schon vor einiger Zeit mal jemand geholfen. Ich bestehe nicht darauf, dass du uns den Namen deines Zuträgers nennst. Was ist das denn für ein alchemistisches Rezept?« Chuntz Zellmaier schien seinen Hinweis ernst zu nehmen.

»Es ist ein Rezept für ein neues, besseres Donnerkraut.«

Jetzt war es am Bürgermeister Simon ungläubig anzustarren. »Donnerkraut, das kann nicht sein. Bei uns gibt es keine Alchemisten und was soll der Lallinger mit Donnerkraut zu tun haben? Der handelt mit Salz und damit kannst du nichts in die Luft sprengen.«

»Vielleicht handelte er ja auch noch mit anderen Sachen? Mit allem was mit dem Kriegshandwerk zu tun hat, kann man viel Geld verdienen, sicherlich mehr als mit dem Salzhandel.«

»Hoffentlich hast du damit Unrecht. Mein Gott, ich muss sofort mit dem Richter darüber sprechen. Möglicherweise sind Spione in unserer Stadt oder jemand will dem Herzog Übles, und gerade bei uns in Aichach muss das geschehen. Es ist jetzt das Wichtigste herauszufinden, was hinter der ganzen Sache steckt. Gib mir das Stück Papier zurück.« Chuntz Zellmaier wirkte bestürzt.

»Möglicherweise könnte ich in Augsburg mehr herausfinden. Mir wurde der Name eines Mannes genannt, der uns dort vielleicht weiterhelfen könnte. Wenn du damit einverstanden bist, mache ich mich morgen in aller Frühe auf den Weg. Das zerrissene Schriftstück würde ich gerne mitnehmen. Gib es dem Stadtschreiber, er soll die Zeichen kopieren. Die Kopie kannst du dann dem Richter zeigen.«

»Ich bin dir dankbar, wenn du das für uns tun würdest. Du bekommst morgen ausreichend Geld von mir, ein Pferd und auch die Waffen, die du brauchst. Ein Geleitschreiben gebe ich dir nicht. Du sprichst mit niemandem über deinen Auftrag. Bei solchen Dingen weiß man nie, wer wirklich dahinter steckt. Die Augsburger waren uns noch nie wohlgesonnen.«

»Ich werde schweigen wie ein Grab. Du solltest aber auch nur mit dem Richter die Angelegenheit besprechen, sonst redet morgen die ganze Stadt darüber. Vor allem sag nichts zu deinem so reichlich mit Geistesgaben gesegneten Büttel. Behalte ihn in der Zeit, in der ich nicht hier bin, im Auge und bewahre ihn vor Dummheiten.«

»Das brauchst du mir nicht zu sagen, das weiß ich selber. Wenn du in Augsburg bist, habe ich noch einen zusätzlichen Auftrag für dich.«

»Und der wäre?«

»Du kannst dich doch noch an Ludwig Kroiß, den Vorgänger von Emmeran Wagner, erinnern?«

»Sicherlich, wir haben uns angefreundet.«

»Wenn ich mich recht erinnere, führte ihn sein Weg, nachdem er Aichach verließ, nach Augsburg?«

»So hat er es mir erzählt.«

»Versuche ihn zu finden und bitte ihn zurückzukommen. Er kann seine alte Stelle sofort zurückerhalten.«

»Ich denke nicht, dass er deinen Vorschlag mit Begeisterung annehmen würde. Aber, was wird dann aus Emmeran Wagner?«

»Für den finden wir schon etwas anderes. Warum sollte er meinen Vorschlag nicht annehmen?«

»Er hat Aichach auch verlassen, weil er gerne eine Familie gründen würde. Mit dem mickrigen Einkommen eines Büttels kannst du Frau und Kinder nicht ernähren. Das reicht nicht zum Leben und nicht zum Sterben. Da musst du ihm schon etwas Besseres bieten.«

»So schlecht verdient unser Büttel doch gar nicht.«

»Du musst ja auch nicht davon leben.«

Chuntz Zellmeier dachte nach. »Vielleicht habe ich da ja etwas. Ich müsste es noch mit dem Richter besprechen, aber der stimmt sicherlich zu. Wir könnten ihm die Aufgaben eines Hauptmanns der Stadtwache übertragen. Dann unterstünden ihm die Büttel, die städtischen Wachsoldaten und in Kriegszeiten die Bürgerwehr.«

»Das hört sich schon viel besser an.«

»Er hat bewiesen, dass er zupacken kann und ich glaube, dass er auch der Richtige für diese Aufgabe ist. Sein Verdienst wäre erheblich höher, er bezöge ein kleines Haus direkt neben dem Oberen Tor an der

Stadtmauer und besäße hohes Ansehen in der Stadt. Die richtige Frau zu finden, dürfte dann ein Leichtes für ihn sein. Vielleicht bringt er ja schon eine aus der Fremde mit.«

»Wenn er noch in Augsburg ist, werde ich ihn finden. Hoffentlich lockt ihn dein Angebot zu uns zurück. Möglicherweise kann er mir schon bei meiner Mission eine Hilfe sein. Morgen früh ist dann hoffentlich alles für meinen Aufbruch bereit.«

Barbara war von der Absicht ihres Mannes, sich auf den beschwerlichen Weg in die Reichsstadt im Schwäbischen zu machen, nicht gerade erfreut. »Mir war es von Anfang an bewusst. Du treibst dich in der Weltgeschichte herum und lässt mich mit den Kindern und der ganzen Arbeit hier allein zurück. Es ist wie immer.«

»Du hast doch Matthes, der dir helfen soll und die Arbeit im Geschäft verrichtet. Wenn du noch weitere Hilfe brauchst, holst du dir eine Frau fürs Haus. Die können wir der Stadt in Rechnung stellen. Ich werde auch nur wenige Tage unterwegs sein. Ich erledige meinen Auftrag, suche Ludwig Kroiß und kehre sofort nach Aichach zurück.«

»Was ist, wenn dir etwas geschieht? Du bist alleine unterwegs und die Straßen sind gefährlich. Was wird dann aus uns?«

»Du musst dir keine Sorgen machen, mir geschieht schon nichts. In unserem Herzogtum sind die Straßen sicher. Außerdem habe ich ein Schwert und einen Spieß dabei und kann damit umgehen. Wenn ich in Augsburg bin, sehe ich mich nach neuen Stoffen aus Italien um. Da finde ich sicher etwas Schönes für meinen lieben Schatz. Du lässt dir daraus ein wunderbares Gewand schneidern und bist dann die begehrenswerteste Frau der ganzen Stadt. Vielleicht entdecke ich auch noch ein schönes Schmuckstück. In Augsburg gibt es hervorragende Gold- und Silberschmiede.«

»Du versuchst mir nur Honig ums Maul zu schmieren. Das letzte Mal, als du dort warst, hast du mir auch großartige Versprechungen gemacht, aber mitgebracht hast du gar nichts. Die Kinder hast du ebenfalls vergessen.«

»Das letzte Mal mussten wir Augsburg plötzlich verlassen und ich hatte keine Zeit Geschenke zu kaufen. Das musst du doch verstehen. Meinst du, ich mache mir keine Sorgen um euch? Du bist die schönste Frau in der Stadt und ich muss dich zurücklassen. Glaubst du, das fällt mir leicht? Ein hübscher Geselle mit dir alleine im Haus, da mache ich mir auch so meine Gedanken.«

»Du Heuchler, du weißt ganz genau, dass ich keinen anderen Mann ansehe. Ich habe eher Grund, mich um deine Treue zu sorgen. Wenn du allein in der großen Stadt bist, treibst du dich vermutlich mit irgendwelchen liederlichen Frauenzimmern herum.«

13

Im Osten wurde es langsam hell, als sich Gesa aus den Decken wickelte, die sie während des Schlafes vor der Kälte schützten. Sie hatte sich neben der Feuerstelle zur Ruhe gelegt. Die kleine Maria, die sich an sie kuschelte, schlief noch. Sie wärmten sich gegenseitig. Die Mutter deckte das Kind schnell wieder zu, damit es nicht fror und aufwachte. Das Feuer, das abends Wärme spendete, erlosch im Laufe der Nacht. Die bittere Kälte fraß sich, Stück für Stück, durch die wollenen Decken hindurch. Zitternd begab sich Gesa zum Paarufer hinunter, spritzte sich ein wenig eiskaltes Nass ins Gesicht und reinigte sich mit dem Zeigefinger notdürftig die Zähne. Ein Schluck klares Flusswasser musste als Morgenmahl genügen. Sie warf sich ihren Umhang um die Schultern, steckte ihr Messer unter den Strick, der ihr als Gürtel diente, packte einen Kanten Brot und ein kleines Stück Käse in ein Tuch und machte sich auf den Weg. Vorher küsste sie zärtlich Maria und machte sich davon, ohne die anderen zu wecken. Sie wusste nicht, wie lange sie unterwegs sein würde, kannte den Weg nicht, denn sie war noch nie in Augsburg gewesen. Wenn Gesa ehrlich war, musste sie zugeben, dass sie zuvor auch noch nie alleine unterwegs gereist war. Aber nichts konnte ihre Überzeugung mindern, dass sie es schaffen würde.

Simon Schenk erhob sich etwa zur gleichen Zeit wie Gesa. Er kletterte zusammen mit Barbara aus dem Bett, zog sich an, verließ das Schlafgemach und stieg die Treppe in die große Kammer mit dem Herd hinunter. Da das Feuer während der Nacht erloschen war, fror er. Der Bader schlang eine Schale kalten Brei des Vortages hinunter und trank einen Becher schales Bier. Danach begab er sich in die Baderstube, wusch sich den Schlaf aus dem Gesicht, reinigte seine Zähne und weckte den Gesellen. Die Kinder schliefen noch, als Simon seine Tochter und seinen Sohn zum Abschied zärtlich küsste. An der Haustür schmiegte sich Barbara an ihn und Tränen rannen über ihre Wangen.

»Barbara, du musst nicht traurig sein. Ich werde die ganze Zeit nur an dich denken und so schnell wie möglich zurückkehren.« Sie schluchzte nun noch heftiger und schob ihn aus dem Haus. Die Tür fiel zu und Barbara blieb dahinter verschwunden.

Die Vorbereitungen im Haus des Bürgermeisters waren abgeschlossen. Chuntz Zellmeier erwartete ihn.
»Guten Morgen, Simon. Wie geht es dir? Bist du ausgeschlafen?«
»Hmm...«
»Ich habe dir aus dem Zeughaus ein Schwert und einen Dolch mit Scheide kommen lassen. Außerdem einen kurzen Spieß.« Er stellte einen Beutel auf den Tisch, in dem Münzen klimperten.
»Hier hast du ausreichend Geld, welches für Verpflegung, Unterkunft und besondere Ausgaben ausreichen müsste. Wir rechnen es bei deiner Rückkehr ab.«
»Was verstehst du unter besonderen Ausgaben? Denkst du da an die Geschenke, die ich meiner Frau mitbringen werde?«, grinste Simon.
»Hüte dich! Ich meine damit Münzen, die du brauchst, um jemanden zum Reden zu bringen oder Wachen zu bestechen, damit sie dich wieder aus der Stadt hinauslassen, wenn die Augsburger euren letzten Besuch noch nicht vergessen haben sollten. Im Hof steht das Pferd mit Wasser und Proviant bereit. Ich habe es satteln lassen.«
Sie gingen in den Hof des Hauses. Dort stand der Apfelschimmel, den Simon früher schon einmal reiten durfte. Das Tier blickte den Bader misstrauisch an und der war sich nicht sicher, ob der Gaul ihn wiedererkannt hatte. Simon befestigte seine Habseligkeiten und den Spieß am Sattel. Danach halfen ihm die Knechte beim Aufsitzen. Langsam ritt er aus dem Hof, über den Marktplatz und durch das Obere Tor. Nur wenige Menschen bevölkerten die Straßen und einige Händler beschäftigten sich damit, die Marktstände aufzubauen.

Simon durchquerte die südliche Vorstadt in Richtung Augsburg und ließ das Dörfchen Ecknach linkerhand liegen. Rechts, auf der anderen Seite der Paar, konnte man bereits die Kirche von Griesbach erkennen. Direkt über dem Fluss hingen vereinzelte Nebelschwaden unter dem grauen Himmel. Die Luft roch nach Regen. Links des Weges zog sich lang gestreckt ein Waldgebiet hin, das dunkel und bedrückend wirkte. Simon erblickte vor sich einen Wanderer, der sich, als er ihn bemerkte, seitlich ins Gebüsch schlug. Das kam dem Bader verdächtig vor. Er verließ den Weg, ritt über einen Streifen hohen Grases zu der Stelle, an der die Person im Unterholz verschwunden war.

Simon legte die Hand an den Schaft seines Spießes. »Komm aus dem Gebüsch heraus! Zeige dich! Was hast du zu verbergen, dass du dich verstecken musst?«

Niemand antwortete und kein Blatt bewegte sich. Er umfasste die Waffe mit festerem Griff. »Ein letztes Mal – zeige dich, sonst hole ich dich und dann gnade dir Gott!«

Nun raschelte es im Gehölz. Ein Mensch erhob sich und verließ langsam das Dickicht. Als er vor ihm stand, blieb Simon der Mund vor Überraschung offen stehen. »Du? Was hast du denn hier verloren?«

Vor ihm stand Gesa und blickte ihm trotzig in die Augen. »Ja, ich bin´s und was ist so schlimm daran, dass du mich mit deinem Spieß bedrohen musst?«

»Ich, ich...«, stotterte der Bader. »Es kam mir eben verdächtig vor, dass du dich versteckt hast, als du mich bemerktest.«

»Ich habe auch allen Grund euch städtischen Bütteln aus dem Weg zu gehen. Weiß ich, ob du mir Gewalt antun willst? Ihr seid alle gleich. Aber ich werde mich zu wehren wissen.« Damit zog sie ihr Messer unter ihrem Umhang hervor und hielt es sich drohend vor den Leib.

»Pack das Messer weg, bevor du dich damit verletzt. Ich will dir wirklich nichts tun, sei nicht albern.«

Sie ließ das Messer sinken, steckte es aber nicht ein. »Ich traue dir nicht. Du bist genauso ein Lump wie die anderen.«

»Was machst du hier überhaupt? Ihr dürft doch die Stadt nicht verlassen.«

»Beobachtet ihr uns Tag und Nacht? Haben sie dich hinterhergeschickt, um mich wieder zurückzubringen?« Gesa bedrohte ihn erneut mit dem Messer.

»Was redest du denn für einen Unfug! Ich bin auf dem Weg nach Augsburg, und du bist mir zufällig über den Weg gelaufen. Wo willst du denn eigentlich hin?«

»Ich will«, ihr Blick schweifte umher, dann zeigte sie mit der Hand in Richtung Griesbach. »Ich will dorthin, nach ähh, nach ähh....«

»Was willst du dort?«

»Ich will dort etwas zu essen organisieren.«

»Und du glaubst, dass du da in aller Herrgottsfrühe von den Bauern Dinge bekommst, die du in Aichach nicht auch kaufen könntest. Ich glaube dir kein Wort.«

»Ich lüge nicht. Was erlaubst du dir?«

»Du kannst mir ruhig die Wahrheit erzählen. Ich bin davon überzeugt, dass eure Männer nichts mit dem Mord zu tun haben. Über kurz oder lang kommen sie wieder frei. Also sag schon, wo willst du hin?«

Gesa sah verzweifelt zu Boden. »Du musst mir schwören, dass du mich in Aichach nicht verrätst.«

»Versprochen!« Simon lächelte sie an.

»Unsere Gruppe wollte nach Augsburg ziehen, um dort ein Winterquartier zu suchen. In der Nacht vor unserem Aufbruch kamen eure Büttel und haben unsere Männer verschleppt. Jetzt will ich dorthin, um dort eine Bleibe für den Winter zu finden.«

»Kennst du den Weg, und weißt du, wie weit es eigentlich dorthin ist?«

Gesa war entmutigt und fast wären ihr Tränen über die Wangen gekullert. »Ich werde schon hinfinden. Darum brauchst du dir keine Sorgen zu machen.«

»Und der nächste Kerl, der dir über den Weg läuft, zieht dich ins Gebüsch.«

»Dafür habe ich mein Messer. Dem werde ich es zeigen.«

»Weißt du was? Du steigst auf und kommst mit mir nach Augsburg.« Die Worte kamen ihm wie von selbst über die Lippen und er dachte: »*Was für ein Teufel hat dich da gerade geritten? Aber einmal gesagt, ist gesagt.*«

»Nein, das werde ich nicht tun. Ich werde auch ohne deine Hilfe an mein Ziel gelangen.«

»Mädel, sei nicht dumm. Du kennst den Weg nicht. Du bist als Frau alleine und ohne Schutz unterwegs. Und wenn ich dich genauer anschaue - du besitzt ja nicht einmal Schuhe. Du wirst auf halber Strecke auf dem bloßen Fleisch laufen. Los steig endlich auf.«

14

Sie zögerte noch einen Augenblick, bevor er sie hinter sich auf das Pferd zog. Das Pferd trabte an, und sie setzten ihren Weg nach Augsburg gemeinsam fort. Zuerst sprachen sie kein Wort miteinander. Gesa hatte damit zu tun, sich festzuhalten und nicht herunterzurutschen. Sie saß hinter dem Sattel auf einem Stück Decke, die zuunterst auf dem Pferderücken lag. Mit beiden Händen hielt sie sich an Simons Hüften fest. Als diese Haltung zu unbequem wurde, umschlang sie ihn mit beiden Armen und presste sich an seinen Rücken. Simon saß plötzlich kerzengerade. Er spürte die wohlige Wärme ihres Körpers und den Druck ihrer festen Brüste.

Er unterdrückte einen überraschten Laut und dachte: »*Ich bin noch keinen halben Tag von Aichach fort und schon gerate ich in Versuchung.*« Nachdem er die Berührung eine Zeit lang genossen hatte, fragte er sie. »Wie bist du zu dem fahrenden Volk gekommen? Wurdest du bei ihnen geboren?«

»Nein, ich komme aus Indersdorf. Das liegt auf dem Gebiet des Landshuter Herzogs.«

»Den Ort und das Kloster kenne ich. Während des Bayrischen Krieges zogen wir in der Nähe vorbei. Ich war damals Feldscher im Heer der Ingolstädter. Damals zogen unsere Soldaten brandschatzend durch das Land der Münchner Herzöge. Aber zu euch durften wir nicht, weil Indersdorf ja zum Besitztum des Landshuter Herzogs gehörte.«

»Dafür soll ich wohl auch noch dankbar sein, dass du und deine Kameraden nur die Bauern in unseren Nachbardörfern umgebracht haben. Die alten Leute haben in den langen Winternächten von euren Grausamkeiten berichtet. Du machtest auf mich einen ehrlichen Eindruck. Ich konnte mir nicht vorstellen, dass du zu so einer Mörderbande gehörtest.« Sie setzte sich wieder aufrecht hin und ein Kälteschauer zog über Simons Rücken.

»Ich war doch damals gerade 16 Jahre alt, also fast noch ein Kind.« Er bekam keine Antwort, und sie schwiegen sich gegenseitig an.

Ohne miteinander zu sprechen, ritten sie das Paartal hinauf, waren in Gedanken versunken und hatten keinen Blick für die Schönheiten der Landschaft. Die

Sonne würde heute nicht mehr herauskommen und es begann sogar wieder leicht zu nieseln. Simon versuchte nach einiger Zeit, erneut das Gespräch zu eröffnen. »Wie kommt man dann von Indersdorf zu den Musikanten?«

Gesa war kein Mensch, der ewig stumm vor sich hin starren konnte. Deshalb antwortete sie, aber immer noch verschnupft. »Ich hatte den ersten Sohn eines Bauern geheiratet, und er sollte irgendwann den Hof übernehmen. Nach neun Monaten kam Maria zur Welt, unser erstes Kind. Vor drei Jahren ereignete sich dann ein schrecklicher Unfall. Mein Mann wurde im Stall von einem Stier an die Wand gedrückt. Der hat ihm fast alle Rippen gebrochen. Wenige Stunden später war er tot. Er verschied unter schrecklichen Schmerzen.«

»Das ist ja grauenvoll. Aber warum bist du danach nicht dort geblieben?«

»Danach habe ich meine Familie erst so richtig kennen gelernt. Der jüngere Bruder sollte nun das Erbe übernehmen, aber der war schon verheiratet. Meine Mitgift hatten sie bereits eingesteckt und ich kam ihnen als fleißige Kraft, die nichts kostet, gerade recht. Deshalb sollte ich meinen Schwiegervater, der seit geraumer Zeit verwitwet war, heiraten. Mich fragte keiner, denn ich war ja nur die unmündige Schwiegertochter. Meine Trauer interessierte auch niemanden in dieser Familie. Was ich sicher wusste: Diesen alten, geilen Bock, der nur noch ein paar Zähne im stinkenden Maul hatte, wollte ich nicht zum Mann. Schon am Tag der Beisetzung versuchte er mir mit seinen widerlichen, spindeldürren Fingern, unter den Rock zu fassen.«

»Und wie ging es weiter?«

»Ich wusste mir keinen Ausweg. In diesen Tagen zeigte eine Gauklertruppe bei uns auf dem Marktplatz ihre Kunststücke und lagerte außerhalb des Dorfes. Ich schlich mich nachts aus dem Haus und fragte einfach, ob ich mit ihnen ziehen dürfte. Sie stimmten ohne zu zögern zu. Ich schlich in unsere Hütte zurück, packte ein paar Habseligkeiten von mir und meiner Tochter in ein großes Tuch, trug das schlafende Kind aus dem Haus und bevor die Sonne aufging, waren wir schon eine Meile von Indersdorf entfernt.«

»Das war ganz schön mutig von dir und hätte auch schiefgehen können.«

»Da hast du Recht, aber es ging gut. Alle waren freundlich zu mir und liebevoll zu Maria. Sie haben mir Kunststücke beigebracht. Ich lernte die Laute zu spielen, zu trommeln und zu singen. Das erste Mal in meinem Leben hatte ich das Gefühl, dass ich ebenso viel wert war wie die anderen. Wir lebten zusammen, wie eine große Familie. Und nie ist mir einer der Männer zu nahe getreten, wenn ich es nicht wollte. Es gab keinen Pfaffen, der uns vorschrieb, was gut und was schlecht war.«

»Wie oft habt ihr gehungert und gefroren?«

»Oft, aber dann haben wir jeden Bissen geteilt und uns gegenseitig gewärmt. Gefahren drohten immer nur von außen. Zum Beispiel von Menschen wie dir und deinen Bütteln in Aichach.«

»Wenn ich so eine Gefahr wäre, hätte ich dich in die Stadt zurückgeschleppt und du würdest gebunden hinter meinem Pferd herlaufen. Was mache ich hingegen? Du sitzt mit mir auf meinem Gaul und wir reiten zusammen nach Augsburg. Ich habe nicht befohlen euch einzusperren. Durch euren plötzlichen Aufbruch am Tag nach dem Mord habt ihr euch allerdings verdächtig gemacht. Ich vertrat dem Bürgermeister gegenüber meine Meinung, dass ich nicht glaube, dass ihr etwas mit dem Verbrechen zu tun habt.«

Sie redeten und redeten und die Zeit verging. Gesa hielt sich wieder an ihm fest und suchte seine Wärme.

»Kommst du aus Aichach?«

»Nein. Es war für mich ein langer Weg, bis ich mich dort niedergelassen habe. Meine Eltern besaßen einen kleinen Hof in Haunstetten. Das ist ein Dorf im Süden von Augsburg.«

»Dann bist du also ein Schwabe und kein Bayer.«

»Bis jetzt hast du das aber nicht herausgehört.«

»Nein, du redest so wie die anderen Aichacher auch.«

»Das hoffe ich. Aber nun zurück zu meiner Geschichte. Ich war der Zweitgeborene. Deshalb beschaffte mein Vater mir in Augsburg eine Lehrstelle als Bader. Nach dem Ende der Lehrzeit wollte ich die Welt kennen lernen. So wurde ich Feldscher im Heer des Ingolstädter Herzogs. Dann kam der Krieg. Die Welt kennen zu lernen, bestand für mich darin, grässlich verstümmelten Soldaten beim Sterben die Hand zu halten. Als das Schlachten ein Ende fand, war ich heilfroh noch am Leben zu sein. Danach beendete ich das unruhige Leben auf der Wanderschaft und ließ mich in Aichach nieder.«

»Trotzdem bist du schon ganz schön weit herumgekommen.«

»Das stimmt, heute freue ich mich darauf, dass mich mein Weg wieder einmal ins Schwäbische führt. Vielleicht finde ich diesmal die Gelegenheit, meine alte Heimat und Haunstetten wiederzusehen. Ich würde gerne wissen, ob meine Eltern noch am Leben sind und wie es meinen Geschwistern geht.«

Das Geschaukel auf dem Pferderücken bewirkte, dass Gesa langsam einnickte. Sie kuschelte sich an Simon. Der Griff, mit dem sie sich an ihn klammerte, lockerte sich und ihre Hände fielen in seinen Schoß. Langsam trabten sie die Straße entlang.

Simon stöhnte und dachte: *»Meine Liebe, wo hast du deine Hände? Ich spüre die Wärme deiner kräftigen Brüste. Ich kann doch nichts dafür. Der da unten ist so steif, dass er gleich platzt. Ich habe meiner Barbara heute Morgen versprochen, die Finger von anderen Frauen zu lassen. Wo hat sie jetzt ihre Finger? Wenn ich das beichten muss und das täte, was ich gerne täte, müsste ich zur Buße auf bloßen Knien bis nach Inchenhofen wallfahrten. Barbara würde mir die Augen auskratzen und die Haut bei lebendigem Leib abziehen.«* Er stöhnte erneut und legte ihre Arme hoch um seinen Brustkorb. »Gesa, du musst dich festhalten, sonst fällst du noch herunter.«

»Hmm...«, murmelte sie und presste sich ganz fest an seinen Rücken. Er konnte nicht sehen, dass sie zufrieden lächelte.

Nachdem sie Dasing passiert hatten, erwachte Gesa. »Was sind das für komische Geräusche und warum riecht es so merkwürdig?« Sie schnüffelte und blickte misstrauisch herum.

»Wir werden unseren Weg in Kürze auf dem Oxenweg fortsetzen.«

»Auf dem was?«

»Auf dem Oxenweg. Auf diesem Weg treiben sie jedes Jahr tausende von Rindern von Ungarn ins Reich. Du wirst es gleich nicht nur riechen, sondern auch sehen.«

Sie trafen auf einen Zug mit langhörnigen, großen Rindern. Er zog sich in beiden Richtungen, soweit das Auge reichte. Zwischen den Tieren ritten buntgekleidete Männer mit riesigen Schnauzbärten, auf kleinen, struppigen Pferden.

»Die Rinderhirten heißen Haiduken. Sie kommen aus dem Ungarischen und manche sogar aus dem fernen Transsylvanien.«

Gesa staunte mit großen Augen. »So viele Kühe auf einmal habe ich noch nie gesehen. Und diese komischen Männer«, sie schüttelte den Kopf. »Von diesen Ländern habe ich noch nie etwas gehört.«

Simon lachte: »Warte mal.« Er stieg vom Pferd, sprach einen der eigenartigen Hirten an und kam mit zwei hölzernen Bechern zurück. Der Ungar wartete und lächelte sie an. Gesa sprang ebenfalls vom Pferd, vertrat sich die Beine und streckte sich. Simon hielt ihr einen Becher entgegen. »Komm, probier!«

Vorsichtig nippte sie, dann nahm sie einen Schluck. »Der schmeckt aber lecker! Ganz hervorragend!« Sie prostete Simon und dem Haiduken zu. Simon nahm Brot und Käse aus seinem Proviantbeutel, brach mehrere große Stücke ab, welche er seiner Begleiterin und dem lächelnden Rinderhirten reichte. »Iss lieber etwas, der Wein ist stark und unverdünnt, sonst erreichen wir Augsburg besoffen.«

»Danke. Ich habe heute noch nichts gegessen und einen Bärenhunger.« Sie schlang das Dargereichte gierig hinunter. Danach leerten beide ihren Becher. Der Bader dankte dem Hirten und gab ihm einige Münzen. Gesas Laune wurde besser und sie fühlte sich im Kopf angenehm beschwingt. Als die letzten Rinder vorbeigezogen waren, reihten sie sich am Ende der Herde ein.

Der Weg wurde jetzt beschwerlich. Ihr Apfelschimmel trabte nicht mehr, sondern trottete Stunde für Stunde hinter den Rindern her. Es stank erbärmlich und vor ihnen auf dem breiten, ausgetretenen Weg lagen tausende von Kuhfladen.

»Du kannst froh sein, dass du mich getroffen hast. Stell dir vor, du hättest laufen müssen und der grüne Brei der Kuhfladen würde dir bei jedem Schritt durch die Zehen quellen«, scherzte Simon. Er erhielt von Gesa einen zärtlichen Schlag auf den Rücken, dann umklammerte sie ihn aufs Neue.

»Schau mal, linkerhand auf dem Hügel liegt Friedberg. Das ist die letzte Festung in Bayern. Danach geht es hinunter zum Lech, der Grenze zu Schwaben.«

15

Der Zug der Rinder zweigte nach rechts vom Weg ab, zur Furt durch den Lech. Dort wurden sie gezählt und der Zoll musste entrichtet werden. Der Weg zur hölzernen Brücke war jetzt frei. Simon rollte sein Schwert und den Spieß in ein Stück Stoff, band es zusammen und befestigte es am Sattel. Gesa sah ihn fragend an.

»Wenn wir über die Grenze kommen, stellen sie nur unnütze Fragen, wenn ich die Waffen offen trage.«

Auf der bayrischen Seite nahmen die Wachen kaum Notiz von ihnen. Auf der schwäbischen Seite war das anders.

»Halt, wo wollt ich hin?«, herrschte sie der Wachposten an.

»Nach Augsburg! Wohin sonst?«, antwortete Simon.

»Und was wollt ihr da?«, bohrte der Soldat weiter.

»Ich weiß nicht, was dich das angeht, aber ich sage es dir gerne. Ich will mich beim Handelshaus der Fugger oder der Welser als Waffenknecht verdingen.«

»Da brauchst du aber keine eigenen Waffen mitzubringen. Wenn du bei ihnen eine Anstellung findest, dann bekommst du dort alles, was du brauchst. Ist das dein Weib?« Er deutete auf Gesa.

»Nein.«

»Warum sitzt sie dann auf deinem Ross? Bei uns in Augsburg stehen strenge Strafen auf Unzucht.«

»Sie hat sich den Fuß verstaucht und kann nicht mehr laufen. Ich habe ein gutes Herz. Deshalb habe ich sie auf der Straße aufgelesen und mitgenommen.« Gesa sah ihn überrascht an.

Als sie weiterritten, fragte sie: »Du willst dich beim Fugger verdingen?«

»Ja – nein, das will ich nicht. Aber irgendwas musste ich denen erzählen, damit sie uns keinen Ärger machen.«

»Was willst du wirklich in Augsburg?«

»Dazu kann ich dir nichts sagen.«

»Hat es etwas mit den Morden zu tun?«

»Ich habe dir doch gerade gesagt: Dazu kann ich dir nichts sagen. Sei nicht so neugierig.«

Gesa dachte: »Warte ab, du wirst es mir schon noch verraten. Vielleicht hilft es ja unseren Männern, wenn ich herausbekomme, was du hier treibst.«

Sie wurden erneut von den Stadtwachen streng gemustert, als sie durch das Neue Tor in die Stadt ritten. Die Vorstadt rund um die Barfüßerkirche war erst vor wenigen Jahren in die Stadtbefestigung einbezogen worden. Neben einem mit Wasser gefüllten Graben bestand die Anlage größtenteils aus dem Bodenaushub des Grabens und einer Holzpalisade darauf. Neben dem Tor hatte man bereits begonnen, die hölzerne Befestigung durch eine steinerne Mauer zu ersetzen.

Für die Strecke von Aichach nach Augsburg benötigten sie den ganzen Tag. Die Abenddämmerung setzte langsam ein und Simon hatte noch kein Quartier für die Nacht gefunden.

»Wohin willst du jetzt gehen? Weißt du, wo du die Nacht verbringen kannst? Es wird gleich dunkel«, erkundigte sich der Bader.

»Mach dir keine Sorgen. Ich komme schon zurecht.«

»Ich mache mir aber Sorgen. Hier in der großen Stadt kommst du noch schneller unter die Räder als alleine auf der Landstraße. Warst du schon einmal in Augsburg?«

»Ich war noch nie in Augsburg, aber ich bin kein Kind mehr und komme allein zurecht!«

»Wenn du willst, können wir versuchen zu zweit etwas zu finden. Ich kenne die Stadt.« Im selben Augenblick, als ihm die Worte über die Lippen kamen, hatte er sie auch schon wieder bereut. Was hatte ihn jetzt schon wieder geritten? Er hatte Barbara Treue geschworen und so wie er, verhielt sich kein gottesfürchtiger Ehemann.

»So ist das also, du Strolch. Die ganze Zeit hast du den barmherzigen Samariter gespielt und jetzt willst du mit mir ins Bett?« Gesa schien empört.

»Nein, nein, das siehst du falsch. Mich treiben keine unkeuschen Gedanken. Ich wollte dir nur helfen. Natürlich will ich dir nicht zu nahe treten. Das war ein ganz dummer Gedanke von mir.« Ihm fiel ein Stein vom Herzen, dass Gesa seinen Vorschlag abzulehnen schien. Er war sich nicht sicher, wie lange seine guten Vorsätze sonst vorhalten würden.

»Vielleicht könnte ich mich doch eine Nacht darauf einlassen. Morgen mache ich mich dann in aller Frühe auf die Suche nach einer anderen Schlafstätte «, wog sie ihre Lage ab. »Komm aber auf keine dummen Gedanken! Wenn du mich anrühren solltest, denk dran, ich habe ein scharfes Messer und ich weiß damit umzugehen.«

Wie sollte Simon aus dieser Zwickmühle wieder herauskommen? Einerseits fürchtete er die Folgen, andererseits erregte ihn der Gedanken an das, was möglicherweise in dieser Nacht noch alles geschehen würde. Wie vom Wind weggeblasen waren sie wieder, seine guten Vorsätze.

»Du brauchst dir keine Sorgen zu machen. Ich möchte dir nur helfen ein Obdach zu finden und irgendwelche Hintergedanken habe ich nicht.« Er stotterte und hoffte, dass er nicht rot geworden war, als er dies behauptete. »Ich kenne eine Herberge ganz in der Nähe. Dort finden wir sicherlich eine saubere Unterkunft und das Essen schmeckt dort ebenfalls vorzüglich.«

In der Nähe der Barfüßerkirche befand sich die einfache Herberge, in der Simon bereits bei seinem letzten Besuch in Augsburg übernachtet hatte.

»Herr Wirt, hast du noch ein Quartier für uns?«, erkundigte sich Simon, nachdem sie das Haus betreten hatten.

»Für euch beide? Ich habe nur noch eine Kammer frei.«

»Ja, für uns beide!«

»Das ist deine Frau?«

»Nein, das ist meine Schwester.«

Der Gastwirt musterte sie von oben bis unten. »Ihr wisst, dass auf Unzucht bei uns harte Strafen stehen. Und ihr seht nicht gerade aus wie Bruder und Schwester. Du siehst aus wie ein…., ich weiß nicht, gut gestellter Herr. Sie hat keine Schuhe und sieht aus wie eine...«

Gesa sprang auf ihn zu und fauchte ihn an. »Wage nicht weiterzusprechen, sonst schneide ich dir die Eier ab.«

Auch Simon war empört. »Nur eins, das andere bleibt für mich. Ich dachte nach meinem letzten Besuch, dies sei ein gastliches Haus und nun wagst du Drecksack von einem Wirt, meine Schwester zu beleidigen?« Er zog Gesa am Arm. »Komm, lass uns dies ungastliche Haus verlassen und unser Geld in einer Herberge ausgeben, in der wir willkommen sind.«

Der Wirt wirkte verlegen und trat von einem Fuß auf den anderen. »Halt, wartet! Jetzt erkenne ich dich wieder. Das letzte Mal warst du im Frühjahr hier, mit einem anderen Kerl aus Aichach.« Er grinste. »Verzeiht mir meine Blindheit, jetzt seh ich es auch, die Ähnlichkeit in den Gesichtern. Deine Schwester hat dieselbe Nase und auch eure Augen gleichen sich wie ein Ei dem anderen. Selbstverständlich bist du und deine Schwester in meiner bescheidenen Herberge herzlich willkommen. Ich werde sofort den Knecht hinausschicken, um euer Pferd zu versorgen. Ihr werdet in meiner besten Kammer eine ruhige Nacht verbringen. Dort ruht ihr nicht einfach auf mit Stroh gefüllten Säcken, sondern ich lasse sogleich linnene Laken darüber legen.« Simon und Gesa grinsten sich an. »Nach der langen Reise, die ihr bestimmt hinter euch habt, werdet ihr hungrig sein. Meine Frau ist die beste Köchin der Stadt, und sie wird die erlesensten Gerichte für euch bereiten. Dazu schenken wir den köstlichsten Wein aus, den mein Keller zu bieten hat.«

Der Bader schmunzelte. »Jetzt beruhige dich wieder. Erst gehen wir in unsere Kammer. Dann werden wir prüfen, wie es um die Kochkünste deiner Frau bestellt ist.«

»Wenn man so eine liebreizende Schwester hat, verstehe ich, dass man zuerst in die Kammer möchte, um sich von der Qualität der Betten zu überzeugen«, schleimte der Wirt weiter.

»Halt endlich dein Schandmaul«, fuhr ihn Simon an.

Der Wirt führte sie eine Treppe hinauf, unter das Dach. Dort zeigte er ihnen ihre Kammer.

Nachdem er sie alleine gelassen hatte, trat eine peinliche Stille ein, die Gesa nach einer Weile durchbrach. »Du hast dieselbe Nase wie ich? Dieser Hundsfott von einem Wirt, solch eine Frechheit! Ich hätte ihm am liebsten die Augen ausgekratzt, meine liebliche Stupsnase mit deinem pickligen, roten Riesenzinken zu vergleichen.«

Simon lachte. »Beruhige dich! Hauptsache, wir haben eine Unterkunft für diese Nacht gefunden. Ein Palast, so wie es der Wirt angepriesen hat, ist es allerdings nicht. Aber das Stroh ist frisch und es sind hoffentlich keine Wanzen und Flöhe im Bettkasten.«

»Du bist aber verwöhnt! Ich habe seit Jahren in keinem so schönen Bett mehr geschlafen.«

Damit warf sie sich auf das Bett und rekelte sich aufreizend auf dem Lager. Simon wurde ganz heiß und er stammelte. »Nein, nein. Ich finde es ganz nett hier drinnen. Es ist nur ein wenig warm.«

Gesa sah ihn neugierig an, dann lachte sie. »Bilde dir bloß nichts ein. Man kann dir deine Gedanken im Gesicht ablesen. Daraus wird nichts. Das Bett ist für zwei eigentlich zu schmal und wenn du frech wirst, schläfst du auf dem Boden.« Die Gesichtsfarbe des Baders war vom Blassrosa ins Dunkelrote gewechselt.

»Komm lass uns unten etwas essen gehen. Ich habe Hunger.«

»Ich kann mir hier nichts zu essen leisten und kann dir auch kein Geld für die Übernachtung geben.«

»Das macht doch nichts, sei mein Gast!«

»Ich habe immer für mich selber gesorgt, das kann ich nicht annehmen.«

»Natürlich kannst du das. Für meine Tage hier in Augsburg kommt die Stadt Aichach auf, verstehe es als kleine Entschädigung dafür, dass eure Männer bei uns im Kerker sitzen.«

»Ist das jetzt eine offizielle Entschuldigung der Stadt dafür, dass ihr uns so ungerecht behandelt habt?«

»Nein, natürlich nicht. Du solltest unsere kleine Vereinbarung allerdings für dich behalten.«

»Warum zahlen die Aichacher dir deinen Aufenthalt hier in Augsburg, du bist doch nur ein Bader?«

Er antwortete ausweichend. »Jetzt lass uns endlich zum Essen gehen. Ich habe wirklich großen Hunger und Durst.«

Sie betraten den Schankraum, in dem kaum noch ein Platz frei war. Die Dunkelheit hatte bereits eingesetzt. Auf jedem Tisch stand eine Tranfunzel, die ihr trübes Licht in den Raum warf. In der hinteren Ecke fand sich noch ein Platz an einer großen Tafel, an der schon mehrere Männer saßen. Diese warfen Gesa begehrliche Blicke zu. Kurz darauf trat der Wirt zu ihnen. »Was darf ich euch zu essen und zu trinken bringen? Wir haben Braten vom Lamm und vom Schwein. Meine Frau kann euch aber auch Ente, Huhn oder auch ein Karnickel zubereiten. Darauf müsst ihr dann aber länger warten.«

»Für mich bringst du eine große Portion Braten, sowohl vom Schwein als auch vom Schaf, mit viel frischem Brot«, bestellte Simon.

»Mir bringst du bitte dasselbe«, schloss sich Gesa an.

»Und was darf ich euch zu trinken bringen?«

Gesa meinte: »Ich habe Durst, bring mir einen großen Krug kühles Bier.«

Jetzt mischte sich Simon ein. »Trink lieber Wein mit Wasser versetzt, wenn du Durst hast.«

»Warum denn?«

»Die Augsburger brauen seit geraumer Zeit ihr Bier mit Hafer anstelle von Gerste. Das Getränk hat einen recht ungewöhnlichen Geschmack.«

»Der Rat der Stadt hat beschlossen, dass alles Getreide, außer Hafer, nur noch zum Brotbacken verwendet werden darf«, ergänzte der Wirt.

»Das ist mir egal, bring mir einen großen Krug Bier«, entschied sich Gesa.

Simon bestellte Wein von den Ufern der Donau. Nachdem der Wirt die Getränke herangeschafft hatte, prosteten sie ihren Tischnachbarn zu, die aber nicht darauf reagierten, sondern sie nur weiter ungeniert musterten.

»Komische Leute hier, richtig unfreundlich«, flüsterte Simon. »Was die nur haben?«

»Vielleicht glauben sie nicht, dass wir Geschwister sind«, erwiderte Gesa.

Auf zwei großen irdenen Tellern angerichtet kam ihr Essen und dazu einige große Scheiben dunklen Brotes. In einem Holzbecher steckten für jeden ein Holzlöffel und ein Messer. Simon beobachtete verwundert Gesa, die ihren Teller mit atemraubender Geschwindigkeit leerte. Dann griff sie sich das Brot und tunkte damit die restliche Soße auf. Nachdem sie damit fertig war, fragte sie, ob sie von seinem Brot auch noch etwas bekommen könnte. Simon nickte und teilte auch noch sein Fleisch mit ihr. Danach stürzte sie das Bier hinunter und bestellte sogleich einen neuen Krug. Als sie Simons verwundertes Gesicht bemerkte, erklärte sie. »So etwas Feines habe ich seit Jahren nicht mehr zu essen bekommen. Vermutlich wird es auch das letzte Mal für sehr lange Zeit gewesen sein. Was denkst du, wie viel Fleisch du zu sehen bekommst, wenn du auf der Straße lebst? Da muss dann schon mal eine streunende Katze dran glauben, wenn sie zu unvorsichtig ist.«

»Wenn du noch Hunger hast, dann bestell dir einfach noch etwas.«

Er rief den Wirt erneut herbei und orderte eine weitere Portion Fleisch und Brot, außerdem einen neuen Krug Bier und für sich Wein. Die Zeit verstrich wie im Flug. Irgendwann wurden sie müde, erhoben sich und begaben sich in ihre Kammer. Gesa kletterte die Stiege zuerst hinauf.

»Oh, ich bin so vollgefressen, ich kann mich kaum bewegen, außerdem ist mir vom Bier ganz schummrig.«

»Ich habe nicht so viel gegessen wie du«, lachte Simon. Er schob Gesa die Treppe hinauf und hielt sie dabei fest.

»Finger weg, sag ich!«

»Du fällst sonst die Treppe runter und brichst dir noch den Hals.« Mit Gekicher und Gejuchze kamen sie in ihrer Kammer an. Gesa legte ihr Obergewand ab und stand in ihrem Unterkleid vor Simon.

»Wer schläft rechts und wer schläft links?«, kicherte sie.

»Die holde Maid hat die freie Wahl«, antwortete er.

»Mir ist jetzt alles egal«, erwiderte sie, warf sich aufs Bett und zog eine Decke über sich. Er streifte sich ebenfalls die Beinlinge und den Kittel ab und schlüpfte unter die Decke. Als seine Finger zu wandern begannen, schob Gesa sie fort. »Geh weg! Ich will schlafen und bin außerdem vollgefressen. Du drückst mir auf den Bauch.« Enttäuscht drehte sich der Bader auf die Seite und war, von den Anstrengungen des Tages ermüdet, sofort eingeschlafen.

Als Simon mitten in der Nacht erwachte, hielt Gesa ihn eng umschlungen und kuschelte sich an seinen Rücken. Er spürte deutlich, wie sich ihre festen Brüste durch den dünnen Stoff ihres Unterkleides drückten. Er wagte es kaum zu atmen, da er das Ende dieses wundervollen Moments fürchtete. Als sie sich nach einer Weile umdrehte, folgte er ihr. Zärtlich umschlang er sie und wartete auf ihre Reaktion. Sie presste sich an ihn und gab einen wohligen Laut von sich. Simon wurde mutiger und umfasste mit einer Hand ihre Brust. Gesa war wach. »Was tust du da?«

Sofort zog er die Finger zurück. »Nichts, ich dachte ich träume.«

»Dafür dass du träumst, bedrängst du mich da unten mit einem ganz schön harten Ding.«

»Da kann ich nichts dafür«, stotterte Simon verlegen.

»Ich hoffe, dass du etwas dafür kannst oder meinst du, es liegt an mir?«, kicherte sie.

Gesa drehte sich um, nahm ihn in den Arm und küsste ihn. Alles um sie herum war vergessen, der Mord, der Auftrag – alles. Sie liebten sich, zärtlich und heftig. Als sie zum Höhepunkt kamen, schob Gesa ihn sanft von sich. »Draußen abladen! Meinst du, ich will ein Kind von dir?« Erschreckt kam er auf ihr. Sie hielten sich fest umklammert, bis sie glücklich erneut einschlummerten.

Als die beiden am nächsten Morgen erwachten, hielten sie sich immer noch fest umschlungen. Die Sonne sandte seit geraumer Zeit ihre Strahlen durch das kleine Kammerfenster. Simon betrachtete Gesa, die ihre Augen noch geschlossen hielt, und bewunderte ihren wohlgeformten Körper. »Guten Morgen! Aufwachen!«, flüsterte er, knabberte an ihrem Ohr und küsste sie zärtlich. Sie erwachte, schlug die Augen auf und strahlte ihn an. »Wir haben heute eine Menge zu erledigen, lass uns aufstehen«, drängte der Bader.
»Ich habe keine Lust aufzustehen. Hier ist es so kuschelig. Ich habe Lust zu etwas ganz anderem«, säuselte Gesa. Sie liebten sich ein weiteres Mal und kurz bevor die Sonne den höchsten Stand erreicht hatte, betraten sie die Gaststube.

Sie waren die einzigen Gäste, die das Haus noch nicht verlassen hatten. Beim Wirt fragten sie nach, ob er noch etwas Nahrhaftes für ein morgendliches Mahl für sie hätte.
»Ich kann euch kalten Haferbrei und frisches Bier anbieten.« Grinsend fügte er hinzu. »Es muss deiner Schwester heute Nacht schlecht ergangen sein.«
»Wie kommst du darauf?«, erkundigte sich Simon misstrauisch.
»Sie hat die halbe Nacht und heute Morgen gestöhnt und geschrien. Hat sie vielleicht schlecht geträumt oder ist sie etwa krank und hat Schmerzen?« Gesa warf ihm einen vernichtenden Blick zu.

Als der Wirt verschwunden war, wollte Simon wissen. »Was hast du heute vor?«

»Ich muss mich zuerst um eine Bleibe für die nächsten Nächte kümmern.«

»Ach was! Du bleibst selbstverständlich hier, und wenn wir unsere Angelegenheiten erledigt haben, kehren wir gemeinsam nach Aichach zurück.«

»Das willst du wirklich, mein Bruder?«, fragte sie schelmisch lächelnd. Sie blickte sich um, ob jemand sie beobachtete und küsste ihn zärtlich. »Und was wird dann in Aichach? Ich ziehe mit meiner Tochter zu dir und deiner Frau?«

»Ich weiß nicht, was dann wird. Ich weiß nur, dass ich mit dir zusammen sein möchte. Vielleicht bleiben wir auch hier in Augsburg.«

»Als Bruder und Schwester?«

»Ich weiß es nicht. Es wird sich eine Lösung finden. Ich möchte erst einmal, dass du hierbleibst.« Simon war über beide Ohren verliebt.

»Ich bleibe gerne. Ich glaube aber, dass dies ein kurzer schöner Traum sein wird, für dich und für mich. Wir können nicht fliehen. Ich kann meine Tochter nicht im Stich lassen und du nicht deine Familie. Heute mache ich mich auf die Suche nach einem Winterquartier für unsere Sippe außerhalb der Augsburger Stadtmauern.«

»Ich möchte nicht, dass es ein Traum bleibt. Warte ab, wir finden einen Weg.«

»Du bist ein Träumer! Was hast du denn heute noch vor?«

»Wahrscheinlich hast du Recht. Ich habe heute auch noch Wichtiges zu erledigen und muss mich jetzt beeilen. Es ist schon Mittag.«

Der Wirt trat an ihren Tisch und Simon stellte ihm eine Frage. »Als ich im Frühjahr hier schon einmal Quartier nahm, kam ich nicht alleine. Es war noch ein

Gefährte bei mir. Kannst du dich noch an ihn erinnern?«

»Ja, das kann ich. Das war sicher dein Bruder? Ihr wart schon ein merkwürdiges Gespann, das vergisst man nicht so schnell.«

»Hör auf mich zu veralbern. Hast du ihn später noch einmal gesehen?«

»Ja, er übernachtete einige Wochen später erneut bei uns.«

»Hat er dir gesagt, wohin er wollte?«

»Er betrank sich am Abend furchtbar und erzählte, er wolle sich bei einem der Handelshäuser als Waffenknecht verdingen. Außerdem fragte er mich nach einem Mädchen. Ich kannte sie aber nicht.«

»Mehr weißt du nicht?«

»Nein, es ist lange her und ich habe viele Gäste.«

»Danke für deine Auskünfte, damit konntest du mir ein wenig weiterhelfen. Meine Schwester und ich bleiben sicher noch zwei oder drei Nächte hier. - Hör auf zu grinsen. - Ich bezahle dir auch zwei Nächte im Voraus.

16

Vor dem Gasthaus trennten sich ihre Wege. Simon ging in Richtung Rathaus und Gesa beabsichtigte, sich zuerst in der Nähe des Neuen Tores umsehen. Die Trennung schien ihnen schwerzufallen. Als der Bader aus ihrem Sichtfeld verschwunden war, dachte sie: »*Er hat mir nicht gesagt, was er hier in Augsburg zu schaffen hat. Er ist im Auftrag der Stadt Aichach unterwegs und es scheint etwas mit den Ermittlungen nach dem Mörder des Kaufmannsehepaares zu tun zu haben. Ich sollte ihm auf den Fersen bleiben. Vielleicht erfahre ich etwas, was meinen eingekerkerten Freunden helfen kann.«*

So drehte sie sich um und eilte in die Richtung in der Simon verschwunden war. Sie kannte sich in der großen fremden Stadt nicht aus, hoffte aber, ihn einholen zu können. Sie passierte erneut das Gasthaus und die Barfüßerkirche. Gesa lief den steilen Anstieg hinauf und durch einen Durchbruch in der alten Stadtmauer. Plötzlich entdeckte sie den Bader. Er schlenderte langsam, nach links und rechts blickend, die Straße entlang. Simon schien vergnügt zu sein und hatte es überhaupt nicht eilig. Gesa ließ sich ein Stück zurückfallen, um der Gefahr zu entgehen, von ihm entdeckt zu werden.

Nachdem Gesa und Simon sich getrennt hatten, machte er sich auf die Suche nach Josef Hartmann, dem jüdischen Metzger. Der Geldverleiher Isaak hatte dem Bader in Aichach den Rat gegeben, diesen Mann zu suchen, da dieser ihm vielleicht beim Lösen des Rätsels auf dem geheimnisvollen Papierfetzen, weiterhelfen könnte. Es gab zwei Viertel in denen die Juden lebten, es durfte also nicht so schwer sein den Metzger zu finden. Er ließ sich Zeit. Viel hatte sich in Augsburg verändert, seit Simon hier bei einem Badermeister in die Lehre gegangen war.

Die Sonne schien an diesem herrlichen Herbsttag. Er war glücklich, Gesa begegnet zu sein, und genoss den Anblick der prächtigen Häuser im alten Teil der Stadt. Welcher Reichtum hatte sich um das Rathaus herum und von St. Ulrich bis zum Bischofspalast am Dom angesammelt. Was für ein Unterschied war das zu seiner kleinen Heimatstadt an der Paar!

Simon kam am Rathaus vorüber und schrak zusammen. Am großen Platz neben dem Sitz des Augsburger Magistrats, der auch als Richtstätte diente, befand sich der Pranger. Zwei Menschen standen dort angekettet, eine gut aussehende Frau in den besten Jahren und ein junger Mann. Was hatten sie verbrochen? Waren es nur streitsüchtige Nachbarn oder hatten sie Unzucht miteinander getrieben? Der Bader wusste es nicht. Ihm stiegen Schweißperlen auf die Stirn. War das auch sein und Gesas Schicksal, dem Gespött der Leute ausgesetzt zu sein? Vielleicht würden sie sogar mit Ruten gestrichen werden. Anschließend würde seine Geliebte in Schimpf und Schande aus der Stadt gejagt werden. Im Augenwinkel nahm er wahr, wie mehrere Straßenjungen mit kleinen Steinen nach den beiden warfen. Andere Gaffer zwickten sie oder fassten ihnen grölend unter die Kleider. Der Stadtknecht, der über die armen Verurteilten wachen sollte, hatte ebenfalls seinen Spaß und jagte nur gelegentlich die aufdringlichsten Quälgeister davon. Die herumstehenden Bürger johlten, pfiffen und schlugen sich lachend auf die Schenkel. Simon rannte fast, um so schnell als möglich von diesem schrecklichen Ort wegzukommen. Gestern Morgen noch hatte er seiner Frau die Treue geschworen, und am Abend lag er bereits mit einer anderen im Bett. Auch während seiner Zeit bei den Soldaten hatte er Dinge getan, die er nie gebeichtet hatte und die ihm bis heute Albträume bescherten. Er wusste schon damals, dass seine Seele im Fegefeuer schmoren würde. Nie wandelte er auf dem geraden, gottgefälligen Weg. Im diesseitigen Leben war Simon bisher immer damit durchgekommen. Er war sich insgeheim sicher, es würde auch jetzt irgendwie gut gehen. Die Frau und der Junge am Pranger hatten einfach Pech gehabt. Es war nur ein Fingerzeig für ihn, vorsichtig zu sein.

Gesa folgte ihrem nächtlichen Liebhaber in gebührendem Abstand. Auch sie war beeindruckt vom Reichtum Augsburgs, der sich in den Fassaden der Bürgerhäuser und den Gewändern der Bürger zeigte. Noch nie war sie in einer so großen und prächtigen Stadt gewesen. Sie kamen an einem großen Gebäude vorbei, es könnte das Rathaus sein. Dahinter erblickte sie eine schreckliche Szene, zwei gequälte Kreaturen waren an den Schandpfahl gebunden. Auch Simon vor ihr hatte innegehalten. Sie erkannte von weitem, wie er erschrak und dann mit großen Schritten den Ort des Grauens verließ. Ihr war sofort klar, dass es sich bei den Gepeinigten nur um Ehebrecher handeln konnte. Hier in Augsburg hatte das frisch verliebte Paar aus dem Bayrischen vermutlich nichts zu befürchten, nur ob sie sich mit Simon zusammen in die Stadt Aichach wagen könnte, bezweifelte sie. Dorthin müsste sie zwar zurückkehren, jedoch nur, um mit ihrer Sippe so schnell wie möglich wieder zu verschwinden. Aber warum sollte sie es sich nicht noch einige Tage gut gehen lassen? So eine schöne Zeit würde so schnell nicht wiederkehren.

Simon drehte sich nicht um, scheinbar wusste er genau, wo er hinwollte. Seine Geliebte hatte ihn fast eingeholt. Sie bewegten sich auf einer an beiden Enden von großen Kirchen begrenzten, breiten Straße. Die Pracht der Häuser ließ sie ganz klein erscheinen. Sie dachte: »*Hier können nur Fürsten leben.*« Auf dieser Straße, vielleicht war es auch ein ganz langer, riesiger Platz standen zahlreiche Marktstände. Es wurden Rinder, Schweine und Fische verkauft. Hier fand man alles, was das Herz begehrte. Dazwischen bewegten sich mal von Ochsen, mal von Pferden, gezogene und von bewaffneten Knechten umringte Planwagen. Die

Tore der Handelshäuser öffneten sich, und die gesamte Fuhre verschwand hinter den sich sofort wieder schließenden Pforten. Plötzlich bog Simon nach links in eine kleine Gasse. Sie folgte ihm. Schlagartig befanden sie sich in einer anderen Welt. Die Gebäude wirkten ärmlich, standen eng beieinander, sodass man kaum noch den Himmel sehen konnte. Merkwürdig erschien Gesa, dass keine Menschenseele auf der Straße zu sehen war. Hinter manchen Fensterlöchern glaubte sie, einen Schatten zu erkennen. Also wohnten hier doch Menschen. Nun galt es doppelt vorsichtig zu sein, damit Simon sie nicht auf der wie ausgestorben wirkenden Gasse bemerkte. Er drehte sich nicht um und tat, als suche er etwas. Was war das hier für ein merkwürdiges Viertel? An manchen Häusern prangten geheimnisvolle Schriftzeichen, die ihr völlig fremd vorkamen, aber sie konnte ja auch nicht lesen und schreiben. Vor einem Eingang blieb der Bader stehen und verschwand darin. Vorsichtig schlich sie hinterher.

Gesa schreckte auf, als sie hinter sich eine schneidend scharfe Stimme vernahm. »Weib, was treibst du hier?«

Blitzschnell drehte sie sich um und stand vor einem Bewaffneten. Sein Kittel mit einer aufgestickten Nuss auf der Brust wies ihn als Soldat der Stadtwache aus. »Ich?«

»Ja, du! Siehst du sonst noch jemand?«

»Ich…, ich…«

»Wo ist dein gelb gestreifter Schleier?«

»Was redest du da? Ich habe keine Ahnung, was du von mir willst?«

»Stell dich nicht dümmer, als du bist. Wenn wir eine von euch jüdischen Schlampen auf der Straße ohne gelben Schleier erwischen, unterliegt ihr der ganzen Strenge des Gesetzes. Folge mir!«

»Ich weiß immer noch nicht, wovon du sprichst. Was redest du da von Jüdinnen?« Sie blieb stehen und machte keine Anstalten ihm zu folgen.

»Du bist doch eine jüdische Schlampe? Was hättest du sonst hier verloren?«

Langsam ging ihr ein Licht auf. »Du glaubst, ich sei eine Jüdin?«

»Ja, Gott sei Dank, langsam merkst du es auch. So ist es! Ich glaube, du bist eine Jüdin.«

»Da irrst du dich aber. Ich glaube ebenso an unseren Herrn Jesus Christus und die Jungfrau Maria, wie du!«

»Warum treibst du dich dann hier in der verlotterten Judengasse herum?«

»Ich wusste nicht, dass hier Juden wohnen. Ich bin den ersten Tag in Augsburg und bin herumgelaufen, um die Stadt ein wenig kennen zu lernen.«

»Du kannst froh sein, dass du mich getroffen hast. Vor diesem Judenpack musst du dich in Acht nehmen, besonders als christliche unschuldige Jungfrau. Soll ich dich nach Hause bringen? Sonst geschieht dir möglicherweise ein Ungemach.«

»Nein, nein, das ist nicht nötig. Ich wollte mich mit meinem Ehemann dort vorne auf dem Marktplatz treffen. Leider bin ich vom Weg abgekommen. Nun muss ich dir von Herzen danken, dass du mir beigestanden hast. Ich weiß nicht, was ohne dich noch alles geschehen wäre?«

Dem Stadtknecht schwoll vor Stolz die Brust. »Jetzt verschwinde aber so schnell wie möglich von hier.«

Das musste er kein zweites Mal sagen. Gesa machte sich so schnell es ging aus dem Staub. Sicher war der Vorfall von vielen Augen beobachtet worden. Hoffentlich hatte es Simon nicht bemerkt. Wenn sie sich sputen würde, könnte sie sich noch einige Zeit mit der Aufgabe beschäftigen, die sie nach Augsburg geführt hatte.

17

Simon trat durch eine dunkle Tür ins Haus. Er war sich nicht sicher, ob er hier richtig war. Aber es roch wie beim Fleischhauer nach Blut und rohem Fleisch. Der Laden war dunkel und verschlossen. So stieg er durch ein enges, muffig riechendes Treppenhaus nach oben. Da kein Lichtstrahl seinen Weg hierher fand, war große Vorsicht von Nöten. Die Stiege führte steil nach oben und war aus ungehobelten Brettern zusammengenagelt.

Oben angekommen, rief er in die Dunkelheit hinein: »Hallo, ist hier jemand?« Es geschah nichts, nur am Boden erspähte er einen schmalen Lichtstreifen. Dort musste die Tür sein und er tastete sich vorsichtig darauf zu. Simon klopfte und rief erneut: »Hallo, ist da jemand?« Er hörte schlurfende Schritte und die Tür öffnete sich einen Spalt breit.

»Was wollt Ihr?«, fragte eine unfreundliche Stimme.

»Ich suche Joseph Hartmann. Wohnt der hier?«

»Was wollt Ihr von ihm?«

»Das würde ich ihm gerne selber sagen. Ich möchte mit ihm sprechen.«

»Gut, ich bin Joseph Hartmann. Also: Was wollt Ihr?«

»Der Mann der Base Eurer Frau, Isaak aus Aichach hat mich her geschickt. Ich soll Euch von ihm und seiner ganzen Familie grüßen. Wollen wir das Gespräch hier draußen führen, wo jeder zuhören kann?«

»Entschuldigt und kommt herein. Verzeiht, dass wir nicht auf Besuch eingestellt sind.«

»Das macht nichts, ich habe Euch meinen Besuch ja auch nicht angekündigt. Ich habe nicht vor, lange zu bleiben.«

In der kleinen Kammer musterte Simon Joseph neugierig. Josef trug einen langen schwarzen Kaftan unter dem die in braunen Beinlingen steckenden Füße hervorragten. Auffällig war ein auf den Stoff über der rechten Brust aufgenähter, großer gelber Ring. Sein Gesicht umrahmte ein dichter schwarzer Bart. Auf dem Tisch des peinlich sauberen Raumes lag ein spitz zulaufender, runder, gelber Hut.

»Ihr seid kein Jude, aber trotzdem schickt Euch Isaak zu mir? Das kommt mir sehr merkwürdig vor.«

»Ich hatte schon mehrfach mit Eurem Verwandten zu tun und er scheint in mir keinen Judenfeind zu sehen, sonst würde er mir kaum über den Weg trauen.«

»Wir Juden hier in Augsburg haben allen Grund euch zu misstrauen. Vor vielen Jahren haben eure Leute, bereits einmal viele von uns, Männer, Frauen, Kinder und Greise erschlagen. Nur wenige konnten fliehen. Heute spielen sie uns erneut übel mit. Wir alle hoffen, dass diese Mordbrenner nicht erneut über uns herfallen, wie damals.«

»Wir leben in diesen Tagen in einer anderen Zeit. Ich glaube, dass heutzutage die Vernunft das Handeln der Menschen prägt.«

Joseph lachte. »Da bist du aber der Einzige, der das glaubt. Die Menschen sind heute genauso dumm wie vor hundert Jahren. Erzähle ihnen nur, wir Juden verspeisen kleine Kinder und vergiften die Brunnen, schon rennen sie los und schlagen ihre Nachbarn tot. Es interessiert die Leute nicht, wie unsinnig diese Beschuldigungen auch sein mögen. Irgendein frommer

Prediger oder dahergelaufener Hetzer findet sich immer, dem es nach unserem Blut dürstet.«

»Du musst an das Gute im Menschen glauben.«

»Weißt du, woran ich glaube?« Er ging in die Ecke und zeigte Simon ein mächtiges Schlachterbeil, mit dem er ganze Rinder in Hälften zerteilen konnte. »Daran glaube ich! Ich werde nicht abwarten, bis sie mich, meine Frau und meine Kinder auf die Straße zerren. Ich werde nicht abwarten, bis sie uns abstechen, wie Lämmer, die sich nicht wehren. Ich werde jedem damit den Schädel einschlagen, der es wagt, mir und meiner Familie Schaden zuzufügen.«

»Denken alle Juden so wie du?«

»Nein, leider nicht. Viele der anderen sagen: Es wird schon nicht so schlimm kommen, oder: Wir ziehen dann eben woanders hin, wo es uns besser ergeht. Vor mehr als eintausend Jahren verloren wir unsere Heimat und sind seither in alle Winde verstreut. Nur der Glaube an den einen Gott, den Gott Abrahams hält uns zusammen.«

»Aber wir glauben doch auch an den einen Gott.«

»Und an Christus, den Heiligen Geist, die Jungfrau Maria und hunderte von Heiligen. Ich glaube, es bringt uns nicht weiter, uns über Gott die Köpfe heißzureden. Weshalb bist du hergekommen? Was willst du von mir?«

»Ich bin kein Pfaffe und über Gott und die Welt können sich andere streiten. Du hast Recht und ich will zu meinem Anliegen kommen.« Simon berichtete ihm von dem Mord und dem Zettel, den sie im Versteck in der Mauer gefunden hatten. »Hier habe ich das Papier, es wurde zerrissen und deshalb fehlt ein großer Teil. Sieh es dir an, vielleicht kannst du damit etwas anfangen.«

Joseph studierte die Schrift aufmerksam. »Ich kann dir nur sagen, das ist Hebräisch, aber es ergibt keinen Sinn. Ich weiß nicht, was es bedeutet. Tut mir leid.« Er gab das Schriftstück zurück.

»Da bin ich den weiten Weg gekommen, in der Hoffnung, einen Hinweis auf unseren Mörder zu erhalten. Jetzt bin ich genauso klug wie zuvor. Was du mir sagst, habe ich auch schon von Isaak gehört. Zusätzlich verriet er mir, dass es sich um eine Rezeptur für Sprengpulver handeln muss.«

Joseph grübelte und plötzlich hellte sich seine Miene auf. »Um Donnerkraut oder Sprengpulver geht es. Da rate ich dir zu großer Vorsicht. Behalte das Geheimnis lieber für dich. Wenn die Augsburger Obrigkeit dahinterkommt, was du hier treibst, setzen sie dich ruck zuck als bayrischen Spion fest. Die geringste Strafe, die sie hier dafür verhängen, ist das Schlitzen der Ohren. Also, nimm dich in Acht.«

»Ich werde schon auf mich aufpassen, mach dir keine Sorgen. Fällt dir vielleicht noch etwas ein, womit du mir weiterhelfen könntest?«

»Möglicherweise gibt es in der Stadt noch jemanden, der etwas mehr weiß. Im anderen jüdischen Viertel lebt ein Jude namens Nathan Edelmann. Er kommt als Händler von allerlei Trödelwaren viel in der Gegend herum. Ich hörte, er sei zur Zeit in der Stadt. Versuche es einmal bei ihm.«

»Wie finde ich ihn?«

»Es ist schwer zu beschreiben. Gehe ins Viertel und frage dort jemanden. Er ist bekannt wie ein bunter Hund. Sie helfen dir sicher weiter.«

Simon bedankte sich und machte sich auf den Weg.

Der Aichacher Bader stand nun wieder auf der Hauptstraße, die in alter Zeit Via Claudia hieß und in

Rom ihren Ausgang nahm. Hier befand sich das Herz der Stadt. Zwischen St. Ulrich und dem bischöflichen Dom reihte sich ein Markt an den nächsten. Er überlegte seine weiteren Schritte. Sollte er jetzt nach seinem Freund Ludwig Kroiß oder dem jüdischen Trödler suchen? Es war bereits später Nachmittag und nur ein kurzer Weg ins zweite jüdische Stadtviertel. Auf die Suche nach Ludwig konnte er sich noch heute Abend oder morgen machen. So schlenderte Simon zurück in Richtung Dom. Rechts ließ er das Rathaus und den Perlachturm hinter sich. Am Rathaus ging er erneut schneller, denn die beiden armen Seelen waren immer noch am Pranger festgebunden. Die Menschenmenge um sie herum hatte sich vergrößert. Die Kleider der Frau hingen zerfetzt herunter und sie jammerte und weinte lauthals. Erneut fuhr ihm ein Stich ins Herz. Erst in Höhe des Perlachturmes konnte er das Weinen nicht mehr vernehmen. Er hielt inne und sah sich verzagt um. Niemand sah ihm sein schlechtes Gewissen an. Niemand zeigte mit dem Finger auf ihn: »Seht den gottlosen Ehebrecher!« Niemand folgte ihm. Der Bader zog weiter. Sein Ziel lag nur wenige Schritte entfernt, links von der Hauptstraße.

18

Das Judenviertel im Westen der Stadt schien erheblich größer zu sein als das, in welchem Joseph Hartmann lebte. Es machte auf Simon denselben verwahrlosten Eindruck wie das Judenviertel weiter im Süden: Armselige mehrstöckige Häuser und ausgestorbene Straßen. Manches Haus schien verlassen, hinter einigen Fenstern glaubte er, eine Bewegung zu erkennen. Wie sollte er hier jemand nach dem Trödelhändler fragen? Er ging weiter in eine Gasse hinein. Ein junger Mann überquerte ängstlich nach rechts und links blickend die Straße.

»Halt!«, rief Simon. Der Junge zuckte erschreckt zusammen und fing, ohne sich umzusehen, zu rennen an. »Bleib stehen! Warum läufst du denn weg? Ich will dir doch nur eine Frage stellen.« Der Fliehende stolperte über einen faustgroßen Kieselstein und fiel der Länge nach hin. Simon eilte zu ihm und wunderte sich, dass der Gestürzte sich schützend die Hände über den Kopf hielt. Er reichte ihm die Hand, um ihm aufzuhelfen. »Komm steh auf! Du brauchst keine Angst zu haben. Was denn los mit euch? Kein Mensch in der Gasse, irgendetwas stimmt hier doch nicht.«

Der junge Mann griff zögernd nach der ausgestreckten Hand und ließ sich aufhelfen. »Ihr seid nicht von hier?«

»Nein, ich komme aus Aichach und die Juden bei uns verhalten sich nicht so komisch wie ihr.«

»Dann wisst Ihr es vielleicht nicht, der Rat der Stadt Augsburg hat beschlossen, alle Juden aus der Stadt zu vertreiben. Viele sind schon weggezogen und die anderen haben Angst, dass sie erneut den Abschaum auf uns hetzen, wenn wir nicht schnell genug verschwinden.«

»Ich sehe hoffentlich nicht aus wie jemand, der aus der Gosse kommt. Vor mir brauchst du jedenfalls keine Angst zu haben.«

»Was habt Ihr hier zu suchen? Die Augsburger meiden diese Gasse, bis auf jene, die sich schon einmal die Häuser aussuchen, die sie uns stehlen wollen.«

»Ich suche einen Hausierer mit Namen Nathan Edelmann. Weißt du, wo er wohnt?«

Der jüdische Junge wirkte auf einmal wieder verschlossen. »Was wollt Ihr von ihm?«

»Das möchte ich ihm schon selber sagen. Joseph Hartmann, der Metzger, hat mir gesagt, ich solle ihn aufsuchen. Er könnte mir vielleicht weiterhelfen.«

Die Miene des Jungen hellte sich wieder auf. »Der Joseph ist noch in der Stadt und noch nicht fort? Das ist schön. Ich weiß, wo Nathan wohnt. Es ist schwer zu finden, deshalb will ich Euch zu ihm führen.«

Nachdem sie zwei Durchbrüche zwischen den Häusern durchquert hatten, standen sie vor einer kleinen Holzhütte, an der Simons Begleiter klopfte. »Wer ist da?«, tönte es hinter der Eingangstüre.

»Ich bin es, David der Freund deines Sohnes.«

»Und wen hast du dabei?«

»Das ist ein Aichacher, den schickt dir Joseph Hartmann.«

»Der ist aber kein Jude.«

»Nein, ich bin kein Jude. Ich will Euch auch nichts Böses, sondern nur ein paar Fragen beantwortet haben.«

Die Tür öffnete sich und im Türstock stand ein Mann in den besten Jahren, in schwarzem Gewand und mit vollem, rotblondem Bart. »Wen hast du mir denn da angeschleppt? In der heutigen Zeit sind Leute, die Fragen stellen, ebenso gefährlich wie Bewaffnete. Er könnte ein Spitzel sein und du bringst ihn hierher. Du musst noch viel lernen.«

»Ich bin überzeugt, er ist ein aufrichtiger Mann.«

»Ich verlasse mich jetzt schon auf die Urteilskraft eines Kindes. So weit ist es gekommen. Los, tretet ein, denn die Gastfreundschaft ist uns Juden heilig!«

Simon trat über die Schwelle. »Ich danke euch, dass Ihr Euch Zeit für mich nimmst. Ich bin wirklich kein Spitzel und sehr verwundert über die Zustände hier in

Augsburg. Bei uns in Aichach sind die Juden geachtet und unsere Obrigkeit ist froh, dass sie in der Stadt sind. Sie sind eine Stütze unserer Kaufleute und ohne sie würden viele Geschäfte zum Erliegen kommen. Deshalb verstehe ich auch nicht recht, was hier bei euch vorgeht.«

»Setzt euch. Ich kann euch nicht viel anbieten, aber ein Becher kühles Wasser erfrischt mehr als ein Krug schales Bier.«

»Danke! Ich trinke gerne einen Schluck. Ich habe Durst und das Augsburger Haferbier ist sowieso nicht nach meinem Geschmack.«

»Ich wundere mich, dass der Joseph Hartmann überhaupt mit Euch gesprochen hat. Er gehört unter meinen Glaubensbrüdern zu denen, die normalerweise keinem Goj über den Weg trauen.«

»Ein Verwandter seiner Frau, der bei uns in Aichach lebt, hat mich, mit der Bitte mir zu helfen, zu ihm geschickt. Zuerst war er allerdings recht unfreundlich.«

»Wir Juden, hier in Augsburg und vielen anderen Städten, haben allerdings jeden Grund, euch Christen zu misstrauen. Gerade hat der Rat der Stadt beschlossen, dass alle Menschen jüdischen Glaubens in den nächsten zwei Jahren die Stadt für immer zu verlassen haben. Viele unserer Glaubensbrüder haben bereits für ein Spottgeld ihre Häuser verkauft und die Mauern der Stadt hinter sich gelassen. Sogar unser hoch geachteter Rabbiner Jakob ben Jehuda Weil, ihr nennt ihn Jacob Hochmeister, hat sich in Richtung Bamberg auf den Weg gemacht. Das ist ein großer Verlust für die zurückgebliebenen Gläubigen.«

»Als ich im Frühjahr hier war, hatte man bereits darüber geredet, dass man alle Andersgläubigen vertreiben wollte.«

»Vertreiben hört sich so harmlos an. Wir alle haben Angst, dass sich Zustände wiederholen, wie sie vor mehr als hundert Jahren hier schon einmal geherrscht haben. Damals haben sie den Pöbel gegen uns gehetzt. Mehr als hundert von uns wurden erschlagen, die Frauen und Mädchen geschändet und alles gestohlen, was der gierigen Meute wertvoll erschien. Damals hat es uns nicht einmal genützt, dass die Wachen des Fürstbischofs und des Bürgermeisters uns zu schützen suchten.«

»Das kann man sich heute überhaupt nicht mehr vorstellen.«

»In welcher Welt lebt Ihr eigentlich? Ich kann mir das heute sehr wohl vorstellen. Obwohl sie uns in der Vergangenheit so übel mitgespielt hatten, siedelten sich in den vergangenen Jahren erneut viele meiner Glaubensbrüder in der Stadt an. Seither haben sich unsere Lebensbedingungen von Jahr zu Jahr verschlechtert. Wir durften nur noch in bestimmten Straßen wohnen. Wir dürfen die Straße nur noch mit dem gelben Ring am Rock und dem albernen gelben Hut auf dem Kopf betreten. Könnt Ihr Euch vorstellen, wie erniedrigend das ist?«

»Nein, nicht wirklich.«

»Wir unterliegen anderen und härteren Gesetzen als ihr Christen, aber dafür dürfen wir ein Vielfaches der Steuern zahlen als unsere rechtgläubigen Nachbarn. Schwerwiegendes hat sich in den letzten Jahren verändert. Heute betreiben auch die - edlen – Familien der Stadt unsere Vertreibung, die Fugger und die Welser und deren Handlanger, der Bürgermeister Stephan Hangenor. Peter von Schaumberg, der Fürstbischof, kann uns nicht schützen, denn er hat in Augsburg selber kaum noch etwas zu sagen. Die Brüder, die schon gegangen sind, haben nur noch Almosen für ihre

Häuser und ihren Besitz erhalten, den sie nicht mit sich führen konnten. Die Bluthunde schleichen durch die Straßen, um sich möglichst viel von der Beute unter den Nagel reißen zu können.«

»Ihr müsst mich nicht anschreien. Ich will niemanden vertreiben und kannte bisher die Zustände bei euch in Augsburg nicht.«

»Das ist es ja auch, was mich so aufregt. Die Unwissenheit der Leute. Sie können euch jedes Schauermärchen erzählen und ihr glaubt es.«

»Jetzt beruhigt Euch wieder, ich will euch wirklich nichts Böses. Ich habe Euch gesagt, ich komme aus Aichach und dort sind die Juden von der Obrigkeit wohlgelitten. Zwar gibt es den einen oder anderen, der euch am liebsten den Hals umdrehen würde. Die führen dann im Gasthaus das große Wort, wenn sie zu viel getrunken haben.«

»Genau die sind es, die zu gegebener Zeit von der Kette gelassen werden, die sich ohne Mühe aufhetzen lassen.«

»Ihr dürft nicht alles so schwarz sehen.«

»Viele meiner Brüder sind ebenso naiv wie Ihr. Es wird schon nicht so schlimm kommen, sagen sie. Die Nachbarn sind doch immer freundlich zu uns. Wisst Ihr was, morgen kommt der liebe freundliche Nachbar, der jeden Sonntag zum Beichten geht, schändet Euer Weib, erschlägt sie und die Kinder und raubt alles, was von Wert ist. Am nächsten Sonntag geht er dann wieder zur Beichte und ist sich keiner Schuld bewusst. Er hat ja nur einen gottlosen Juden erschlagen.«

»Vielleicht habt Ihr ja Recht. Wollt Ihr noch warten oder plant Ihr, in Kürze Augsburg ebenfalls zu verlassen?«

»Die meisten von uns bereiten ihren Wegzug vor. Ich selber werde mich mit meiner Familie in Kriegshaber niederlassen. Das liegt im Nordosten wenige Schritte außerhalb der Mauern.«

»Ich bin schon einmal dort gewesen.«

»Da leben bereits viele ehemalige Augsburger Juden. Ich habe dort ein kleines Stück Land erworben, auf dem ich gerade ein Haus errichten lasse. Bevor es Winter wird, möchte ich umziehen. Meinen Handel mit Trödel kann ich von dort ebenso gut ausüben. Natürlich fehlen auf dem Dorf die Sicherheit und der Schutz der Mauern einer großen Stadt. Wenn erneut ein Krieg ausbricht und die Augsburger uns nicht rein lassen, dann kommen wir eben zu euch ins Bayrische.«

»Trotzdem versteh ich immer noch nicht, warum die Lage für euch so anders ist als bei uns auf dem Land?«

»Ich weiß auch nicht, ob ich alles verstehe. Viele Juden glauben, es sei die Strafe Gottes für sein auserwähltes Volk Israel, das er seit der Zerstörung des Tempels in Jerusalem in alle Welt zerstreut hat. Manche glauben, es wäre der Papst in Rom, der uns Juden vernichten will. So hat jeder seine eigene Erklärung für das Unglück, das über uns Juden gekommen ist.«

»Und welche Erklärung habt Ihr?«

»Ich glaube, dass man uns in den großen Handelsstädten nicht mehr braucht und dass wir zur lästigen Konkurrenz geworden sind.«

»Das verstehe ich nun gar nicht.«

»Es ist nicht schwer zu verstehen. Das Verleihen von Geld gegen Zinsen ist euch Christen verboten. In der neuen Zeit kann Handel und Handwerk aber nur gedeihen, wenn auch der Geldhandel floriert. Fast jeder Fürst, jede große Stadt hat ihre eigene Münze.

Man braucht jemand, der deren Werte kennt und weiß wie viele Kölner Pfennige man für wie viele Goslarer Hohlpfennige gibt. Wenn die Handelszüge von hier nach Italien ziehen, so muss der Kaufmann keine Kisten mit Gold mit auf die gefährliche Reise nehmen, sondern man braucht nur noch Garantien auf Papier, man nennt sie Wechsel. Damit umgehen die christlichen Handelsherren das Zinsverbot eurer Kirche. Es werden hohe Gebühren gefordert, aber keine Zinsen. Habt Ihr mich soweit verstanden?«

»Nein..., doch...., ich glaube schon«, stotterte Simon und auch der junge David war sich nicht sicher, ob er dem gelehrten Vortrag folgen konnte.

»Nun, ich hoffe, dass meine Erklärungen nicht vergebens sind. In Italien gibt es mächtige Handelshäuser, die mit dieser Art Geschäften begonnen haben, man nennt sie Banken. Die mächtigste und reichste ist die Banca di Medici, die ihren Sitz in Florenz hat. Die Familie der Medici ist reicher als alle Juden zusammen. Auch die großen Handelsherren im Reich haben angefangen ebensolche Geschäfte zu tätigen und jetzt auf einmal brauchen sie uns Juden nicht mehr. Im Gegenteil, wir sind ihnen lästige Konkurrenz geworden. Jetzt wollen sie uns loswerden. Aus immer mehr der großen und reichen Städten des Reiches werden wir vertrieben, so wie hier in Augsburg. Weil sie das aber nicht zugeben wollen, werden wir aufs übelste verleumdet, um einen Grund zu haben uns fortzujagen. Wir wären die Mörder des Heilands, dabei kommt keiner auf den Gedanken, dass euer Jesus Christus oder Josuah, wie wir ihn nennen würden, ein jüdischer Rabbi war, der nach den Gesetzen unseres Glaubens gelebt hat, bevor ihn die Römer ans Kreuz geschlagen haben.«

»Das dürft Ihr aber nicht laut sagen«, flüsterte Simon und blickte ängstlich zur Tür.

»Wenn Ihr mich jetzt verratet, werden sie mich für meine Worte bei lebendigem Leib verbrennen, aber was ich sage, ist die Wahrheit.«

Simon sah Nathan Edelmann mit offenem Mund an. »Dass Eure Worte gefährlich sind, das mag ich wohl glauben. Mir schwirrt der Kopf von alledem. Eure Gedanken sind unerhört und für mich neu. Ich weiß nicht, was ich davon glauben soll und was nicht. Wenn es so wäre, wie Ihr sagt, warum ist es bei uns in Aichach anders? Das müsst Ihr mir dann aber auch erklären.«

»Ihr braucht uns noch, eure Fernkaufleute sind nicht bedeutend genug. Sie bekommen nur die Brosamen von dem, was vom Tisch der Großen herunterfällt. Ihre Handelszüge bergen auch viel größere Gefahren als die eines Hauses Fugger. Hast du mal gesehen, wie viele Bewaffnete die Augsburger Warenzüge begleiten? Hinter euren Ochsenkarren laufen zwei Knechte mit Holzknüppeln her. Es lohnt sich für einen Medici oder Fugger nicht, sich mit euch abzugeben.«

»Dann könntet ihr Juden doch einfach etwas anderes tun, werdet Goldschmied oder Bäcker, vielleicht kauft ihr Land und werdet Bauern.«

»Es ist ein Elend, wie wenig Ihr wisst. Das ist uns nicht gestattet, nur der Handel und die Geldgeschäfte sind uns Juden erlaubt. So haben wir unseren Lebensunterhalt damit verdient, obwohl unser Glaube uns eigentlich das Nehmen von Zins ebenso verbietet wie euch Christen. Aber was blieb uns denn anderes übrig, als Tätigkeiten nachzugehen, die uns ein Überleben sichern?«

»Wenn ich von all der Mühe höre, die ihr auf euch nehmt, warum lasst ihr euch dann nicht einfach taufen und wendet euch dem rechten Glauben zu? Ich würde es tun.«

»Woher wisst Ihr, welches der rechte Glaube ist?« Simon zuckte mit den Schultern. »Seht Ihr! Warum werdet Ihr denn nicht einfach Jude?«

»Warum sollte ich?«

»Genauso geht es mir.«

Die drei schwiegen, bis Nathan Edelmann sein Wort erneut an Simon richtete. »Ihr seid sicher nicht hierhergekommen, um dir mein Gejammer über die Lage von uns Juden anzuhören? Was ist euer Anliegen?«

»Nein, das bin ich nicht. Wobei ich Euch sagen muss, dass mein Kopf immer noch schwirrt von all dem Verwirrenden, welches ich gerade vernommen habe. Bei uns in Aichach ist ein Kaufmann umgebracht worden und eine Spur führt nach Augsburg.«

Die Haltung Nathan Edelmanns schlug sofort in tiefes Misstrauen um. »Und was wollt ihr von mir, wenn sie im Bayrischen jemand ermordet haben? Ich habe ganz bestimmt nichts damit zu tun. Seid Ihr ein Büttel?«

»Ihr müsst nicht besorgt sein, niemand verdächtigt Euch oder einen Eurer Glaubensbrüder. Wir brauchen nur Eure Hilfe in einer Sache, die wir uns nicht recht erklären können. Ich bin auch kein Büttel, sondern ein Bader.«

»Ein Bader? Bei uns schneiden die Bader Haare und ziehen Zähne. Im Bayrischen jagen sie Verbrecher?«

Simon lachte. »Nein, üblicherweise mache ich genau das, was Ihr gerade beschrieben habt. Manchmal bitten sie mich aber zu helfen, wenn es nicht gelingt eines Verbrechers habhaft zu werden. Unser Bürgermeister denkt, ich hätte ein besonderes Gespür für die Gedankengänge der übelsten Halsabschneider.«

Nathan Edelmann blieb ernst. »Zwei meiner Glaubensbrüder scheinen Euch ja vertraut zu haben, sonst hättet Ihr nicht zu mir gefunden.« Er blickte zu David, der immer noch schweigend zuhörte. »Nein, drei hatten Vertrauen zu Euch. Also, was wollt Ihr von mir?«

»Wie gesagt, bei uns sind ein Kaufmann, seine Frau und eine Dienstmagd grausam ermordet worden, und wir suchen den Verbrecher. Leider haben wir bisher nur wenige Hinweise auf den Täter. Einer davon ist der, der mich nach Augsburg geführt hat.«

»Jetzt macht es nicht so spannend«, drängte David.

»Sei nicht so ungeduldig! Wir haben in einem Versteck im Haus des Opfers ein zerrissenes Stück Papier mit hebräischen Schriftzeichen gefunden. Isaak, ein Jude aus Aichach, hat mir beim Entschlüsseln des Textes geholfen. Es handelt sich um eine Rezeptur für ein neuartiges Sprengpulver. Teile des Schreibens fehlen, wahrscheinlich sind sie im Besitz des Mörders. Um die genaue Zusammensetzung des brisanten Gemisches zu kennen, benötigt man wahrscheinlich alle Teile des Schriftstückes. Isaak hat mich zu euch nach Augsburg geschickt. Hier könnte man mir vielleicht mehr zur Herkunft des Papierstückes sagen.«

»Habt Ihr das Papier dabei?«, wollte Nathan Edelmann wissen.

»Hier ist es.« Simon entnahm es vorsichtig seiner Umhängetasche und reichte es dem Trödler. Der griff nach dem Blatt und studierte es lange.

»Wo habt Ihr das her?«, wollte er wissen.

»Das sagte ich Euch bereits. Wir fanden es in einem Versteck im Haus der Mordopfer. Wahrscheinlich hat der Täter es gesucht und versehentlich zerrissen. Das Stück, das wir besitzen, hat er übersehen und liegen gelassen.«

Nathan Edelmann schüttelte den Kopf. »Ich mag es gar nicht glauben.«

»Ich verstehe nicht! Was könnt Ihr nicht glauben? Wisst ihr etwas hierüber?«

»Ich kann Euch einiges darüber erzählen, aber es wird eine längere Geschichte.«

»Ich hatte nicht erwartet, heute noch so viel Aufregendes zu erleben«, freute sich David.

»Eigentlich darf ich euch beiden diese Geschichte gar nicht erzählen. Es ist nicht gut diese Art von Geheimnissen zu kennen. Das beweist auch der Mord bei euch in Aichach.«

»Komm, erzählt schon!«, drängte ihn der Bader. »Ich habe Zeit.«

»Ihr müsst Euch im Klaren darüber sein, dass es hierbei um Angelegenheiten geht, die Euch der Gefahr aussetzen, hier in Augsburg als Spion gefangen genommen zu werden. Mich würden sie als Verräter auch nicht mit Samthandschuhen anfassen. Also bewahrt Stillschweigen über alles, was ihr jetzt erfahrt.«

Simon und David nickten und die Augen blitzten vor Neugierde.

»Vor vielen Jahren hatte ich einen Vorfahren, der aus Byzanz zu uns nach Augsburg gekommen war. Noch heute leben in Augsburg die Erzählungen über ihn fort. Sein Name war David ben Josef Tiplisi. Die Leute nannten ihn der Einfachheit halber Typsiles.«

»Von dem habe ich noch nie etwas gehört«, murmelte Simon.

»Die Leute nannten ihn einen Alchemisten, er dagegen bezeichnete sich als Ingegnere. Er erklärte, er suche weder den Stein der Weisen, noch wolle er aus Blei Gold herstellen. Das wäre alles Unfug und diejenigen, die dies versprechen würden, wären allesamt Quacksalber und Scharlatane. Seine Profession sei die Verbesserung der Kriegstechnik. Die Oberen der Stadt vermuteten, dass er das Geheimnis des griechischen Feuers kannte. Sie sahen den Nutzen, den die Stadt von ihm haben konnte und duldeten deshalb seine zahlreichen Absonderlichkeiten. Er bezog ein Haus in der Unterstadt in der Nähe der Jakobskirche, die damals noch vor den Mauern lag. Typsiles konnte dort ungehindert experimentieren. Mehrfach brach Feuer aus oder es flogen die Scherben der Gefäße, die er benutzte, durch die Gegend. Ein Wunder, dass er dabei unverletzt blieb.«

»Und seine Nachbarn nahmen das so einfach hin?«, unterbrach ihn David.

»Natürlich nicht, aber Typsiles scherte sich nicht um ihre Beschwerden. So liefen sie zum Rat der Stadt und beschuldigten ihn der Hexerei und anderer Vergehen, aber niemand nahm sich ihrer an. Sie behaupteten er würde nachts auf dem Dach seines Hauses herumwandern, Blitze erzeugen und die Sterne beobachten. Nachdem die Beschwerdeführer aber keine Ruhe gaben, machten sich die Ratsherren auf den Weg, so erzählt man es sich, um die Beschwerden zu überprüfen. Typsiles bat sie in seine Studierstube, die gefüllt war mit zahllosen Büchern und Schriftrollen. Außerdem stießen sie auf ein Gestell, auf dem zahlreiche Behältnisse standen. Manche waren aus Kupfer, manche getöpfert und einige aus dem wertvollen Glas. In den Gläsern erkannten die Augsburger Räte gelbe, schwarze und weiße Ingredienzien. Sie wollten wissen,

wozu er das alles bräuchte. Also erklärte er es ihnen.«
Die beiden Zuhörer lauschten ihm gespannt.

»Die Augsburger Ratsherren verstanden nichts von der Materie und glaubten ihm kein Wort. Sie beschuldigten ihn ein Alchemist, oder schlimmer noch, ein Hexer zu sein. Deshalb beschloss er, ihnen seine Kunst vorzuführen, rührte vorsichtig verschiedene Substanzen in einer hölzernen Schüssel mit einem ebensolchen Löffel zusammen und trug das Ganze in den Garten vor dem Haus. Danach legte er einen großen Feldstein auf die Mischung. Die Ratsherren drängten sich um die Schale. Aber Typsiles befahl ihnen, hinter dem Brunnen und dem großen Wassertrog vor dem Haus, in Deckung zu gehen. Dann entzündete er einen Kienspan und hielt ihn an das Gemisch. Mit ohrenbetäubendem Knall und hellem Lichtblitz flog der Stein meilenweit in die Höhe. Die Herren waren bleich vor Schreck, hielten sich die Ohren zu und einem rann sogar eine gelbe Flüssigkeit die Beine hinunter in die Stiefel. Die Wetterfahne auf der nahegelegenen Jakobskirche, so erzählten es sich später die Leute, wies danach ein großes Loch auf. Wie immer es auch gewesen sein mag, die Stadträte beauftragten ihn, seine Forschungen fortzuführen, denn sie erwarteten sich viel für die Verteidigung der Stadt durch diese neue Technik. Typsiles ließ sich dies nicht zweimal sagen. So erhielt er mehrere Jahre lang Geld vom Rat der Stadt, um seine Experimente finanzieren zu können. Jedes Mal, wenn es in der Vorstadt laut krachte, freuten sich die hohen Herrn, bald würden sie ihren Einsatz hundertfach zurückerhalten. Noch Jahre nachdem er Augsburg verlies konnte jedes Kind etwas über ihn erzählen, über den Mann mit den bunten Kleidern und dem grünen Turban auf dem Kopf. Ihm folgte stets in zwei Schritten Abstand sein Diener, ein großer, kräftiger Kerl, der ihn mit grimmiger Miene, ganz in Schwarz gekleidet, beschützte. Da er nicht in den jüdischen Vierteln lebte, hielten ihn viele sogar für einen Türken.«

»Seid mir nicht böse, aber ich habe nun viel über euch Augsburger Juden vernommen und eine spannende Geschichte über einen sonderbaren Gelehrten gehört. Was nützt mir das Ganze bei meiner Suche nach dem Aichacher Mörder? Ich sehe keinen Zusammenhang zwischen Euren Erzählungen und dem, was bei uns geschehen ist«, erklärte Simon.

»Bis jetzt könnt Ihr das auch noch nicht. Aber ich bin noch nicht am Ende angekommen. Wir Juden lieben es, die Dinge gründlich zu bedenken und abzuwägen. Dazu muss man ihnen auf den Grund gehen und das braucht Zeit. Wenn Ihr das nicht tut und in Hast seid, werdet Ihr Euren Mörder nie finden.«

»Ich weiß nicht, ob ich das alles wirklich verstanden habe, aber bitte erzählt weiter.«

»Jetzt will ich zu dem Fetzen Papier kommen, den Ihr mir gezeigt habt. Es handelt sich, soweit ich es verstanden habe, wirklich um eine Anweisung, wie ein Sprengpulver herzustellen ist. Es ist auch in hebräischer Schrift abgefasst. Da mir nur ein Jude bekannt ist, der sich mit solchen Dingen beschäftigt hat, wurde diese Mischung mit Sicherheit von Typsiles beschrieben. Nun erzähle ich Euch etwas, was mir von meinem Vater berichtet wurde. Das habe ich bisher immer für mich behalten. Ihr solltet dies auch tun, denn jetzt erfahrt Ihr Geheimnisse, die die Sicherheit der Stadt Augsburg betreffen. Wie ich Euch bereits erklärt habe, bedeutet dies, es wird für uns beide gefährlich. Mit Spionen und deren Helfern machen sie hier kein großes Federlesens. Aber ich bin denen hier nichts mehr schuldig. Wollt Ihr, dass ich fortfahre?

Auch du, David, solltest dir überlegen, ob du nicht lieber gehen möchtest.«

»Nein, nein! Ich bleibe! Ich kann schweigen wie ein Grab«, erklärte David.

»Ich bin nicht hierhergekommen, um mit leeren Händen wieder nach Aichach zurückzukehren. Ich will den Mörder festsetzen und die Augsburger Angelegenheiten interessieren mich nicht. Also, ich höre Euch gerne weiter zu«, fügte Simon hinzu.

»Gut, ich habe euch gewarnt. Typsiles hat all seine Arbeiten sorgsam dokumentiert. Er führte eine Kladde, in der er alle Versuche, die Bedingungen, die Mischungsverhältnisse und die Ergebnisse notiert hat. Waren seine Experimente erfolgreich, so übertrug er die Resultate in ein Buch mit Seiten aus festem Pergament. Nach seinem Tod verschwand dieses Buch mit all seinen Sprengrezepten im Archiv des Rathauses der Stadt. Die Kladde mit seinen Aufzeichnungen auf Papier war jedoch nicht mehr auffindbar.«

»Das bedeutet, dass mein Schnipsel aus der Kladde Eures Vorfahren stammt«, schlussfolgerte der Bader.

»Genau, so ist es. Diese Kladde ist aber seit vielen Jahrzehnten verschwunden. Keiner weiß, wer sie an sich genommen hat und wo sie abgeblieben ist.«

»Und jetzt ist sie stückchenweise wieder aufgetaucht und es scheint Menschen zu geben, die wissen, wie wertvoll ihr Inhalt ist. Sie schrecken nicht einmal vor Mord zurück.«

»Das ist richtig! Es gibt nur wenige Dinge, für die so viel Geld ausgegeben wird wie für Kriegsgerät. Da ist ein Mörder schnell gedungen. In unserer Familie wurde gemunkelt, dass Typsiles gegen Ende seines Aufenthaltes in Augsburg ein neues Sprengpulver erfunden hat, das weniger Rauch erzeugt und in seiner Sprengkraft alles bisher Bekannte weit in den Schatten stellte. Ob dieses Rezept im Buch verzeichnet war, welches in dem dunklen Keller des Rathauses verborgen ist, das weiß ich nicht. Hat er aber solche Experimente unternommen, so müssen sie in jedem Fall in der Kladde niedergeschrieben sein.«

»Also ist die Kladde ebenso wichtig wie das Buch?«, fragte der Bader.

»Vielleicht sogar wertvoller, weil dort alles notiert ist, was er versucht hat, auch seine Irrwege.«

»Es würde also helfen, zukünftige Fehler zu vermeiden«, schlussfolgerte der Bader.

»So ist es. Alle Achtung, Ihr erkennt schnell den Kern der Sache. Es gibt viele Geschichten, die über Typsiles erzählt wurden. Es wurde weitergetragen, dass sich an mehreren Tagen, kurz bevor er Augsburg für immer den Rücken kehrte, gewaltige Explosionen unten am Lech ereignet haben. Die bayrischen und die Augsburger Soldaten an der Lechbrücke seien vor lauter Schreck und den herunterprasselnden Steinen weggelaufen. Die ungarischen Rinder an der Grenze wären wie wild hin und her gerannt und hätten alles niedergewalzt, was ihnen vor die Hufe kam. Es gab zahlreiche Tote.«

David war erstaunt. »Davon habe ich aber auch noch nie etwas gehört.«

Nathan Edelmann erwiderte: »Kein Wunder, der Augsburger Rat tat damals ja auch alles, um die Sache zu vertuschen.«

»Jetzt habe ich begriffen, dass es zwischen eurem Typsiles und unserem Mord einen Zusammenhang geben könnte, aber ich habe keine Ahnung, welcher das sein könnte. Ich habe keine Vorstellung, wie wir den Mörder zur Strecke bringen könnten.«

Nathan klopfte Simon auf die Schulter. »Ich habe soweit es ging, versucht Euch zu helfen, aber Euren Mörder müsst Ihr schon alleine finden.«

Die Dunkelheit hatte bereits eingesetzt, als Simon das Haus des Juden verließ und sich auf den Rückweg in die Herberge machte. Vor der Pforte des Hauses verabschiedeten sie sich herzlich voneinander.

19

Es war stockdunkel, als Simon die Straße betrat. Ab und zu bellte ein Hund und aus manchen Häusern drang das Geschrei streitender Eheleute. Die Umrisse der Häuser konnte der Aichacher gerade noch erkennen. Ein heller Schimmer hinter einer dicken Wolkendecke ließ erahnen, wo der Mond seine Bahn zog. Auch aus den Häusern drang kaum Licht heraus. Wäre er als Lehrbub nicht viele Jahre in Augsburg herumgestromert, hätte er niemals den Weg zu seiner Unterkunft zurückgefunden. Um diese Zeit machte einiges lichtscheues Gesindel die Straßen unsicher. Hörte er jemand, so drückte er sich in einen Hauseingang und hielt den Griff seines Dolches fest umklammert. Den Nachtwächtern versuchte er um diese Uhrzeit ebenfalls nicht über den Weg laufen. Sie würden ihm nur unnötige Fragen stellen. Er wollte in Augsburg so wenig Aufsehen wie möglich erregen. Ohne sich auch nur einmal zu verlaufen, gelangte Simon ins Gasthaus zurück.

Als Simon den gut gefüllten Schankraum betrat, wurde er mit großem Hallo begrüßt.

»Wir dachten schon, du kommst gar nicht mehr zurück, und wir müssten deine arme Schwester trösten«, krakeelte ein besoffener, rothaariger Fettwanst, der kaum noch stehen konnte.

»Wenn einer von euch Rauschbrüdern meiner Schwester auch nur einmal zu nahe kommt, dann dreh ich ihm den Hals um«, fauchte Simon den Rotschopf an. Dabei zog er seinen Dolch und hielt ihn dem Widersacher vor den Bauch. Der Wirt eilte herbei und versuchte ihn zu beruhigen. »Los steck das Messer weg. Der Saufbruder hat doch nur Spaß gemacht.«

Dazu nickte der Rothaarige heftig mit dem Kopf. »Tschuldigung, nix für ungut. Ich hab wirklich nur einen ganz kleines Späßchen machen wollen.«

»Diesmal will ich es noch gut sein lassen. Aber mit mir macht ihr keine solchen Späße mehr«, damit begab sich Simon zu Gesa hinauf in die Kammer.

Gesa saß auf dem Bett, ein Talglicht verbreitete ein wenig trübes Licht.

Simon sah sie an. »Hast du geweint?«

»Wie kommst du denn darauf? Warum sollte ich weinen? Wegen dir vielleicht? Bilde dir bloß nichts ein? Ich habe mir Sorgen gemacht.«

»Das brauchst du doch nicht.«

»Das sagst du so einfach. Weiß ich, ob du mich hier sitzen lässt, und ich habe kein Geld, um das Quartier zu bezahlen?«

»Was hältst du denn von mir? Ich mag dich doch und würde so etwas niemals tun.«

»Aha, du magst mich also? Nicht nur einmal, fürs Bett?«

»Nein, natürlich nicht.«

»Und was hast du deiner Frau erzählt, als du dich auf den Weg nach Augsburg gemacht hast?«

Damit hatte sie einen Volltreffer gelandet. Der Bader krümmte sich fast zusammen und stammelte: »Ja, ich… Ja, manchmal kommt es halt anders, als man denkt, und da kann man dann nichts dagegen machen.«

»Das hast du deiner Frau erzählt?«

»Nein! Ich versuche dir nur zu erklären, dass man nichts dagegen tun kann, wenn einem plötzlich eine Frau, … ein Mensch wie du über den Weg läuft.«

»Du sagst jetzt am besten gar nichts mehr. Ich habe Hunger. Lass uns runter gehen und etwas essen.«

Gesa und Simon suchten sich einen Platz im Gastraum. Es fielen keine Bemerkungen mehr. Der Rothaarige und seine Zechkumpane machten einen Bogen um den Aichacher. Der Auftritt vorhin hatte ihm Respekt verschafft. Das junge Pärchen aß fettes Schweinefleisch aus dem Sudtopf, neben dem mehrere Scheiben dunklen Roggenbrotes auf einem Holzteller lagen. Sie benutzten die eigenen Messer, um das Fleisch zu schneiden, aufzuspießen und in den Mund zu schieben. Dazu tranken sie aus hölzernen Humpen das ungewohnt schmeckende Augsburger Haferbier. Die Missstimmung, die zwischen ihnen aufgekommen war, verlor sich während des Mahls. Sie rückten wieder enger zusammen, sodass sich ihre Knie berührten. Simon himmelte Gesa an. Diese flüsterte ihm zu. »Vergiss nicht, wir sind hier Bruder und Schwester. Du siehst mit deinem Dackelblick aus wie ein verliebter Gockel. Reiß dich zusammen!« Simon knurrte und rückte wieder ein Stück zur Seite.

Trotzdem kicherten sie und mit jedem Becher Bier wurde ihre Stimmung ausgelassener. »Komm, lass uns nach oben gehen, mein Brüderlein. Sonst glaubt uns die Geschichte mit der Geschwisterliebe bald keiner mehr.«

»Dann dürfen wir aber nicht so viel Lärm machen wie gestern Nacht.« Sie halfen sich gegenseitig hoch und stiegen glucksend und kichernd die Treppe in ihre Kammer hinauf. Belustigt folgten die Blicke der übrigen Gäste den beiden.

»Wie war dein Tag?«, erkundigte sich Gesa.

»Ich habe einen Teil meiner Geschäfte erledigen können, muss aber noch einiges zu Ende führen.«

»Was sind denn das für Geschäfte und was musst du morgen unbedingt noch tun?«

»Ich suche nach einem Freund, den ich von früher kenne und der sich vermutlich in Augsburg aufhält. Wenn ich ihn gefunden habe, kehre ich nach Aichach zurück.«

» Euer Bürgermeister schickt dich hierher, um deine Geschäfte zu erledigen und einen Freund wiederzufinden und gibt dir auch noch einen Batzen Geld dafür? Das kommt mir reichlich merkwürdig vor.«

»Darüber musst du dir keine Gedanken machen, das hat schon alles seine Richtigkeit. Bist du heute mit der Suche nach einem Winterquartier weitergekommen?« Ein Hauch von Misstrauen stand erneut zwischen ihnen.

Gesa erinnerte sich an die unangenehmen Erlebnisse, als sie Simon hinterherschlich. »Ich bin mir noch nicht ganz sicher, aber ich habe vermutlich eine warme und trockene Unterkunft für meine Gefährten und mich gefunden. Sie befindet sich bei einem kleinen Ackerbürger außerhalb der Stadtmauer, nicht weit vom Wertachtor entfernt. Wir können von dort aus jeden Tag, an dem es das Wetter zulässt, in die Stadt kommen, um unsere Kunst vorzuführen und auch im

Winter noch ein paar Münzen hinzuzuverdienen. Wir haben uns noch nicht über den endgültigen Preis geeinigt, aber morgen gehe ich erneut hin. Dann machen wir alles fest.«

»Wenn du deine Angelegenheiten erledigt hast, willst du dann auf mich warten und wir kehren gemeinsam zurück?«, erkundigte sich Simon.

»Ich bin mir nicht sicher, aber ich glaube, ich reite lieber mit dir, als dass ich den weiten Weg zu Fuß zurücklege. Lass uns erst einmal abwarten, wie sich alles entwickelt.« Gesa strich ihm zärtlich über das Haar.

Während des Gesprächs hatten sie sich entkleidet und waren unter die Decken gerutscht. Sie mussten schon den ganzen Abend ihr Verlangen zügeln und nachdem sie kurze Zeit Zärtlichkeiten ausgetauscht hatten, fielen sie voll Leidenschaft übereinander her. Es blieb nur ein frommer Wunsch, nicht das ganze Haus an ihrem Glück teilhaben zu lassen. Es scherte sie nicht mehr, was die anderen Gäste über sie dachten.

Am nächsten Morgen machte sich Simon auf den Weg, seinen Freund Ludwig, den ehemaligen Büttel der Stadt Aichach, zu finden. Gesa folgte ihrem Liebhaber erneut, der sich im Viertel um die Jakoberkirche umsah wie am Tag zuvor. Er blieb vor einer Schenke stehen, die nur wenige Schritte von der Kirche entfernt lag. Das Gasthaus machte einen heruntergekommenen Eindruck. Das Schild über dem niedrigen Eingang zeigte drei gemalte, gelbe Kronen. *Was hatte der Kerl dort verloren?«*, grübelte Gesa.

Er sprach zwei Mädchen an. Sie waren barfuß, grell geschminkt, mit grünem Rock und blauer Bluse. Gesa dachte empört: *»Dieser geile Sack! Habe ich ihm heute Nacht nicht genug geboten? Ist er noch so triebig, dass er zu*

einer Hübschlerin geht? Nein, nicht zu einer, braucht er zwei?«
Sie war unschlüssig, ob sie sich umdrehen und auf Nimmerwiedersehen verschwinden oder ob sie abwarten sollte, was er als Nächstes tat.

Simon trat auf die zwei Dirnen vor dem Gasthaus »Zu den drei Kronen« zu. Er kannte die Kaschemme von seinem letzten Besuch in Augsburg.
Er sprach sie an. »Hallo, ihr zwei Hübschen, könnt ihr mir vielleicht weiterhelfen?«
Die größere Blonde lächelte ihn an. »Das machen wir von morgens bis abends, einsamen Männern wie dir zu helfen. Brauchst du Hilfe von einer von uns oder bist du so hilfsbedürftig, dass wir dir nur zu zweit helfen können? Du siehst so aus, dass du ganz dringend Hilfe nötig hast und auch genug Geld besitzt, uns armen Schwestern ein wenig unter die Arme zu greifen.«
»Das ist sehr großherzig von euch«, scherzte Simon. »Ich suche ein Mädchen, das in eurer Profession gearbeitet hat, ihr Name war Magdalena. Sie lebte hier im Gasthaus. Könnt ihr mir sagen, wo ich sie finde?«
Die Blonde drehte sich abrupt um und ging weg. »Du stiehlst uns unsere Zeit.«
Die Zweite fügte hinzu. »Von einer Magdalena haben wir noch nie etwas gehört und Leute, die herumschnüffeln, können wir überhaupt nicht leiden.«

Gesa sah sich die Geschehnisse versteckt hinter einem Verkaufsstand eines Gemischtwarenhändlers an. Sie konnte sich keinen Reim darauf machen. Erst schmissen sich die Frauen dem Bader an den Hals und betatschten ihn. Dann waren sie auf einmal wie verwandelt und ließen ihn ärgerlich stehen. Anschließend verschwand er in dem heruntergekommen wirkenden Gasthaus. Sie wollte durch ein Fenster ins Innere spähen, unterließ es aber. Sie wollte sich nicht die Blöße geben, dabei erwischt zu werden, ihrem Liebhaber nachzuspionieren. Sie hatte ja auch noch eine Aufgabe zu erfüllen.

Seit Simon mit seinem Freund Ludwig im Frühjahr das letzte Mal hier gewesen war, hatte sich nichts verändert. Dieselben traurigen Gestalten, dieselben heruntergekommenen Wirtsleute. Die alte, fette Wirtin mit ihrem braunen, langen, verfilzten Haar kam auf ihn zugewackelt. »Gnädiger Herr, es ist uns eine Ehre, dass Ihr unser Haus besucht. Unsere Küche ist bekannt in der ganzen Stadt.«

»Das glaube ich gerne«, grinste Simon. Die Wirtin blickte ihn unsicher an. Sie wusste nicht, ob dies als Beleidigung gedacht war.

»Hier ist ein Tisch frei.« Sie zog den Holzhocker zurück. »Hier, mein Herr. Ich muss den Platz nur noch abwischen.« Mit einem Tuch, das ebenso schmutzig war wie die Tischplatte, schob sie Krümel, Speisereste und anderen Dreck auf den Boden. Der Bader schüttelte sich.

»Ich war im Frühjahr bereits einige Male Gast in eurem Haus.«

Die Alte musterte ihn misstrauisch. »Daran müsste ich mich erinnern. Leider finden nur selten solch feine Herren, wie Ihr es seid, zu uns, obwohl es bei uns das wohlschmeckendste Essen und den beste Wein der Stadt gibt.«

»Ich war damals zusammen mit einem Freund hier. Der Hauptgrund für seinen Besuch war ein Mädchen, das damals bei Euch wohnte. Ihr Name war Magdalena. Lebt sie noch bei Euch oder wisst Ihr, wo sie geblieben ist?«

Sofort blitzte Misstrauen in ihrer Miene auf. »Ich kenne keine Magdalena. Seid Ihr ein Spitzel, der uns ausfragen soll? Wir achten stets Recht und Gesetz. Wir zahlen unsere Steuern und tun nichts Unrechtes.« Jetzt trat der Wirt hinzu, stemmte beide Hände in die Hüften und versuchte bedrohlich auszusehen. Auch einige Gäste schenkten nun dem Geschehen ihre Aufmerksamkeit.

»Immer ruhig Blut. Ich bin kein Spitzel und es ist mir egal, was hier im Haus geschieht. Eigentlich suche ich meinen Freund. Er heißt Ludwig und kommt aus Aichach. Vielleicht weiß die Magdalena, wo ich ihn finden kann.«

Dem Wirt dämmerte es. »Ich glaube, ich kann mich an euch beide erinnern. Damals saht ihr aber nicht so wohlhabend aus, eher wie kleine Taschendiebe.« Nachdem er Simon widererkannt hatte, verlor er auch den vorher gezeigten Respekt. »Du scheinst ja das große Los gezogen zu haben und zu viel Geld gekommen zu sein.«

»Mach dir darüber keine Gedanken.«

»Doch, doch, das mache ich mir. Vielleicht kannst du mir verraten, wie man in so kurzer Zeit zu Wohlstand kommen kann? Ihr beide seid uns nämlich noch etwas schuldig.« Der Gesichtsausdruck des Wirtes wirkte verschlagen und nun nahmen auch einige Burschen, die so aussahen, als ob sie schon einige Wirtshausschlägereien hinter sich gebracht hatten, eine bedrohliche Haltung ein.

»Was sagst du, ich bin euch etwas schuldig? Du spinnst wohl. Ich rate euch: Legt euch besser nicht mit mir an.« Simon klopfte auf seinen Dolch und sah sich in der Gaststube um. »Ich weiß damit umzugehen. Ein Stich und das Bier läuft unten wieder so heraus, wie ihr es oben hineingeschüttet habt.«

Der Wirt wurde unsicher. »Immer ruhig bleiben, ich wollte doch nur einen kleinen Tipp von dir bekommen. Nimm es mir nicht übel.«

»Warum bin ich euch noch etwas schuldig?«

»Unmittelbar nachdem ihr die Stadt verlassen habt, ist auch Magdalena verschwunden. Sie war mein bestes Pferd im Stall. Viele Gäste sind nur wegen ihr gekommen und haben gutes Geld hiergelassen. Kein Mensch weiß, wo sie geblieben ist. Danach wohnten mehrere Mädchen bei mir. Aber ich musste sie alle wieder rausschmeißen, keine konnte Magdalena das Wasser reichen. Ihr Verschwinden bedeutete einen großen Verlust für uns und ihr scheint irgendetwas damit zu tun gehabt zu haben. Deshalb sage ich, ihr seid uns noch etwas schuldig.« Der Wirt hatte den Gedanken, aus Ludwig ein paar Münzen herauszulocken, noch nicht aufgegeben.

»Warum musstest du sie rausschmeißen?«, keifte die Wirtin dazwischen und hieb mit dem Tuch nach ihrem Mann. »Du geiler, alter Hurenbock konntest deine dreckigen Finger nicht von den Mädchen lassen. Jeder bist du nachgestiegen. Nur die Magdalena hat dich nicht rangelassen.« Die Gäste hatten jetzt ihren Spaß und kugelten sich vor Lachen. Die bedrohliche Stimmung war ins Gegenteil gekippt.

»Habt ihr meinen Freund Ludwig noch einmal gesehen?«

Die Wirtin hatte sich wieder beruhigt und antwortete. »Er war einmal hier und stellte die gleichen Fragen wie du. Auch ihm konnten wir nicht weiterhelfen.«

»Hat er euch gesagt, was er zukünftig tun wollte?«

»Nur, dass er die Magdalena weiterhin suchen würde und beabsichtige sich bei einem unserer Augsburger Kaufleute als Waffenknecht zu verdingen.«

Simon dankte den Wirtsleuten, warf einige Münzen auf den Tisch und verließ die »Drei Kronen«.

20

Simon begab sich zum Handelshaus der Fugger an der aus zahlreichen Märkten bestehenden breiten Verbindungsachse zwischen St. Ulrich und dem Dom. Er war sich nicht sicher, wie er weiter vorgehen sollte. Zuerst wollte er sich bei den großen Handelshäusern nach Ludwig erkundigen und damit bei den Fuggern beginnen. Vor dem großen Tor, welches die Einfahrt zum Kontor verschloss, standen zwei schwerbewaffnete Wachen. Sie hielten Spieße in den Händen und trugen ein Schwert am Gürtel. Ihre Brust schmückte das Wappen der Fugger, die Lilie.

Der Bader sprach den Größeren der beiden Wachposten an. »Grüß dich! Ich suche einen Freund, der sich möglicherweise bei euch als Waffenknecht verdingt hat. Er kommt aus Aichach und sein Name ist Ludwig Kroiß. Weißt du, ob ich ihn bei euch finden kann?«

»Scher dich zum Teufel! Hier gibt es keine Auskünfte, da könnte ja jeder daherkommen.«

»Aber er ist doch genauso ein Waffenknecht wie ihr. Er ist doch euer Kamerad.«

Der kleinere Bewaffnete meldete sich jetzt zu Wort. »Wir sind keine Waffenknechte. Wir sind für den Schutz und das Leben unseres Herren Andreas Fugger, seiner Familie und seines Hauses verantwortlich. Die Waffenknechte bilden den Geleitschutz unserer Handelszüge. Nur die Besten kommen zu uns und bei uns gibt es keinen Ludwig Kroiß.«

»Was erzählst du dem Kerl da. Das geht den überhaupt nichts an. - Mach dich aus dem Staub und verschwinde.«

Simon musste sich etwas einfallen lassen, um nicht endgültig verjagt zu werden. »Meine Herren, mein Anliegen ist wirklich von großer Dringlichkeit. Die Mutter von Ludwig liegt im Sterben und ich soll ihn an ihr Sterbebett holen. Sie hat ihrem Sohn bitter unrecht getan und will ihn um Verzeihung bitten. Der Herrgott wird es euch danken, wenn ihr mir helft ihn zu finden.«

»Und das sollen wir dir glauben?«

»Ich schwör es dir, beim Leben meiner Mutter.«

»Er sieht ehrlich aus«, mischte sich der Kleinere wieder ein. »Stell dir einmal vor, deine Mutter läge im Sterben und du hättest solch einen Freund.« Der andere Posten knurrte und wendete sich ab. »Ich glaube ich kenne deinen Freund. Er ist vor zwei Tagen mit einem Handelszug aus Italien zurückgekehrt. Ich bin noch eine weitere Stunde zum Wachdienst eingeteilt. Danach suche ich ihn. Komm gegen Abend wieder zurück und melde dich an der kleinen Pforte an der rechten Seite dieses Anwesens.«

»Gott wird dich für deine Hilfsbereitschaft belohnen.«

Der Wächter grinste. »Ein paar Münzen vorher wären auch recht.« Simon drückte sie ihm in die Hand und machte sich auf den Weg.

Bis zum Abend war es noch lange hin und deshalb schlenderte er gemütlich über den Markt. Simon hatte Barbara und den Kindern versprochen, Geschenke aus Augsburg mitzubringen. Er musterte hier ein Stück Stoff und dort ein paar Schuhe. Für die Kinder wollte er Süßes mit nach Hause bringen. Bei einem

Silberschmied erstand der Bader eine wunderschön gearbeitete Brosche. Dann kam ihm in den Sinn, dass er eigentlich Gesa ebenfalls ein Geschenk machen müsste und so erwarb er für sie einen schlichten Silberring. Einem Tuchverkäufer kaufte er ein paar Ellen fein gewebten Wollstoff für seine Frau ab. Gesa sollte einen großen, warmen, rotgrün gemusterten Umhang erhalten. Zurück in Aichach würde das Ganze erst richtig kompliziert werden, aber daran wollte er jetzt lieber nicht denken. Für die Kinder fand er süßen Honigkuchen mit Mandeln. Der Bader verstaute alles in einem großen Beutel aus grob gewebter Nessel. Die Zeit verging wie im Flug und er kehrte schwer beladen zum Kontor der Fugger zurück.

Schon von weitem erkannte er seinen Freund Ludwig. Simon lief schneller, umarmte ihn und drückte ihn fest an sich.
»Schön dich wiederzusehen«, rief Simon. »Du hast dich, bis auf den Bart, kaum verändert. Aber der steht dir gut. Lass dich nochmals umarmen.«
»Erdrück mich nicht! Ich freue mich ja auch, dich wieder zu treffen. Was war das für eine Geschichte mit meiner Mutter? Sie liegt im Sterben? Was ist das für ein Unfug? Meine Mutter ist seit Jahren tot.«
»Irgendwas musste ich den Sturköpfen, die euer Tor bewachen, doch erzählen. Sonst hätten sie mich davon gejagt und mir nicht geholfen dich zu finden.«
»Du hast dich nicht geändert. Du bist immer noch dasselbe Schlitzohr wie früher. Was treibst du hier in Augsburg?«
»Das ist eine lange Geschichte, die sollten wir nicht hier besprechen. Hast du Zeit?«
»Für dich habe ich immer Zeit. Vor zwei Tagen bin ich aus Italien zurückgekommen und der nächste

Handelszug in den Süden, zu dem ich eingeteilt bin, verlässt die Stadt erst in fünf Tagen.«

»Ich wohne im selben Quartier, in dem wir im Frühjahr untergekommen sind. Lass uns zuerst dorthin gehen, um meine Einkäufe wegzubringen. Danach wollen wir uns ein gemütliches Gasthaus suchen und über alte Zeiten plaudern.« Simon und Ludwig machten sich auf den Weg.

Bei der Absteige an der Barfüßerkirche angekommen, versuchte Simon, Ludwig schonend auf das Kommende vorzubereiten. »Also, du weißt doch, dass ich mit Barbara verheiratet bin?«

»Ja, sicher weiß ich das. Ist ihr etwas geschehen?«

»Nein, nein, sie ist zu Hause in Aichach bei den Kindern. Du wirst dich gleich wundern, aber ich habe da jemand kennengelernt.«

»Simon, was willst du mir sagen? Ich verstehe kein Wort.«

»Du wirst es gleich sehen.«

Sie betraten den Schankraum, der zu dieser abendlichen Stunde bereits gut besucht war.

»Nimm Platz und bestell schon einmal etwas zu trinken. Ich muss noch mal in mein Schlafgemach. Ich bin gleich wieder zurück.« Simon ging hinauf und traf Gesa, die es sich bereits auf dem Schlaflager gemütlich gemacht hatte.

»Schön, dass du zurück bist. Ich hatte Sehnsucht nach dir. Komm her zu mir.« Sie streckte ihm verlangend die Arme entgegen.

»Ich habe dich auch vermisst, aber ich muss gleich wieder hinunter.«

»Warum das denn? Können wir nicht ein bisschen kuscheln?«

»Ich habe dir doch erzählt, dass ich einen alten Freund suchen wollte. Der sitzt jetzt unten und wartet auf mich. Komm mit runter. Lass uns das Wiedersehen zusammen feiern.«

»Du musst es ja wissen. Dein Freund ist hoffentlich nicht zufällig ein Verwandter deiner Frau?« , fragte sie schnippisch.

»Nein, wir können uns auf seine Verschwiegenheit verlassen.«

»Was heißt, wir können uns auf ihn verlassen? Du bist verheiratet, nicht ich. Aber ich weiß: Ihr Männer haltet in solchen Dingen ja immer zusammen.«

»Komm sei nicht beleidigt. Ludwig ist wirklich ein guter Kerl. Ich würde mich freuen, wenn du ihn kennen lernst. Du wirst ihn mögen.«

»Bin ich für ihn auch deine Schwester?«

»Nein, natürlich nicht.«

Als Gesa und Simon die Stiege herunterkamen starrte sie Ludwig mit offenem Mund an.

»Darf ich dir meine Schw..., meine liebe .....«

»Er wollte sagen, seine Geliebte«, beendete Gesa das Gestammel. Sie reichte dem verdutzten Freund die Hand.

»Holla«, mehr brachte auch der nicht heraus.

»Das kann ja heute ein unterhaltsamer Abend werden. Vielleicht trinkt ihr erst mal einen Schnaps, dann bringt ihr vielleicht auch einen zusammenhängenden Satz zusammen. Sind die Männer aus Aichach alle so?«

Als erstes fand Ludwig die Sprache wieder. Er grinste. »Mein Freund Simon ist immer für eine Überraschung gut. Ich habe nicht damit gerechnet, dass er sich in so netter Gesellschaft befindet. Aber das lässt auf einen schönen Abend hoffen.«

Gesa lächelte ihn an, während sich Simon vorbeugte und ihm ins Ohr flüsterte. »Trink dein Bier aus. Dann gehen wir woanders hin. Sie halten uns hier für Geschwister und daran sollen sie auch weiter glauben.« Das Grinsen auf Ludwigs Gesicht wurde noch breiter.

In einem Gasthaus nahe des Rathauses fanden sie einen freien Tisch, an dem sie sich ungestört und unbelauscht unterhalten konnten. »Wie ist es dir ergangen? Hast du deine Magdalena wiedergefunden?«, wollte Simon wissen.

»Nein, leider nicht. Als ich Aichach verlassen hatte, habe ich mich sofort auf die Suche nach Magdalena gemacht. Nachdem wir, bei unserem letzten Aufenthalt im Frühjahr in Augsburg, plötzlich aufbrechen mussten, ohne ihr nochmals Lebewohl sagen zu können, blieb sie wie vom Erdboden verschluckt. Ich habe sie in der ganzen Stadt gesucht, ohne auch nur den kleinsten Hinweis auf ihren Verbleib zu finden.«

»Das ist traurig«, bedauerte ihn sein Freund. »Was hast du dann getan?«

»Zuerst habe ich versucht, mein Unglück in Wein und Bier zu ertränken, bin zu den Hübschlerinnen gegangen und habe mein Geld mit vollen Händen zum Fenster hinausgeworfen. Als ich nichts mehr hatte, verschwanden meine neuen Freunde ebenso schnell, wie sie gekommen waren. Gott sei Dank habe ich mich nicht in Selbstmitleid ertränkt, sondern habe mich irgendwann auf das bedacht, was ich kann. Ich verdingte mich bei den Fuggern als Waffenknecht. Da verdient man wenig und es ist gefährlich, aber die Fremde und das Abenteuer reizten mich. Ich habe in der Zeit einen Handelszug nach Italien begleitet und bin gerade zurückgekehrt. Was hast du in der Zwischenzeit gemacht und wie seid ihr zwei zusammengekommen?«

Simon berichtete von seiner Arbeit in Aichach, von dem Mord, den Musikanten und wie beide zusammen nach Augsburg gezogen waren. Jetzt musste Ludwig lachen. »Kaum lässt man ihn einen Augenblick alleine, schon ist er ein großer Frauenheld.« Er wandte sich an Gesa. »Du musst wissen, als wir beide vor einem halben Jahr Augsburg besuchten, war er die Keuschheit in Person. Ich kenne ihn gar nicht wieder.«

Die Röte stieg Simon ins Gesicht. »Lasst mich doch in Ruhe. Ich weiß einfach nicht, wie es weiter gehen soll.«

Ludwig klopfte ihm aufmunternd auf die Schulter. »Komm lass uns unser Wiedersehen feiern. Du kannst dich auf mich verlassen. Ich weiß, dass du , wenn es darauf ankommt, ebenfalls immer zu mir halten würdest.«

Gesa verdrehte nur die Augen.

Nun war es an der Zeit, Ludwig den Rückkehrwunsch des Aichacher Bürgermeisters zu unterbreiten. »Wir würden uns alle freuen, wenn du wieder heimkommen würdest. Was hältst du davon?«

»Wo ist denn mein Heim? Hier bin ich ein Nichts und bei euch ist es nicht anders. Im Dienste der Fugger habe ich wenigstens einmal das Land gesehen, in dem die Zitronen blühen. Wisst ihr überhaupt, was Zitronen sind?« Die Angesprochenen schüttelten die Köpfe. »Das macht nichts. Die sind gelb, sind furchtbar sauer und schmecken grässlich. So was will bei uns keiner haben.«

»Wenn du zurückkommst, wirst du kein Nichts mehr sein. Chuntz Zellmeier wünscht, dass du zurückkehrst. Er bietet dir den Posten des Hauptmanns der Stadtwache an. Damit bist du ein geachteter Bürger, verdienst genug und beziehst zusätzlich ein kleines Haus direkt an der Stadtmauer. Was hältst du davon?«

»Das ist aber etwas anderes als der Stadtbüttel. Warum will er das?«

»Das ist sicherlich etwas anderes. Du bist dann sowohl für den Stadtbüttel und die Stadtwachen als auch für die Bürgerwehr in Kriegszeiten verantwortlich. Dieses Amt wurde früher nur in Notzeiten, meistens vom Bürgermeister selber, besetzt. Er meint aber, dass die Zeiten so unruhig sind, dass wir jemand brauchen, der dafür die notwendige Erfahrung mitbringt.«

»Und da kommt ihr ausgerechnet auf mich?«

»Welche Fähigkeiten du hattest, fiel erst auf, als du nicht mehr da warst. Dein Nachfolger als Büttel, der Emmeran Wagner, hat sich als vollkommener Versager erwiesen. Aber ich habe dem Bürgermeister gesagt, dass er dir mehr anbieten muss als deinen alten Posten.«

»Ich werde es mir überlegen. Jetzt lass uns unser Wiedersehen feiern.«

Gesa saß eng an Simon geschmiegt, hörte zu und schwieg. Sie verstand nicht alle Zusammenhänge, über die sich die beiden Männer unterhielten. Aber sie begriff sofort, war, dass dies alles große Bedeutung für ihre in Aichach eingekerkerten Kameraden haben konnte. Sie musste alle bisherigen Erkenntnisse über den Mord im Haus der Lallinger in Erfahrung bringen. Simon, der verliebte Gockel, würde ihr auch noch das berichten, was er bislang vor ihr verborgen halten konnte. Das war sie ihrer Sippe schuldig und außerdem bereitete es ihr auch noch Freude. Ihre Reise nach Augsburg war ein voller Erfolg gewesen. Sie hatte ein Winterquartier für ihre Gauklertruppe gefunden, erfuhr mehr, als sie je erwarten konnte über die Verwicklungen im Aichacher Mordfall, schlief seit Jahren wieder in einem warmen Bett, hatte ausreichend Essen und Trinken und vergnügte sich mit einem netten Mann, den sie gut leiden konnte.

Spät in der Nacht wankten Gesa und Simon, sich gegenseitig stützend, in ihre Unterkunft zurück. Ludwig wollte ihnen am nächsten Tag mitteilen, ob er das Angebot nach Aichach zurückzukehren annehmen wollte oder nicht. Im Anschluss beabsichtigten sie Augsburg so schnell wie möglich den Rücken zu kehren. In ihrer Kammer liebten sie sich, als ob es das letzte Mal wäre, und fielen in einen tiefen Schlaf.

21

Beim morgendlichen Mahl am nächsten Tag machte Simon einen Vorschlag. »Ich habe vor, meinen Augsburger Kollegen einmal bei der Arbeit über die Schulter sehen. Ich möchte mit dir zusammen eine Badestube besuchen. Dort lassen wir es uns einmal richtig gut gehen.«
»Was willst du? Ich soll mich baden? Weißt du denn nicht, dass das Waschen im Wasser die Poren der Haut für gefährliche Krankheiten öffnet? Willst du mich umbringen?«, wies sie seinen Vorschlag brüsk zurück.
»Wer hat dir denn so einen Unfug erzählt?«
»Das sagen alle. Nur du weißt wieder einmal alles besser.«
»Hast du schon einmal gebadet?«

»Nein, wo denkst du hin. Vielleicht bin ich als Kind einmal in einen Bach gefallen, aber mit Absicht bin ich noch nie ins Wasser gestiegen.«

»Du weißt nicht, was dir bisher entgangen ist: Dich im warmen Wasser zu entspannen, dir das Haar zu spülen, dabei ein paar Leckereien zu naschen und einen Humpen Bier zu trinken. Das ist herrlich! Wenn du verspannt bist, kann ich dir danach auch die Glieder durchkneten. Ich habe hier in Augsburg das Baderhandwerk erlernt, nur in Aichach werden viele Handreichungen, die in Augsburg erlaubt sind, als unkeusch verteufelt.«

»Unkeusch? Muss ich mich dort entkleiden?« Gesa sah ihn entsetzt an, als er nickte. »Niemals zieh ich mich aus!«

»Unter der Bettdecke bist du doch auch ausgezogen und der liebe Gott hat dich nackt zur Welt gebracht. Es ist keine Sünde. Lass dich darauf ein und begleite mich. Du wirst es nicht bereuen.«

Nach langem Reden ließ sich Gesa schließlich davon überzeugen mitzukommen. Sie suchten eine Badestube im Viertel unterhalb der alten Stadtmauer nahe der Jakoberkirche. Hier wurde Wasser des Lechs in verzweigten Kanälen durch das Viertel geleitet und stand so auch in großer Menge für die Badestuben zur Verfügung. Gesa stieg eine Stufe zu dem Wasserlauf hinunter und fasste hinein. »Huch, ist das kalt. Du glaubst doch nicht im Ernst, dass ich da hineinsteige.«

»Wir baden doch nicht im Bach. Das Wasser wird vorher heiß gemacht und ist angenehm warm, wenn es in einen großen Holzzuber hineinkommt. Lass dich überraschen.«

Sie betraten ein kleines Steinhaus. Aus dessen mit Ziegeln gemauertem Kamin, der aus dem mit Holzschindeln gedeckten Dach ragte, quoll schwarzer Rauch.

Ein großer blonder Mann mit dünnem Bart begrüßte sie. Er hatte sich nur ein weißes, linnenes Tuch um die Hüften geschlungen, über das sein fetter Bauch hing. »Seid gegrüßt. Was kann ich für euch tun? Wollt ihr baden, schwitzen, euch schröpfen oder die Haare schneiden lassen?«

Gesa sah Simon fragend an. »Ich weiß nicht? Was wollen wir?«

»Ich denke, wir sollten ein Wasserbad im Zuber nehmen und kein Schwitzbad. Dabei können wir es uns gut gehen lassen. Diese Badestube gibt es schon lange und ich habe früher nie etwas Schlechtes darüber gehört.«

»Mir soll´s recht sein.«

»Meister, wie sieht es aus, ist das Wasser frisch oder hat schon jemand drin gesessen?«

»Ich habe frisches Wasser gerade im Kessel erhitzt und werde es in den Zuber füllen oder euch in Güssen verabreichen. Ganz wie ihr es wünscht. Wenn ihr die Wanne verlassen habt, kann der Nächste euer Bad benutzen. Der zahlt dann nur noch die Hälfte. Ich lege für den Nächsten heiße Steine hinein, schöpfe altes Wasser ab und gieße Kochendes nach.«

Simon gab ihm Geld und teilte ihm seine Wünsche mit. Daraufhin geleitete der Dicke sie in eine kleine Kammer in der sie sich umkleiden konnten. Auf einem Schemel lagen für jeden ein großes Laken aus Leinen und ein Badehut bereit.

»Und jetzt soll ich mich ausziehen? Dann kommt vielleicht jemand herein und sieht mich so.« Gesa wirkte unsicher.

»In deinen Kleidern kannst du nicht baden. Es kommt schon keiner und schaut dir was weg. Vor mir brauchst du dich nicht zu genieren. Ich habe dich schon gesehen, so wie dich der liebe Gott geschaffen hat. Wenn du ausgezogen bist, schlingst du dir schnell das Tuch um den Leib.« Sie drehte ihm schamhaft den Rücken zu, war ruck zuck entkleidet und bedeckte ihre Blöße mit dem bereitgelegten Stoff. Simon grinste und tat es ihr gleich. Die abgelegte Bekleidung nahm eine Gewandhüterin in Empfang, der sie auch ihre Wertsachen anvertrauten.

Im nächsten Raum herrschte große Hitze, die von einer offenen Feuerstelle unterhalb eines an der Wand befindlichen gemauerten Rauchfangs kam. Licht drang nur durch eine kleine Öffnung in der Seitenwand. Über dem Feuer hing an einem eisernen Dreibein ein großer, dampfender Kupferkessel. In ihm warf das heiße Nass bereits Blasen. In der Mitte stand ein hölzerner, ovaler Trog, der ausreichend Platz für zwei Personen bot. Er war bereits knöchelhoch mit lauwarmem Wasser gefüllt. Links und rechts davon befanden sich jeweils zwei längliche Schemel, auf denen sie die Tücher ablegen konnten.

»Da soll ich jetzt rein? Da wird das Tuch doch nass.«

»Was könnten wir da machen, damit es nicht nass wird?«

»Nein, in welchen Sündenpfuhl hast du mich hier geführt! Ich gehe da nicht nackt hinein!«

Simon war mit den Nerven fast am Ende. »Komm, du blamierst uns beide! Es ist vollkommen normal hier in Augsburg, dass man in ein Badehaus geht. Es schaut dir schon keiner was weg.« Wieder wandte sie sich von ihm ab, legte das Tuch auf einen der Hocker und kletterte in die Wanne. Simon tat es ihr gleich. Sie saßen sich beide gegenüber und er blickte sie bewundernd an. Sofort bedeckte Gesa ihre Scham und die Brüste mit den Händen. »Schau sofort weg.«

Simon verdrehte die Augen und blickte zur Decke. »Ja natürlich.«

»War's das jetzt? Das Wasser reicht mir nur bis zum Steißbein.«

»Nein, du musst warten, gleich geht es weiter.«

Die Tür öffnete sich lautlos und der Badeknecht kam herein. Als Gesa ihn erblickte, schrie sie laut auf, wurde rot bis hinter die Ohren und stand kerzengerade, mit den Händen so viel als möglich verbergend.

Der Knecht grinste verlegen und erstaunt. In höchster Not setzte sie sich wieder hin.

»Soll ich lieber gehen?«

»Nein, nein. Meine Frau hat sich nur erschreckt. Gieß jetzt die Wanne voll. Du fängst am besten bei mir an und schüttest mir einen Eimer warmen Wassers über den Kopf. Aber gib Acht, dass du mich nicht verbrühst.«

Der Knecht begab sich zum Kupferkessel, goss kaltes Wasser hinzu und prüfte die Temperatur.

»Bin ich jetzt auf einmal deine Frau und nicht mehr die Schwester? Ich habe noch nie gehört, dass die Badestuben die Treffpunkte von Ehepaaren sind«, flüsterte Gesa.

»Nein, aber hier treffen sich auch nicht Bruder und Schwester. Entspann dich und mach es mir nach.«

Aus einem hölzernen Eimer goss der Badeknecht einen Schwall lauwarmes Nass über Simons Kopf. Der Aichacher Bader prustete und schnaubte vor Vergnügen, als die warme Flüssigkeit über seinen Körper rann. Als Nächstes war die Reihe an Gesa. Sie wirkte verkrampft und zuckte heftig zusammen. Nachdem der Strom geendet hatte, schüttelte sie sich wie ein nasser Hund und war sich nicht sicher, ob es ihr gefiel oder nicht. Mit jedem weiteren Guss wirkte sie gelöster und ließ jetzt auch die Hände sinken.

Als der Zuber bis auf eine Handbreit unter dem Rand gefüllt war, verabschiedete sich der Knecht. »Ich lasse euch jetzt alleine. Wenn ihr noch etwas braucht, könnt ihr mich rufen. Soll ich euch noch eine Kleinigkeit zu essen und einen Krug Wein bringen?«

»Das ist ein guter Vorschlag. Bring mir aber auch noch ein Stück wohlriechende Seife, mit der wir uns reinigen können«, verlangte der Simon. Nachdem sie das Gewünschte erhalten hatten und wieder alleine waren, erkundigte sich Simon: »War das alles denn wirklich so schlimm?«

»Es ist gar nicht schlimm, aber ich war doch noch nie in meinem Leben in einem Badehaus. Ich habe noch nie in einem Bottich mit warmem Wasser gesessen. Es ist einfach herrlich.«

»Siehst du, was habe ich dir gesagt? Lass uns von dem Wein probieren, der dort auf dem Schemel steht.«

Sie tranken aus Steingutbechern den kühlen mit Wasser verdünnten und mit Honig gesüßten Wein. Simon forderte Gesa auf, die Augen zu schließen und unterzutauchen. Er nahm ihre Haare und ließ sie durch seine Hände gleiten. Als sie prustend wieder aufgetaucht war, nahm er das Stück Seife in die Hand und schäumte sie auf. Dabei rieb er vorsichtig den Schaum in ihr Haar. »Gib acht, damit kein Schaum in deine Augen gelangt, das brennt.«

»Zu spät. Es brennt schon wie verrückt.« Sie schloss blitzartig ihre Augen und er spülte sie sofort mit dem lauwarmen Badewasser aus.

»So etwas kann geschehen. Wenn aber das Fett und der Schmutz aus den Haaren gespült sind, werden sie seidenweich und glänzend, wie du es noch nie gesehen hast.«

Gesa lehnte sich zurück und spülte die Schaumreste aus den Haaren, dabei lächelte sie in sich hinein. Anschließend seiften sie sich gegenseitig am ganzen Körper ab und ihre Erregung stieg von Sekunde zu Sekunde. Auf der Oberfläche des Zubers bildeten sich Schaumhäufchen und die Brühe wurde milchig trüb.

Gesa flüsterte. »Komm zu mir. Es ist mir egal, ob jetzt jemand hereinkommt. Ich habe ein unsägliches Verlangen nach dir.« Simon sagte nichts, sondern kam ihren Wünschen nach. Das Wasser brodelte und es bildeten sich große Lachen um den Bottich, auf dem mit gebrannten Mauersteinen gepflasterten Boden. Nach einer Weile beruhigte sich auch das in Wallung geratene Nass. Gesa und Simon lagen regungslos eng umschlungen in der hölzernen Wanne. Langsam kühlte mit ihren Körpern auch die Füllung des Bottichs ab.

»Ich glaube, ich habe in meinem bisherigen Leben einiges verpasst«, stieß Gesa hervor.

»Es war wie im Traum. Nur beichten solltest du solche Träume lieber nicht. Ich bin wie erschlagen, außerdem wird es mir langsam kalt.«

»Willst du schon gehen?«

»Natürlich nicht. Ich rufe den Badeknecht. Der wird warmes Wasser nachfüllen.«

Der Mann trat grinsend herein und füllte vorsichtig mehrere Eimer heißen Wassers nach, die in dem frisch befüllten Kessel erneut zum Kochen gebracht worden waren. So ruhten sie sich noch geraume Zeit aus, neckten sich wie kleine Kinder und verschwendeten keinen Gedanken an die Sorgen, die draußen auf sie warteten. Der Wein beförderte ihre gute Laune und machte ihre Gedanken leicht.

Nachdem sie aus dem Zuber gestiegen waren, rieben sie sich gegenseitig mit den Leinentüchern trocken.

»Ich könnte schon wieder«, stöhnte Simon.

»Ich auch. Lass uns warten, bis wir in unserer Unterkunft zurück sind. Dort kann uns niemand überraschen.«

Als sie abgetrocknet und wieder angezogen waren, nahm Simon einen Kamm und eine Schere zur Hand. Sorgsam legte er Gesa das Tuch um die Schultern.

»Was hast du denn jetzt vor?«, erkundigte sie sich überrascht.

»Das wirst du gleich sehen.« Er nahm das Tuch und rubbelte ihre Haare, bis sie beinahe trocken waren. »Dein Haar ist traumhaft schön. Fass es ruhig an, es ist nicht mehr so strohig und fettig wie vor dem Waschen. Auch kommt jetzt die wunderbar goldgelbe Färbung zutage. Vorher hatte es einen leichten Stich ins Bräunliche.«

Sie nahm eine Strähne und wickelte sie um ihren Finger. »Wie Recht du hast. Mit dir würde ich jeden Tag ins Badehaus gehen. Ich habe wirklich nicht gewusst, was mir bisher entgangen ist. Was machst du nun?«, schnurrte Gesa.

»Lass dich einfach überraschen.« Er fing vorsichtig an ihre langen Haare zu kämmen.

»Au, das tut weh«, jammerte sie.

»Ich bin ganz vorsichtig. Deine Haare sind verfilzt und ich muss mit dem Kamm einmal durchkommen.« Im Anschluss an diese mühselige Prozedur, nahm er die Schere, schnitt die geschädigten Haarspitzen großzügig und gerade ab.

»Was machst du denn mit meinen Haaren? Es hat Jahre gedauerte, bis sie so lang waren!«

»Damit sie weiterhin so schön bleiben, müssen die Spitzen regelmäßig gekürzt werden. Ich habe den Beruf des Baders erlernt und deshalb kannst du mir vertrauen. Außerdem würde ich nur Dinge tun, die deine Schönheit noch wirksamer zur Geltung bringen.«

»Wenn du meinst.«

»Vielleicht gibt es hier im Haus einen Spiegel.« Er suchte die Ecken der Badestube ab und fand schließlich eine polierte Metallscheibe, die als Spiegel diente. Er wischte sie trocken und hielt sie vor Gesa hin. Sie nahm sie Simon aus der Hand und gab zuerst keinen Ton von sich. Auf einmal quietschte sie vor Vergnügen. »Das bin ich? Bisher konnte ich mein Spiegelbild nur in klaren Teichen oder Quellen sehen. Das hier ist aber ganz anders. Ich seh´ gar nicht so schlecht aus. Was denkst du?« Sie drehte sich hin und her.

»Ich finde, du bist eine Schönheit. Wenn du andere Gewänder tragen würdest, sähst du sogar wie eine herrschaftliche Dame aus. Später gehen wir auf den Markt und kaufen dir neue Kleider.«

Sie lachte auf und grinste. »Gib mir den Spiegel! Weißt du, was ich einmal in meinem Leben sehen möchte, weil ich noch nie einen Blick darauf werfen konnte?«

Er sah sie fragend an.

»Ich möchte einmal meinen Arsch sehen. Den konnte ich noch nie bewundern.«

Simon lachte laut los. »Also, du könntest aussehen wie eine feine Dame, aber an deinem Benehmen musst du noch arbeiten.«

Gesa war überrascht, als sie im Vorraum der Badestube Ludwig trafen. »Was machst du denn hier?«
»Simon hat mir verraten, wo ich euch treffen kann.«
»Wartest du schon lange?«
»Schon eine ganze Weile. Man konnte hören, dass es euch beiden hier gut gefallen hat.«
Simon war verlegen und Gesa errötete. Sie bezahlten und gaben dem Badeknecht und der Gewandhüterin ein großzügiges Trinkgeld. Auf der Straße angelangt, beschlossen sie erst ins Quartier zurückzukehren, bevor sie am Nachmittag erneut den Markt aufsuchen wollten.

22

Die drei näherten sich dem Gasthaus, als Ludwig sie plötzlich in einen Hauseingang stieß.
»Was ist los mit dir? Bist du verrückt geworden?«, fuhr Simon ihn an.
»Leise! Die Burschen, die vor eurer Absteige herumlungern, kenne ich.«
»Na und?«, erwiderte Gesa mit einem Achselzucken.
»Es sind Augsburger Stadtknechte. Die warten auf jemanden.«
»Simon und ich haben doch nichts getan. Uns lauern die bestimmt nicht auf. Vielleicht sind sie hinter einem Dieb oder Mörder her?«
»Das halte ich für unwahrscheinlich. Vielleicht ist euer Brüderlein-und-Schwesterlein-Spiel jemandem aufgefallen. Weder mit Ehebrechern noch mit Blutschändern kennen die Augsburger Erbarmen. In der Stadt wimmelt es von Spitzeln, die sich in den Gasthäusern herumdrücken, Geheimes und Verbotenes erlauschen und ihren Judaslohn von den Ratsherren oder einem der Handelsherren einstreichen.«

»Das glaube ich nicht«, erwiderte ihre Begleiterin.

»Ich wäre mir da nicht so sicher«, fügte der Bader hinzu. »Möglicherweise halten sie uns auch für bayrische Spione. Wenn sie deshalb hinter uns her wären und uns erwischen würden, wäre es auch kein Spaß. Folter, Strang oder Schlimmeres wären uns sicher.«

»Simon, in was für eine Geschichte hast du mich da hineingezogen?« Gesa war außer sich.

»Beruhige dich wieder. Du musst keine Angst haben, dir wird keiner auch nur ein Haar krümmen.«

Ludwig meldete sich erneut zu Wort. »Hoffentlich hast du Recht. Wir müssen schnell und unauffällig von hier verschwinden. Die Leute schauen schon.«

Die drei hakten sich unter, mit Gesa in ihrer Mitte. Sie steckten ihre Köpfe zusammen, tuschelten und entfernten sich, wie drei gut gelaunte Zecher wirkend, von den Häschern der Stadt. An einem Brunnen am Geumulner Lech hielten sie inne, sahen sich um, ob ihnen jemand gefolgt wäre, und beratschlagten, was zu tun sei.

»Wir müssen Augsburg so schnell wie möglich verlassen. Unser Pferd, der Sattel und die Waffen haben wir wohl verloren, die wird sich der Wirt unter den Nagel reißen. Das Geld habe ich Gott sei Dank immer bei mir getragen«, erklärte Simon, der sich nach unerwünschten Zuhörern umsah.

»Das Stadttor an der Straße nach Friedberg ist nicht weit, lasst uns sofort verschwinden. Außerhalb der Stadt können wir dann beratschlagen, wie es weitergeht«, schlug Gesa vor.

»Das ist keine gute Idee«, meinte Ludwig. »Die Soldaten der Wache sind möglicherweise vorgewarnt und haben eine Beschreibung von euch. Dann sitzen wir in der Falle.«

»Warum wir? Kommst du mit?«, fragte der Bader.

»Ich bin noch nicht dazu gekommen, es dir zu sagen. Ich habe mich entschlossen, das Angebot des Chuntz Zellmeier anzunehmen. Wenn sie dich wegen Spionage suchen, dann kommen sie auch mir auf die Schliche. Das bestätigt mich in meinem Entschluss.«

»Du hast doch überhaupt nichts mit der Sache zu tun. Kommst du nur aufgrund einer vagen Vermutung mit uns? Das verstehe ich nicht.« Gesa schüttelte verwundert den Kopf.

»Der Wirt kennt mich und er hat mich zusammen mit Simon gesehen. Außerdem haben dein Liebhaber und ich im Frühjahr den Augsburgern einen üblen Streich gespielt, den sie sicher noch nicht vergessen haben. Ich will einfach kein Risiko eingehen. Für die Büttel der Stadt und die Folterknechte macht es keinen Unterschied, ob du schuldig oder unschuldig bist. Da mache ich mich lieber mit euch zusammen aus dem Staub.«

»Wie sollen wir es denn anstellen, unbeobachtet aus Augsburg zu verschwinden?«, fragte sie erneut.

»Wir müssen uns trennen. Ich versuche alleine durchzukommen. Gesa, du fliehst mit Ludwig zusammen. Ich könnte mir vorstellen, du kaufst dir neue Kleider und ihr versucht als Brautpaar nach Bayern zurückzukehren. Ich werde mir auch noch etwas einfallen lassen.«

»Womit soll ich mir denn neue Kleider kaufen? Ich habe doch nichts.«

»Ihr bekommt ausreichend Geld von mir. Geht auf den Markt und seht, was ihr findet.«

Ludwig wollte wissen, wo sie sich auf der bayrischen Seite des Lechs wieder treffen wollten.

»Wer als erstes das bayrische Lechufer erreicht hat, wartet hinter der Kapelle der Heiligen Afra auf die anderen. Lasst uns keine Zeit verlieren. Viel Glück und jetzt verschwindet.« Simon drückte Ludwig einen Beutel mit Münzen in die Hand und küsste Gesa voller Inbrunst. Eine alte Frau, die in der Nähe stand, schüttelte empört den Kopf und spuckte vor ihnen aus.

Simon grübelte darüber nach, wie er aus der Stadt so schnell wie möglich und unerkannt herauskommen könnte. Vielleicht sollte er sich möglichst unauffällig verkleiden? Der Bader suchte zuerst das Wirtshaus »Zu den drei Kronen« auf und betrat die Schenke. Er war sich sicher, dass die Gäste und Besitzer des Hauses keinen freundschaftlichen Umgang mit der Obrigkeit pflegten. Sie würden ihn vermutlich auch nicht sofort verraten, wenn sie wüssten, dass die Häscher hinter ihm her waren. Das Gegenteil wäre der Fall, hier verkehrten Diebe, kleine Betrüger und Hübschlerinnen, die die Angst umtrieb, ins Frauenhaus gesteckt zu werden. Die Wirtin erkannte ihn sofort und bot ihm zu essen und zu trinken an. Er bestellte einen Krug Bier und zog die alte, feiste Frau des Wirtes zu sich an den Tisch. Ihr Arm fühlte sich fett und schwabbelig an und sie stank aus dem Mund. Beim Lächeln entblößte sie ihre schwarzen Zahnstumpen.

Simon flüsterte: »Ich bräuchte deine Hilfe, kannst du etwas für mich tun?«

Sie schmiegte ihre unappetitlichen, nach abgestandenem Fett riechenden Rundungen an ihn und flüsterte. »Dass so ein junger Kerl noch scharf auf mich ist, darüber könnten wir reden. Du weißt die Erfahrung zu schätzen, diese jungen Dinger haben eben nur Flausen im Kopf.«

Sie fasste ihm unauffällig zwischen die Beine. Simon riss entsetzt die Augen auf, schüttelte sich und stotterte. »Nein, nein, so habe ich das nicht gemeint!«

Die alte Vettel rückte wieder von ihm ab und erwiderte in einem weit unfreundlicheren, geschäftsmäßigen Ton. »Schade, aber du bist selber schuld. Du weißt nicht, was dir entgeht. Hast du irgendwelche abartigen Gelüste, einen hübschen Jungen zum Beispiel? Auch da ließe sich, - gegen eine ausreichende Bezahlung versteht sich -, etwas machen. Was willst du von mir?«

»Besitzt dein Mann ein paar alte Kleidungsstücke, die ihr mir überlassen könnt? Ich werde sie auch anständig bezahlen.«

»Was willst du denn damit?«

»Frage ich dich, wo dein Wildbret herkommt oder wie viel Wasser ihr in den Wein schüttet?«

»Wir haben nur den besten Wein und wenn du andeuten willst, dass wir gewildertes....«

»Ich will gar nichts andeuten. Ich stecke meine Nase nicht in anderer Leute Angelegenheiten.«

»Sie sind wohl hinter dir her. Da werde ich einmal nachsehen, was ich für dich tun kann. Als ich dich das erste Mal gesehen habe, dachte ich schon: »Der hat gewiss Dreck am Stecken. Komm mit mir nach hinten.«

Hinter dem Schankraum lag die Küche, aus der der Wirt ihnen erstaunt entgegenblickte. Bevor er etwas sagen konnte, brachte ihn seine Frau mit einem Wink zum Schweigen. Danach führte sie Simon in ihr Schlafgemach. Es war dort ebenso verdreckt wie im ganzen übrigen Haus, nur stank es hier durchdringend nach Schmutz, Schweiß und Urin. Der Bader schüttelte sich vor Ekel. Durch ein kleines Fensterloch fiel ein wenig Licht herein.

»Willst du es dir nicht doch noch einmal anders überlegen?«, fragte sie, entblößte dabei ihre großen, weit herabhängenden Brüste und fasste ihm erneut in den Schritt.

Was sollte er nur tun? »Ich würde es mir glatt noch einmal überlegen«, log er. »Aber, wie du schon bemerkt hast, ich muss so schnell wie möglich verschwinden. Zwei Gauner sind hinter mir her, denen ich Geld schulde. Sie wollen mir die edelsten Teile abschneiden, wenn sie mich erwischen. Sie können jeden Moment hier auftauchen. Wenn das alles vorbei ist, komme ich gerne auf dein Angebot zurück. Aber jetzt muss ich weg und du musst mir dabei helfen.« Simon war heilfroh, dass ihm immer eine Ausrede einfiel. Er konnte in der auswegloseslen Situation lügen, ohne rot zu werden.

»Das Risiko wollen wir doch nicht eingehen, dass man aus einem wilden Stier einen lahmen Ochsen macht«, grinste sie und ließ besagte Teile los. »Aber versprochen ist versprochen – vergiss nicht, wenn du wieder in der Stadt bist, kommst du mich besuchen. Wir machen es uns dann gemütlich. Mein Alter merkt nichts und der kriegt sowieso keinen mehr hoch.«

Sie warf ihm ein paar stinkende Lumpen hin. Diese waren ihm viel zu groß und er musste alles mit einem Strick zusammenbinden. Seine alten Kleider und Stiefel verschnürte er und stopfte sie sich unter die Lumpen. Dadurch wirkte der Bader, als ob er nicht nur einen dicken Bauch, sondern auch einen großen Buckel besäße.

»Hast du nicht noch eine Kappe, die ich mir aufsetzen könnte?« Sie wühlte in einem Haufen dreckiger Lumpen und hielt schließlich triumphierend eine braune verschlissene Kappe in die Höhe. »Die setzt der Alte auf, wenn er alle Jahre einmal zur Messe geht. Die kannst du haben. Der merkt gar nicht, wenn sie verschwunden ist.«

Die Angst, von den Schergen der Stadt erwischt zu werden, war größer als die, von den Flöhen und Läusen, die in den verdreckten Kleidungsstücken ihre Wohnstatt hatten, aufgefressen zu werden.

»Du bist kaum wiederzuerkennen und stinkst wie mein Alter«, bemerkte die Wirtin. Sie forderte ein fürstliches Entgelt, für das hätte er sich auf dem Markt, mit den teuersten Stoffen, vollständig neu einkleiden können. Aber das Schweigegeld war im Preis enthalten. Er verließ die Kaschemme und machte sich so schnell wie möglich aus dem Staub, als er merkte, dass die alte Vettel ansetzte, ihn zum Abschied zu küssen. In einem engen Durchgang zwischen zwei Hütten rieb er sich Gesicht, Arme und die bloßen Füße mit Dreck ein. Jetzt erinnerte nichts mehr an den Badermeister aus Aichach. Er war zufrieden.

Simon machte sich augenblicklich auf den Weg und verließ die Stadt durch das Neue Tor auf der Straße nach Friedberg. Keine der Stadtwachen nahm Notiz von ihm, als er sie passierte. Er sah aus wie ein armseliger Bettler, den man lieber gehen als kommen sah. Ebenso verhielten sich die Soldaten, welche die Augsburger Seite der Brücke über den Lech bewachten, ganz anders jedoch die Bayern.

Ein großer, finster dreinblickender Soldat, der einen langen Spieß in der Hand hielt, herrschte ihn an. »Wo willst du denn hin?«

»Ich will zurück nach Aichach, dort komme ich her.«

»So, so, nach Aichach willst du. Was willst du Herumtreiber da? Betteln oder stehlen?«

»Was erlaubst du dir?«

»Was ich mir erlaube?« Er versetzte Simon einen Stoß mit dem hölzernen Schaft seines Spießes. »Ich erlaube mir, den gnädigen Herren zu befragen. Ich erlaube mir, ihn darauf hinzuweisen, dass wir genügend eigenes Gesindel in Bayern haben und nicht auch noch das Schwäbische dazu brauchen. Schere dich dahin zurück, wo du hergekommen bist.«

»Das geht nicht!«

»Wie? Du wagst es....«

Die Tür des Hauses, in dem die Wache untergebracht war, öffnete sich und ein Sergeant trat heraus.

»Was geht hier vor?«, wollte er wissen.

»Der Soldat will mich wieder ins Schwäbische zurückschicken. Ich komme aus Aichach und bin auf dem Weg zurück.«

Der Wachhabende befahl zwei weitere Soldaten hinzu. »Der Kerl ist verdächtig, durchsucht ihn.« Vier starke Arme packten den Bader von hinten und zwangen ihn zu Boden. Der dritte Soldat drückte ihm die Spitze des Spießes in den Rücken. »Beweg dich und du bist tot!«,

»Was wollt ihr? Ich bin ein unbescholtener Aichacher Bürger.« Niemand nahm seine Einwände zur Kenntnis, sondern sie lachten nur hämisch. Einer zog ihm den Kittel über den Kopf und es kamen die Stiefel, die unter dem Kittel den Buckel formten, zum Vorschein.

»Schaut mal her, was wir hier haben. Dreh dich um!«, befahl jemand, den er nicht sehen konnte. Simon drehte sich auf den Rücken und sie entdeckten die Kleider, die er sich vor den Bauch gebunden hatte. Während ein Wachposten ihm den kalten Stahl auf die Kehle presste, durchsuchten die anderen das Kleiderbündel. Dabei entdeckten sie auch seinen Geldbeutel und das zerrissene Stück Papier, das er mit nach Augsburg genommen hatte.

»Was haben wir denn hier?«, fragte der Sergeant. »Du hast ohne Zweifel Dreck am Stecken. Wer bist du? Hast du einen armen Bürger ausgeraubt oder gar umgebracht, um an seine Kleidung und sein Geld zu gelangen?«

»Nein, die Sachen gehören mir. Ich kann euch alles erklären.« Simon war sich im Klaren darüber, dass es sehr schwer werden würde, die bayrischen Soldaten von seiner Unschuld zu überzeugen. Die Umstände waren dazu angetan, ihn sehr verdächtig erscheinen zu lassen.

»Du wirst das alles erklären müssen, entweder bist du ein Dieb, ein Mörder oder ein...«, er studierte den Zettel mit den geheimnisvollen Symbolen, »...oder sogar ein Spion der Augsburger. Ich glaube, wir haben einen guten Fang gemacht. Bindet ihn und schafft ihn nach Friedberg.«

Auf Augsburger Seite wurde das Ganze jetzt von den Wachen mit großer Aufmerksamkeit verfolgt, so dass niemandem der Mann und die Frau auffielen, die zusammen auf einem braunen Ross sitzend langsam über die Brücke ins Bayrische ritten. Vor dem Wachgebäude der Bayern blieben sie stehen und musterten die Soldaten und ihren Gefangenen. Auch hier nahm keiner Notiz von ihnen. Simon erstarrte plötzlich und glotzte die Reitenden verblüfft an. Er erkannte Gesa und Ludwig.

Ludwig stieg vom Pferd und trat auf den Wachhabenden zu. »Was ist denn hier los?«

»Was geht dich das denn an? Reitet weiter und kümmert euch um eure eigenen Angelegenheiten«, fuhr ihn der Sergeant an.

»Ich kenne den Mann und will wissen, was er getan hat, dass ihr ihn so behandelt.«

Der Sergeant sah ihn misstrauisch an. »So, so wer seid ihr und wer ist das da?« Er deutete mit dem Finger auf seinen Gefangenen.

»Mein Name ist Ludwig Kroiß und ich bin auf dem Weg nach Aichach, um dort den Posten des Hauptmanns der Stadtwache anzutreten. Der dort ist Simon Schenk. Er war im Auftrag des herzoglichen Richters Leonard Sandizeller und des Aichacher Bürgermeisters in geheimer Mission in Augsburg. Leider musste er fliehen. Um zu entkommen, hat er sich als Bettler verkleidet.«

Der Wachhabende kratzte sich am Kopf und auch seine Männer blickten ratlos drein. »Dann ist er also kein Spion der Augsburger, sondern einer von uns?«

»So ähnlich ist es.«

»Trotzdem, ihr kommt alle mit nach Friedberg. Dort entscheidet der Kommandant der Festung, was mit euch zu geschehen hat.«

Zwei Soldaten brachten die drei nach Friedberg. Sie behandelten Simon jetzt sehr zuvorkommend, achteten aber auch darauf, dass keiner plötzlich auf die Idee käme zu fliehen. Vorher zog der Bader wieder seine alten Kleider an und warf die alten Lumpen in den Lech. In der Grenzfestung angekommen mussten sie ihre Geschichte mehrmals erzählen, bevor man ihnen glaubte und sie laufen ließ.

Es war spät geworden und begann langsam dunkel zu werden.

»Heute geht es nicht mehr weiter, wir müssen uns eine Unterkunft suchen«, erklärte der von den Aufregungen des Tages erschöpfte Bader.

Sie fanden unterhalb der Burg eine einfache Herberge, in der sie sich einen Raum, dessen Boden eine dicke Schicht Stroh bedeckte, mit ungefähr zehn anderen Gästen teilten. Es lagen zahlreiche Strohsäcke und Decken herum, aus denen sie sich ein Lager bereiten konnten.

»Wollen wir hier bleiben?«, fragte Ludwig.

Gesa schüttelte sich. »Da schlafe ich lieber im Wald. Hier stinkt es, die Flöhe und Wanzen werden uns aussaugen.« Sie umarmte Simon zärtlich. »Welch ein Unterschied zu unserem wundervollen Bett in Augsburg.«

»Selbst wenn wir wollten, könnten wir nicht mehr draußen im Wald schlafen. Die Stadttore sind geschlossen. Keiner lässt uns jetzt noch hinaus und außerdem kann es nachts bereits Frost geben. Für ein besseres Quartier reicht unser Geld nicht mehr«, erklärte Ludwig. Gesa seufzte.

»Lasst uns nach unten gehen und noch etwas zu uns nehmen«, schlug der Bader vor. Als sie die Gaststube betraten, fanden sie drei freie Plätze an einem langen Tisch, der mit mehreren Zechern belegt war, die kaum noch aufrecht sitzen konnten. Sie warfen lüsterne Blicke auf Gesa, hielten sich aber mit Bemerkungen zurück. Nachdem sie die neu Hinzugekommenen eine Weile gemustert hatten, schütteten sie weiter Bier und Branntwein in sich hinein. Ein Gespräch war aufgrund des Lärms nicht möglich und die drei legten auf neugierige Lauscher keinen Wert. So aßen sie schweigend eine Schüssel Haferbrei ohne Geschmack und genehmigten sich mehrere Becher Bier. Dieses war, wie in Bayern üblich, mit Gerste gebraut und schmeckte ihnen, anders als das mit Hafer gebraute Augsburger Gesöff.

Als es dunkel wurde, gingen die drei Reisenden in ihren Schlafraum zurück. Mehrere Gäste hatten sich bereits niedergelegt und schnarchten laut vor sich hin.

Gesa und Simon nahmen ihren Schlafplatz unter dem kleinen Fenster ein, durch das wenigstens ein wenig frische Luft hereinkam. Sie schoben zwei Strohsäcke zusammen, über die sie eine Decke breiteten. Auf das Auskleiden verzichteten sie und wärmten sich gegenseitig unter einer zweiten Decke. Ludwig legte sich zwei Schritte von ihnen entfernt nieder.

»Es stinkt hier nach Schweiß, Pisse und verfaultem Stroh. Ich weiß, nicht ob ich überhaupt schlafen kann. Bei dem Geschnarche bekomme ich kein Auge zu«, flüsterte Gesa. Der Bader drückte sie fest an sich und streichelte sie.

Nach und nach fanden sich die letzten Nachtschwärmer ein und legten sich geräuschvoll zur Ruhe. In das rasselnde Atmen, die Sägegeräusch mancher Schläfer, mischte sich das Knattern lautgewordener Darmwinde, das lustvolle Stöhnen einiger Paare und einzelner Männer. Gesa spürte die Erregung ihres Begleiters. »Nicht hier«, hauchte sie. Sie wirkte traurig. »Wir hatten so eine schöne Zeit in Augsburg. Ich möchte sie nicht mit diesem schauderhaften Ort in Verbindung bringen. Wir werden später noch Gelegenheit haben uns zu lieben.« Sie küssten sich und schliefen eng umschlungen ein.

Als Gesa erwachte spürte sie, dass sich im Laufe der Nacht nicht nur ein Mann an sie geschmiegt hatte, sondern ein weiterer. Hinter sich spürte sie Simons vertrauten Körper, während sie selber Ludwigs breiten Rücken eng umschlungen hielt. Schnell drehte sie sich um, kuschelte sich an den Bader, der knurre und sich ebenfalls auf die andere Seite legte. Ihr zweiter Begleiter schien von allem nichts mitbekommen zu haben.

Nachdem sie sich in aller Frühe noch einmal gestärkt hatten, verließ Gesa mit ihren beiden Begleitern Friedberg und sie legten den ersten Teil ihres Heimweges erneut auf dem Oxenweg zurück. Jetzt kamen ihnen die ungarischen Herden entgegen und sie konnten nur den äußersten Rand der Straße benutzen, da sie sonst unter die Hufe der langsam vor sich hin stapfenden Rinder geraten wären. Gesa saß auf dem Pferd, das Ludwig an den Zügeln hinter sich her zog. Der Bader ging als letzter hinterher. Erst als sie nach gut zwei Stunden vom Oxenweg in Richtung Aichach abzweigten, konnten sie nebeneinander laufen.

Nachdem sie eine Weile herumgealbert hatten, wandte sich Gesa an ihre Begleiter: »Wenn wir jetzt nach Aichach zurückkehren, erwarte ich eure Unterstützung, damit meine Freunde ihre Freiheit wiedererlangen. Sie sind unschuldig und haben nichts Unrechtes getan.«

Simon antwortete ihr: »Ich glaube auch, dass sie mit den Morden nichts zu tun haben. Kannst du uns vielleicht irgendeinen Hinweis geben, der ihre Unschuld beweist? Hast du in den Tagen bevor oder nachdem das Verbrechen geschehen war irgendetwas Auffälliges beobachtet? War etwas anders als in den Tagen davor?«

»Eigentlich habe ich nichts bemerkt. Warte, doch da war etwas. Am Tag bevor ihr unsere Männer weggeschleppt habt, erschien ein junger Mann bei uns und fragte, wo wir herkämen und wo wir hin wollten. Kurz darauf verabschiedete er sich wieder. Ich kannte ihn nicht. Zufällig entdeckte Afra danach in unserem Wagen ein zerrissenes, verdrecktes Kleid, das in eine Ecke gestopft worden war, aber niemandem von uns gehörte. Wir maßen dem Ganzen keine Bedeutung zu und da der Stoff zu nichts mehr zu gebrauchen war, warf ihn Afra ins Feuer. Ich glaube nicht, dass diese Geschichte wichtig ist.«

»Das vermute ich auch«, antwortete der Bader.

Die nächsten Minuten zogen sie schweigend weiter, bis sich Simon erkundigte: »Wie seid ihr denn zu dem Gaul gekommen?«

»Nachdem wir uns getrennt hatten, holte ich mein Geld und meine Habseligkeiten aus meiner Schlafstatt. Danach besorgte ich Gesa auf dem Markt neue Kleider und Schuhe und kaufte schließlich das Pferd.«

»Das kostete doch viel mehr, als ich euch mitgegeben hatte.«

»Den Gaul habe ich von meinen Ersparnissen erstanden. Als zukünftiger Hauptmann der Stadtwache kann ich doch nicht mit durchgelaufenen Schuhsohlen in Aichach erscheinen.«

»Haben euch die Augsburger Stadtwachen Schwierigkeiten bereitet?«, wollte der Bader wissen.

»Nein!«, antwortete Ludwig. »Wir haben ihnen erzählt wir wären ein Brautpaar und wollten nach Aichach, um zu heiraten. Die Soldaten haben mich wegen meiner hübschen Braut beglückwünscht. Dann ließen sie uns ziehen..«

»So, als deine Braut hast du Gesa ausgegeben«, grummelte Simon.

»Das war doch dein Vorschlag«, antwortete Ludwig.

»Bist du sauer?«, wollte Gesa wissen. »Ludwig, er ist sauer. – Simon, du bist ja eifersüchtig! Also liebst du mich doch!«

Ludwig fügte lachend hinzu. »So eine fesche Braut könnte mir gut gefallen. Wir hätten ihn den bayrischen Grenzsoldaten überlassen sollen. Was meinst du, Gesa?«

Simon schien beleidigt zu sein und murmelte Unverständliches vor sich hin.

»Ludwig, ich glaube, jetzt ist es genug. Simon, es macht mich froh, dass ich dir etwas bedeute. Aber schon bald werden sich unsere Wege trennen. Ich kann und ich werde nicht mit dir zusammen in die Stadt gehen. Dort leben deine Frau und deine Kinder und ich will nicht als Ehebrecherin in Aichach am Pranger stehen, weder alleine noch mit dir zusammen.«

Der Bader wirkte bedrückt. »Wir werden einen Weg finden.«

»Nein, es gibt nur einen Weg und das ist der, den ich dir gerade genannt habe. Willst du deine Familie verlassen und irgendwohin ziehen, wo uns keiner kennt? Willst du sie in Not und Elend zurücklassen? Ich könnte nicht mit dir gehen, wenn ich wüsste, da sind deine Frau und deine Kinder und ich bin mitschuldig an ihrer Pein. Mein Gewissen lässt das nicht zu. Wir hatten eine schöne Zeit, die schönsten Tage in meinem bisherigen Leben. Ich muss zurück zu meinen Leuten und du wirst dein Leben so weiterführen, wie es war, bevor wir uns getroffen haben. Du bist nach Augsburg gegangen, um einen Auftrag zu erfüllen. Du solltest dich jetzt wieder darum kümmern.« Mit hängendem Kopf trottete der Bader neben dem Apfelschimmel her und auch Ludwig, der alles mitangehört hatte, schwieg.

Einige Stunden später kamen die Spitzen der Aichacher Kirchtürme und der Stadttore in Sicht. Bevor sie die ersten Häuser der Vorstadt erreichten, mussten sie getrennte Wege gehen. Gesa stieg vom Pferd, ihr standen Tränen in den Augen. Sie umarmte erst Ludwig und drückte dann Simon, der die Arme hängen ließ und verzweifelt war. Sie erklärte: »Es ist an der Zeit Abschied zu nehmen. Lass es uns kurz machen. Ich habe noch eine Bitte an euch, wenn ihr in der Stadt seid, tut euer Möglichstes um meine Gefährten freizubekommen. Sie sind unschuldig. Das ist die einzige Bitte, die ich an euch habe.«

Simon nickte und stammelte. »Natürlich werden wir das tun, und wir werden uns wiedersehen.«

Gesa blieb zurück, während die beiden ihr Pferd hinter sich herziehend, sich langsam der oberen Vorstadt näherten.

23

Der erste Gang führte sie zum Haus des Bürgermeisters. Als sie dessen Kontor betraten, war nur der Stadtbüttel Emmeran Wagner anwesend. Sein Gesicht verlor jegliche Farbe, als er Ludwig Kroiß erkannte. Er stammelte: »Grüß dich, Ludwig, ich denke, du bist jetzt im Schwäbischen. Was machst du denn hier?«

Simon lächelte und antwortete ihm. »Zuerst mal grüß Gott, Emmeran. Du musst keine Angst haben, der Ludwig ist nicht gekommen, um dir deine Arbeit wegzunehmen. Sage mir zuerst, wo wir den Bürgermeister finden.«

»Ich habe keine Angst, ich war nur so überrascht, als Ludwig plötzlich auftauchte. Der Bürgermeister ist nur kurz ins Rathaus gegangen und kommt gleich zurück. Ihr könnt hier warten.«

Während sie ausharrten, herrschte betretenes Schweigen, welches erst durch das Eintreten Chuntz Zellmeiers beendet wurde. Er verharrte einen Moment und schüttelte den Zurückgekehrten dann überschwänglich die Hände, die er dabei zwischen seine Handflächen presste. »Ich freue mich, dass ihr wohlbehalten heimgekehrt seid. Im Besonderen auch darüber, dass Ludwig zu uns zurückgefunden hat. Wie ist es euch ergangen?«

Simon wirkte bedrückt, seitdem sie sich von Gesa getrennt hatten, deshalb antwortete Ludwig. »Das ist eine längere Geschichte, die kann man nicht zwischen Tür und Angel erzählen. Ich bin auch froh, dass ich meine Heimatstadt wiedersehe. Solch ein Angebot, wie ich es erhalten habe, kann man nicht ablehnen.«

Misstrauisch beäugte ihn der Büttel und mischte sich ungefragt in das Gespräch ein. »Was für ein Angebot? Gerade noch tut ihr scheinheilig so, als wäre nichts. Ich habe es mir doch gleich gedacht, als ich dich gesehen habe, ihr wollt mir meine Stellung rauben. Ich verspreche euch, so einfach lasse ich mich nicht zur Seite schieben. Ich nicht!«

Der Bürgermeister blickte seinen Büttel ungehalten an. »Ja, spinnst du jetzt? Niemand will dir etwas wegnehmen. Um dich geht es überhaupt nicht. Der Ludwig wird Hauptmann der Stadtwache. In dieser Stellung wird er dir allerdings zukünftig Weisungen erteilen. Du bist und bleibst der Büttel der Stadt.«

»So ist das also!«, war alles, was Emmeran zornig herausbrachte. Sein Gesicht war leichenblass und er war sich sicher, dass dies alles nicht zu seinem Vorteil geschah.

»Du kannst uns jetzt alleine lassen«, erklärte ihm Chuntz Zellmeier und schickte den Büttel hinaus.

»Nehmt Platz«, forderte sie der Hausherr auf. Sie ließen sich in zwei Scherensessel fallen, während der Gastgeber seine mit Kissen weich gepolsterte Sitzgelegenheit am großen Eichentisch nutzte. »Jetzt sind wir allein. Also, was konntet ihr in Augsburg herausfinden?«

Simon wirkte unbeholfen und antwortete stockend. »Wir kennen jetzt den Ursprung dieses mit geheimnisvollen Schriftzeichen versehenen Schriftstücks.« Danach berichtete er von dem Sprengpulver, der Geschichte des Juden Typsiles, dessen Experimenten und Aufzeichnungen. »Typsiles scheint eine besonders wirkungsvolle Mischung entdeckt zu haben, die bis heute niemand kennt. Die Niederschrift der Rezeptur ist, auf welchen Wegen auch immer, in die Hände des Kaufmanns Lallinger gelangt. Einen Teil davon haben wir, den Rest vermutlich der Mörder.«

Chuntz Zellmeier hörte aufmerksam zu, bis der Bader zum Ende kam. »Helfen uns diese Erkenntnisse bei der Suche nach dem Mörder?«

»Derzeit kann ich noch keinen Weg erkennen, der uns auf die Spur des Verbrechers führt. Vielleicht fehlt uns nur noch ein kleines Steinchen in diesem Spiel und danach gewinnen wir Klarheit. Morgen ist auch noch ein Tag. Wenn wir uns von der anstrengenden Reise erholt haben, dann sehen wir weiter.«

Eine Frage stellte der Bürgermeister noch. »Das Pferd, das draußen angebunden steht, kenne ich nicht. Es ist ein anderes als das, mit dem ich dich losgeschickt habe. Was ist geschehen?«

Diese Frage beantwortete Ludwig Kroiß. »Das ist mein Pferd.«

»So, und wo ist der Apfelschimmel?«

Kleinlaut gestand ihm der Bader: »Den mussten wir in Augsburg zurücklassen.«

»Aha, und dann musstest du zurücklaufen? Was ist denn in Herrgotts Namen passiert? Lass dir nicht jedes Wort aus der Nase ziehen.«

»Bei unserem Aufenthalt in Augsburg setzten wir uns stets der Gefahr aus, als bayrische Spione festgenommen zu werden. Die Rezepturen des Typsiles behandelt die Stadt Augsburg als Staatsgeheimnis. Sie versprechen sich davon einen Vorteil für ihre Handelsherren und ihren Feinden gegenüber. Irgendwie kamen sie dahinter, dass wir uns für diese Dinge interessierten. Als wir in unser Quartier zurückkehren wollten, lungerten dort Bewaffnete herum, die auf jemanden zu warten schienen. Wir mussten das Pferd und die Waffen zurücklassen und versuchten so schnell wie möglich zurück ins Bayrische zu gelangen.«

»Es scheint, die Geschichte hätte schlimm für dich enden können. Spione werden überall gefürchtet und wenn man ihrer habhaft werden kann, erst gefoltert und dann aufgehängt. Du sprichst die ganze Zeit von »wir«, war Ludwig von Anfang an dabei, oder wen meinst du sonst?«

Simon errötete wie ein junger Spund und Ludwig konnte sich das Grinsen gerade noch verkneifen. Der Bader stotterte: »Natürlich meine ich den Ludwig, wen denn sonst?«

Einige Zeit später betrat Simon sein Haus in der Essiggasse. Bald würde es dunkel werden, deshalb schienen auch keine Kunden mehr in der Baderstube zu sein. Sein Gehilfe war vermutlich ebenfalls schon gegangen. Auch sonst wirkte das Gebäude verlassen. Nachdem er eingetreten war, vernahm er Weinen, das aus dem Dachgeschoss herunterdrang. Voller Schrecken stürmte er die Treppe hinauf, um nachzuschauen, was geschehen war. Das Klagen kam aus der Kammer, in der die beiden Kinder schliefen. Der Bader riss die Tür auf. Ihm bot sich ein beängstigender Anblick. Barbara saß auf Kathrins Bett und weinte. Seine Tochter lag schweißüberströmt unter einer Decke, hatte die Augen weit aufgerissen und fantasierte.

Der Junge lag neben ihr, hatte ebenfalls ein schweißbedecktes Gesicht, aber er schlief. Alle drei waren bleich wie der Tod. Außerdem stank es fürchterlich.

»Gott sei Dank, dass du zurück bist. Ich glaube, die Kinder liegen im Sterben. Ich habe solche Angst. Ich kann mich auch kaum noch auf den Beinen halten.«

»Um Himmels willen, was ist denn geschehen?«

»Vor zwei Nächten fing es an. Als wir uns nach dem Abendessen zur Nachtruhe begaben, war alles noch in Ordnung. Mitten in der Nacht begann es. Ich schreckte im Schlaf auf, weil Kathrin markerschütternd schrie. Es war furchterregend, sogar die Nachbarn sind aufgewacht.«

»Was fehlte ihr denn?«

»Ihr ganzer Körper strahlte eine gewaltige Hitze aus. Ich schüttelte sie und als sie erwachte, fantasierte sie von riesigen schwarzen Raben, die sie holen wollten. Ich bekam Angst.«

»Und der Junge?«

»Er begann am nächsten Morgen zu fiebern.«

»Dir fehlt aber nichts?«

»Doch seither plagen mich unerträgliche Kopfschmerzen. Ich habe das Gefühl, dass mein Schädel jeden Augenblick platzen müsste. Mir wird dauernd schwindlig, ich muss mich setzen und kann meine Arbeit im Haus kaum noch verrichten. Die Haut brennt wie Feuer und den Kindern geht es ebenso. Am ersten Tag mussten wir drei uns ständig übergeben und hatten Stuhlgang, so dünn wie Wasser.«

»Ist dir der Matthes zur Hand gegangen? Dafür haben wir ihn schließlich eingestellt.«

»Der verfluchte Taugenichts. Er verließ sofort das Haus, nachdem er etwas vom schwarzen Tod gefaselt hat. Seitdem hat er sich nicht mehr blicken lassen. Müssen wir jetzt alle sterben?«

»Unfug! Hättet ihr die Pest, wärt ihr bereits tot und die Hälfte der Bürger Aichachs wahrscheinlich auch. Wenn der Lump sich noch einmal hier sehen lässt, werde ich ihn aus dem Haus prügeln. Habt ihr Hilfe geholt?«

»Nein, bei wem denn? Es gibt keinen Medicus in der Stadt. Ich fühlte mich zu schwach und hatte außerdem Angst aus dem Haus zu gehen. Wenn wir den Schwarzen Tod in uns herumschleppten, würden wir Unglück und Verderben über die ganze Stadt bringen.«

»Was habt ihr zu euch genommen, bevor euch die Krankheit niedergestreckt hat?«

»Ich dachte, wenn du dich in der großen Stadt herumtreibst, könnten wir uns auch etwas Feines leisten. Ich habe frisches Roggenbrot, Butter und einen großen Krug Bier gekauft. Es hat uns allen hervorragend geschmeckt. Auch die Kinder haben ordentlich zugelangt.«

»Und danach wurdet ihr krank?«

»Ja, aber ich habe nichts Schlechtes gekauft. Alles war frisch.«

Simon dachte nach. Hatte er von so einer Krankheit schon einmal etwas gehört? Der Bader entsann sich eines ähnlichen Falles in Augsburg, zu dem sein Lehrherr vor vielen Jahren hinzugerufen wurde.

»Ich glaube, euch hat eine Krankheit befallen, die man Antoniusfeuer nennt. Ein Medicus würde euch jetzt schröpfen, der Pfarrer hingegen würde uns raten, den Heiligen Antonius um Beistand anzuflehen.«

»Ich habe mehrmals am Tag gebetet, aber bis jetzt hat es nicht geholfen. Vielleicht waren es die falschen Heiligen? Ich weiß nichts über den Heiligen Antonius, ob er trotzdem meine Gebete erhört? Du musst mir aber im Gebet beistehen.«

»Das mache ich gerne, aber zuerst einmal müssen wir uns um wichtigere Dinge kümmern.«

»Du besitzt doch Schröpfgläser und beherrscht diese Kunst ebenfalls. Beeile dich, sonst stirbt uns die Kathrin unter den Händen weg.«

»Die Kathrin ist schon so schwach, dass ich ihr mit dem Schröpfen die letzte Kraft rauben würde, die noch in ihr steckt und die sie dringend braucht, um am Lebensfaden festzuhalten. Im Krieg habe ich viele Kranke und Verwundete gesehen, denen die Ärzte mit ihrer Kunst das Lebenslicht ausgeblasen haben. Gott sei Dank behandelten die meistens nur die Herrschaften, um die einfachen Soldaten haben wir Feldschere uns gekümmert.«

»Irgendetwas musst du doch tun können.«

»Ihr braucht Kraft. Ich werde dafür sorgen, dass ihr eine kräftige Fleischbrühe zu euch nehmt. Die ist leicht und der Magen verträgt sie. Außerdem müsst ihr trinken, trinken und nochmals trinken. Gegen die Kopfschmerzen werde ich einen Aufguss des Mutterkrautes bereiten. Wenn du den trinkst, sollte es dir besser gehen.«

»Willst du jetzt zu kochen anfangen? Es ist nichts im Haus.«

»Nein, lieber nicht. Man sagt, dass das Antoniusfeuer sehr ansteckend sein soll, deshalb kümmere ich mich alleine um euch. Ich werde euch nur die Medizin zubereiten. Der Nachbarin gebe ich Geld, um einzukaufen. Das Essen für uns soll sie auf ihrem Herd zuzubereiten. Sie kocht angeblich ganz gut. Wenn man an ihrem Fenster vorbeigeht, riecht es immer so gut.«

Barbara funkelte ihn an. »So, so, bei der Nachbarin riecht es immer so gut.«

Simon lächelte: »Wenn du schon wieder eifersüchtig sein kannst, bist du bestimmt auf dem Weg der Besserung.«

»Mach keine Scherze mit mir. Lass uns zusammen beten, wenn du zurück bist.«

»Ja, das wollen wir tun.« Der Bader wirkte erneut sehr niedergeschlagen.

Seine Familie war mit einer schrecklichen Krankheit geschlagen worden, während er sich in Augsburg herumgetrieben hatte. Dies war bestimmt die Strafe Gottes für sein schändliches Tun. Seine Frau und die Kinder mussten leiden. Er hingegen hurte herum und ließ es sich gut gehen. Morgen würde er beichten und jede Buße annehmen, die ihm der Pfarrer auferlegen würde. Ehebruch ist eine Todsünde und bedeutete für ihn zusätzliche Jahre im Fegefeuer. Die kamen zu seiner Schuld, die er im bayrischen Krieg auf sich geladen hatte, hinzu. Ganz gewiss würde er morgen beichten – auch all die Sünden, die sich in den vorangegangenen Jahren angesammelt hatten und für die er bisher nicht gebüßt und keine Vergebung erhalten hatte. Warum aber strafte Gott seine Frau und die Kinder für seine Sünden? Das begriff er nicht. Vor der Kammertür schlug er sich die Hände vors Gesicht und begann zu weinen. Nach einer Weile beruhigte sich Simon und erkannte, dass er vor allem deshalb herumjammerte, weil er sich selber leidtat. Er begab sich auf den Weg zur Nachbarin.

24

Nach einer unruhigen Nacht, in der Simon kaum Schlaf fand, ging er direkt, ohne das Morgenmahl, zum Bürgermeister. Nachts hatte er immer wieder nach den Kranken gesehen und ihnen kühles Nass gereicht und die heiße Stirn gekühlt. Am Morgen schien es ihnen allen ein wenig besser zu gehen.

Ludwig Kroiß, Emmeran Wagner und Chuntz Zellmeier waren bereits in ein hitziges Gespräch vertieft, als Simon eintrat.
»Du bist spät dran«, begrüßte ihn der Bürgermeister unfreundlich. »Hast du verschlafen? Du siehst müde aus.«
»Ich konnte nicht früher kommen. Meine ganze Familie hat eine schwere Krankheit niedergestreckt und deshalb musste ich mich zuerst um sie kümmern. Der Geselle, dieser Strolch, hat sie im Stich gelassen und von euch hatte es auch keiner nötig, während ich im Auftrag der Stadt unterwegs war, sich nach ihrem Befinden zu erkundigen.«
Es herrschte betretenes Schweigen. »Das wussten wir nicht«, gestand der Bürgermeister ein. »Ich dachte dein Geselle kümmert sich um deine Lieben, während du fort bist. Es tut mir aufrichtig leid.«
»Ist gut, ich bin ja wieder zurück. Es scheint ihnen heute Morgen auch schon etwas besser zu gehen. Lass uns mit dem fortfahren, weshalb wir hier zusammengekommen sind.«

Simon berichtete ihnen noch einmal ausführlich über das Ergebnis seiner Nachforschungen in Augsburg. Ludwig ergänzte den Bericht mit einigen Anmerkungen. Über ihre hübsche Begleiterin verloren sie kein Wort. Es sollte ihr Geheimnis bleiben.
»Ich sehe nicht, welche neuen Erkenntnisse uns deine Nachforschungen in Augsburg gebracht haben. Wir wussten vorher schon, dass es sich bei dem unvollständigen Schriftstück um eine Rezeptur für

Sprengpulver handelt. Nun wissen wir auch noch, wo es herkommt. Aber das bringt uns in der Sache kein Stückchen weiter«, folgerte der Bürgermeister.

»Da hast du Recht«, gab Simon widerwillig zu. »Wir müssen jede Spur verfolgen, um dem Täter auf die Spur zu kommen. Vielleicht fehlt uns nur ein kleines Mosaiksteinchen und alles was wir bisher in Erfahrung gebracht haben, fügt sich zu einem Ganzen zusammen.«

Der Büttel ließ seiner Wut freien Lauf. »Du vernebelst uns mit deinem salbungsvollen Geschwafel das Hirn. Tatsache ist, du hast in Augsburg viel Geld zum Fenster hinaus geworfen, verlorst das Pferd und die Waffen und kehrtest schließlich mit leeren Händen zurück.«

Bevor Simon antworten konnte, wies der Bürgermeister Emmeran in die Schranken. »Er ist nicht mit leeren Händen zurückgekehrt. Er hat Ludwig zurückgebracht.« Emmeran schnaubte verächtlich. »Und Simon hat Recht, wenn er sagt, dass wir jede Spur verfolgen müssen. Ob sie erfolgreich ist, wissen wir vorher noch nicht. Emmeran, ich rate dir, hüte deine Zunge. Du wirst zukünftig Ludwig unterstellt sein, dem neuen Hauptmann der Stadtwache. Ich weiß nicht, ob es ihm gefällt, wie er dich hier erlebt.«

»Lass gut sein, Bürgermeister«, beschwichtigte Ludwig. »Was habt ihr hier in den letzten Tagen herausgefunden? Vielleicht hilft uns das weiter.«

Emmeran gelang es nur mühsam, seine Wut zu verbergen, nachdem ihn der Bürgermeister zurechtgewiesen hatte. »Wir befragten die Nachbarn und konnten dabei keine neuen Erkenntnisse gewinnen. Wir haben die Verbrecher doch eingekerkert, diese herumstreunenden Vagabunden. Warum müssen wir da überhaupt noch weiter ermitteln?«

»Weil wir keine Beweise für ihre Schuld haben«, erwiderte Simon schroff.

»Wer soll es denn sonst gewesen sein? Sie haben sich verdächtig gemacht, als sie nach dem Mord plötzlich verschwinden wollten. Das ist doch ein klarer Beweis für ihre Schuld.«

»Das beweist überhaupt nichts. Es gibt keinen einzigen weiteren Hinweis, dass sie es gewesen wären. Ich denke, wir sollten ihnen die Freiheit schenken und sie weiterziehen lassen.«

»Bist du jetzt ganz verrückt geworden?«, empörte sich Emmeran. »Du willst diese Verbrecher laufen lassen?«

»Ich glaube nicht, dass sie mit den Morden etwas zu tun haben und es gibt keinen Beweis für das Gegenteil«, erwiderte der Bader aufgebracht.

»Man muss sie nur richtig rannehmen, dann würden sie die Untat schnell zugeben. Aber es darf ihnen ja kein Haar gekrümmt werden. Was ist das für ein merkwürdiges Recht? In jeder anderen Stadt des Reiches hätte man die Bande schon einer peinlichen Befragung unterzogen und ihnen die Zunge gelöst. Nur bei uns in Aichach werden sie mit Samthandschuhen angefasst. Das verstehe, wer will, ich tue es nicht.«

Nun mischte sich der Bürgermeister ein. »Diese Musikanten haben sich nur dadurch verdächtig gemacht, dass sie am Tag nach dem Mord ihr Lager abgebrochen haben. Nach geltendem Recht müsste ein Zeuge sie der Tat bezichtigen, um die Anwendung der Folter zu rechtfertigen. So einen Zeugen gibt es nicht. Es ist deshalb auch gegen Recht und Gesetz sie den Folterknechten zu übergeben. Wir handeln so, wie es dem Gesetz entspricht. Du solltest also deine Zunge im Zaum halten, wenn du uns beschuldigst, Dinge zu tun die Unrecht sind.« Nach dieser Zurechtweisung zog es der Büttel vor zu schweigen.

»Wenn nichts gegen sie vorliegt, müssten wir sie also freilassen?«, erkundigte sich Simon.

»Wo kein Kläger ist, da ist auch kein Richter. Vorerst bleiben sie da, wo sie jetzt sind. Wenn wir doch noch einen weiteren Hinweis auf ihre Schuld finden, möchte ich mir auch nicht den Vorwurf gefallen lassen, sie laufen gelassen zu haben«, legte Chuntz Zellmeier sich fest. »Die Weiber und Kinder unserer Gefangenen machen zwar jeden Tag einen Heidenspektakel vor der Burg, trotzdem behalten wir sie hier.« An Simon und Ludwig gewandt, fuhr er fort. »Ihr könnt euch gar nicht vorstellen, was diese Leute in den letzten Tagen für einen Aufstand gemacht haben. Mit Pfeifen, Trommeln und Gesang ziehen sie in der Stadt herum und fordern die Freilassung ihrer Männer. Wir haben ihnen den Zutritt in die Mauern verwehrt. Jetzt sitzen sie vor dem Oberen Tor und machen Lärm. Ihr müsstet sie gehört haben, als ihr zu mir gekommen seid.«

»Ich wusste nicht, was die Katzenmusik zu bedeuten hatte, die ich seit einiger Zeit vernehme«, wunderte sich Ludwig. »Eigentlich ist es ganz schön mutig von ihnen, sich gegen unsere Obrigkeit zu stellen«, ergänzte er.

»Lasst uns nun zum eigentlichen Grund unseres Treffens zurückkehren. Was können wir tun, um dem Verbrecher auf die Spur zu kommen?«, lenkte Chuntz Zellmeier das Gespräch wieder auf das Wesentliche zurück. Es trat eine lange Pause ein, in der sich die Anwesenden über die angeschnittene Frage Klarheit zu verschaffen suchten.

»Ich weiß mir keinen Rat mehr«, meldete sich der Büttel zu Wort.

Ludwig, der erst seit kurzem mit der Angelegenheit vertraut war, schlug vor, alle Zeugen erneut zu befragen. Es wären ein paar Tage vergangen und da wäre dem einen oder anderen möglicherweise noch etwas eingefallen, was ihm bei der ersten Befragung unwichtig erschienen wäre. Emmeran verdrehte die Augen, was ihm einen wütenden Blick seines zukünftigen Vorgesetzten einbrachte.

»Wenn der Verbrecher hinter der Formel eines besonders mächtigen Sprengpulvers her war, dann hat er sein Ziel erst einmal nicht erreicht«, erklärte Simon.

»Und was willst du uns damit sagen?«, erkundigte sich Chuntz Zellmeier.

»Um die geheime Formel in seinen Besitz zu bringen, braucht er unseren Teil des Textes. Wir müssten ihm einen Köder anbieten und ihn in einen Hinterhalt locken. Der Verbrecher geht uns auf den Leim, die Falle schnappt zu und wir haben ihn.« Stolz sah der Bader in die Runde.

»Das hört sich gut an, aber wie willst du es anstellen?« Ludwig schien zu zweifeln und auch die beiden anderen blickten ihn ungläubig an.

»Ich weiß es nicht. Ihr könnt euch doch auch einmal etwas einfallen lassen.«

»Was für eine großartige Idee«, stöhnte der Bürgermeister und verdrehte die Augen.

Ludwig fragte: »Der Mörder hat doch wahrscheinlich keine Ahnung, was auf dem Papier geschrieben steht?«

»Das ist zu vermuten. Für ihn ist es wahrscheinlich nur ein Gekritzel, dessen Bedeutung er nicht kennt. Wir wissen doch auch nur deshalb etwas darüber, weil ich zufällig einen Menschen fand, der es entziffern konnte. Außerdem, warum sollte ein gedungener Mörder oder ein gewöhnlicher Verbrecher lesen und schreiben können? Das kann bei uns im Lande doch außer den geistlichen Herren kaum jemand«, erwiderte Simon.

»Also, wenn er nicht weiß, was dort geschrieben steht, können wir doch behaupten, wir würden den ganzen Text kennen?«, schlussfolgerte Ludwig.

»Und was soll das alles?« Chuntz Zellmeier konnte dem Ganzen nicht folgen.

Ludwig strahlte. »Wir behaupten einfach, wir hätten die vollständige Rezeptur und ermuntern ihn dazu, den Versuch zu unternehmen, sie erneut zu stehlen. Wenn wir Glück haben, geht er uns in die Falle und wir schnappen ihn uns.«

»Die Idee ist gut. Jetzt müssen wir uns nur darüber Gedanken machen, wie wir es genau anstellen«, stimmte ihm der Bader zu.

Der Bürgermeister schlug sich auf die Schenkel. »Ich hab´s. In der Gasse direkt hinter der Stadtmauer, linkerhand vom Oberen Tor steht ein leeres Haus, welches sich im Eigentum der Stadt befindet. Eigentlich sollte Ludwig dort einziehen, der muss halt noch warten. Wir erzählen, dass wir dort Sprengpulver nach der neuen Formel herstellen wollen. Alles, was wir dazu brauchen befindet sich im Haus, auch die Rezeptur. Nachts halten sich dort mehrere Bewaffnete versteckt und wenn der Verbrecher erscheint, greifen sie ihn sich.«

»Meinst du wirklich, dass der Mörder auf so etwas hereinfällt? Wer sagt uns denn, dass er Aichach, mit all dem Geld, das er erbeutet hat, nicht schon längst verlassen hat?«, warf Emmeran ein.

»Genau wissen wir es natürlich nicht. Ich glaube aber, dass er noch hier ist. Die Formel ist viel mehr wert als das ganze Gold, das der Lallinger zusammengetragen hat«, bekam er zur Antwort.

Der Büttel hakte nach. »Willst du dann die Gründung deiner Sprengpulverfabrikation vom Stadtschreier vor dem Rathaus verkünden lassen, oder wie soll der Gesuchte von unserem Vorhaben erfahren?«

Der Bürgermeister lachte. »So plump machen wir es nicht. Zuerst werde ich unsere Pläne meinen Freunden im Rat der Stadt unter dem Siegel der Verschwiegenheit anvertrauen, natürlich ohne ihnen etwas von den Bewaffneten im Haus zu erzählen. Dann gäbe es da auch noch ein paar Geistliche, denen man das Geheimnis anvertrauen könnte. Übermorgen kennt unser »Geheimnis« die ganze Stadt. Dann legen wir uns auf die Lauer.«

Unter großem Gelächter und optimistisch gestimmt trennten sie sich.

Vom Oberen Tor her drang Lärm in die Stadt. Gesangsfetzen, das Jaulen einer Drehleiter und der dumpfe Klang mehrerer Trommeln erklangen. Emmeran erklärte: »Das sind wieder die verrückten Weiber der Diebe und Strolche vom Paarufer, die wir eingesperrt haben. Das geht jetzt schon seit Tagen so. Ich würde ihnen die Instrumente wegnehmen und sie verbrennen, aber der Bürgermeister hat es mir verboten. Die Männer im Kerker sind seither auch viel aufsässiger als andere Gefangene.«

»Wenn ihr sie freilasst, ist der Spuk morgen vorbei«, erwiderte ihm Ludwig. Simon sagte nichts dazu, wirkte aber schlagartig bedrückt.

Vor dem Stadttor hatte sich Gesa heute früh dem Protest der anderen Frauen und Kindern angeschlossen. Es war kalt. Sie hatten sich wärmende Decken über die Schultern gehängt, die sie abstreiften, als ihnen durch das Schreien, Singen und Musizieren warm wurde. Gesa hielt ihre Tochter Maria eng an sich gedrückt. Als sie gestern aus Augsburg zurückgekehrt war, war sie mit großem Hallo von den Zurückgebliebenen begrüßt worden. Die Freude war umso größer, als sie vom Erfolg ihrer Mission berichtete. Als sich abends alle ums Feuer versammelten, musste sie ausführlich von ihren Abenteuern und über das Winterquartier berichten. Die Wahrheit ihrer Erzählung litt unter dem Umstand, dass Simon in der Geschichte nicht vorkam. Die Zuhörer hingen an ihren Lippen, als sie von der großen Stadt schwärmte, den prächtigen Häusern, den schwerbewachten Handelszügen und dem Treiben auf den Märkten, auf denen man alles kaufen konnte, was das Herz begehrt, soweit man das Geld dazu besaß.

Bevor sie ihr Lager bereiteten, zog Afra Gesa zur Seite. »Und wie war das, wovon du uns nichts berichtet hast?«

»Was meinst du damit? Wovon sprichst du?«

»Du weißt doch, dass ich das Gesicht habe. Ich sagte dir vor deiner Reise nach Augsburg, dass du dich vor dem Bader in Acht nehmen sollst. Er wird dir Unglück bringen.«

Es war zu dunkel, um Gesas Mine erkennen zu können. Sie bekam feuchte Augen. »Das ist alles Unfug. Lass mich in Ruhe mit deinen Spinnereien. Mit so einem würde ich mich niemals einlassen.«

»Dass ich Dinge sehe, die anderen verborgen bleiben, ist die eine Sache. Dass meine Augen Dinge sehen, die wirklich geschehen, ist die andere. Kurz nachdem du dich auf den Weg nach Augsburg gemacht hast, ist der Bader denselben Weg geritten. Einige Tage später, kurz bevor du bei uns im Lager eintrafst, ist derselbe Mann mit einem zweiten in Richtung Stadt gezogen. Als wir dich begrüßten, wirktest du sehr bedrückt. Du hattest ein Bündel mit wunderbaren neuen Kleidern dabei und ein erlesenes Schmuckstück, das ich bei dir noch nie gesehen habe. Wie ich dich kenne, hast du die Sachen nicht gestohlen. Wenn man so einen langen Weg gelaufen ist, hat man blutige Blasen an den Füßen. Zu Fuß warst du also nicht unterwegs. Obwohl du dein Haar mit einem Tuch bedeckt hältst, habe ich wahrgenommen, dass es geschnitten ist und dass es angenehm riecht. Also es ist nicht nur mein Gesicht, das dich verrät.«

Gesa brach in Tränen aus. »Ich wollte es doch nicht, aber ich habe mich in ihn verliebt. Es waren so wundervolle Tage in Augsburg. Es war die schönste Zeit in meinem bisherigen Leben. Die ist jetzt zu Ende, und ich bin nur noch traurig.«

»Ich habe dir vorher gesagt, dass er dir viel Kummer bereiten wird. Ich gönne dir die schönen Tage mit ihm, aber es kann nichts mit euch werden.«

»Ich weiß, dass er Frau und Kinder in der Stadt hat, und ich will nicht als Ehebrecherin am Pranger stehen. Er wollte mit mir zusammen sein, aber das sind nur Hirngespinste. Simon wird sich nicht von seiner Familie trennen. Ich möchte ihn auch nie wiedersehen.«

»Solange wir in Aichach sind, wirst du ein Zusammentreffen mit ihm schwerlich vermeiden können. Ich rate dir aber, egal was er dir erzählt, lass dich nicht mehr mit ihm ein. Eins ist auch gewiss, wenn der Schmerz vorüber ist, wird es andere Männer in deinem Leben geben, die dich auch verdient haben.«

»Du hast leicht reden!« Schluchzend wandte sich Gesa ab und begab sich zu Maria ins Zelt.

25

Nachdem Chuntz Zellmeier sich von seinen Ermittlern verabschiedet hatte, begab er sich zur herzoglichen Burg. Dort trafen einmal in der Woche die Aichacher Honoratioren zusammen, um alle wichtigen und unwichtigen Angelegenheiten der Stadt zu besprechen. Der Richter Leonhard Sandizeller und der Pfarrer Hanns Frankfurter hatten es sich bereits bequem gemacht, als der sich verspätende Bürgermeister dazukam. In dem mit einigen Kerzen erleuchteten kleinen Raum war ein mit einem weichen Kissen gepolsterter Scherensessel noch frei.

Der Richter begrüßte den neu Hinzugekommenen. »Du hast dir heute aber Zeit gelassen. Jagst du immer noch den Mörder vom Lallinger?«

»Wir jagen ihn solange, bis wir ihn haben.«

»Bürgermeister, du suchst immer den schwersten Weg«, meldete sich der Stadtpfarrer zu Wort. »Die Täter sitzen hier in der Burg im Kerker und du verfolgst stattdessen irgendwelche Trugbilder. Übergib sie dem Henker zur peinlichen Befragung und morgen hast du ein sauberes Geständnis. Leonard verurteilt sie und die ruchlose Tat ist gesühnt. Der Nebeneffekt ist, dass das fahrende Volk zukünftig einen großen Bogen um Aichach machen wird.«

»Chuntz, setz dich erst mal hin! Trink einen Schluck und greif zu. Ich habe wieder ein Fässchen vom guten bayrischen Wein, welcher nicht weit von hier an der Donau wächst. Ihr kennt ihn schon, ich zieh ihn dem welschen Rotwein vor.«

Chuntz Zellmeier ließ sich krachend in den Scherenstuhl fallen. Der Richter füllte die Becher und sie stießen auf ihr eigenes Wohl an.

»Es lohnt sich schon alleine wegen des vorzüglichen Weines hierherzukommen«, lobte der Bürgermeister den wohlmundenden Tropfen. »Lieber Hanns, nun zu deinem Einwand: Es ist ja nicht das erste Mal, dass wir uns hier über den Nutzen der Folter streiten. Ich bin hier eben anderer Ansicht als du. Wenn wir nach Recht und Gesetz handeln, dürfen wir in unserem laufenden Fall die Folter nicht anwenden. Es gibt keinen einzigen Bürger, der bezeugt, dass die Gefangenen etwas mit dem Mord zu tun haben. Ohne solch einen Zeugen darf dieses Instrument der Rechtsprechung nicht angewandt werden. Außerdem halte ich, wie ihr wisst, ein Geständnis, welches durch die Tortur des Delinquenten erzwungen wird, für wenig hilfreich. Der Gemarterte gesteht alles, nur damit die Schmerzen aufhören.«

Der Richter knurrte: »Was Recht und Gesetz ist, bestimme immer noch ich, lieber Bürgermeister. Es stimmt zwar, dass es keinen Menschen gibt, der die Gaukler belastet. Richtig ist auch, dass bei uns im Herzogtum und im übrigen Reich die peinliche Befragung genauestens geregelt ist und niemand sie infrage stellt.« Er blickte zum Bürgermeister. »Außer dir natürlich! Sonst bist du ja ganz vernünftig. Warum verlangst du denn nicht, dass ich sie freilasse?«

Der Geistliche sprang empört von seinem Sitz auf. »Bist du von allen guten Geistern verlassen?«

Chuntz erwiderte schmunzelnd. »Hanns, du glaubst an Geister?« Der Pfarrer winkte verächtlich ab. »Wenn wir die Gefangenen freilassen, rebellieren unsere Bürger und unser Hanns ruft sie, von der Kanzel herab, auch noch dazu auf. Das kann ich nicht zulassen. Wenn ihr meine Meinung hören wollt, dann sage ich euch: Die Gaukler und Musikanten sind unschuldig. Vielleicht haben sie die eine oder andere Dieberei begangen, den Lallinger haben sie jedenfalls nicht auf dem Gewissen. Da bin ich mir inzwischen ganz sicher.«

Der Stadtpfarrer war mit der Antwort nicht zufrieden. »Habt ihr die Gotteslästerungen vergessen, die … ich mag es gar nicht aussprechen… auf das Kreuz gebundene tote Katze? Ihr sucht nach den abwegigsten Gründen für die Tat, aber den Gedanken, dass wir es hier mit einem Ritualmord zu tun haben könnten, verdrängt ihr. Vielleicht hat der Mörder seine satanischen Handlungen an der gottesfürchtigen Jungfrau begangen, vorher aber den Bediensteten den Branntwein spendiert und anschließend die Eheleute Lallinger ermordet. Bevor er das Haus verließ, hat er in aller Seelenruhe im Kellergewölbe den versteckten Schatz ausgegraben.«

»Möglich wäre das schon«, gestand Chuntz Zellmeier ein, »aber das, was wir bisher wissen, spricht dagegen.«

»Ich sag´s doch. Von gotteslästerlichen Dingen wollt ihr nichts hören.«

An diesem Abend ging es noch hoch her und das Fässchen Wein wurde bis zur Neige geleert. Es war schon Mitternacht, als der Pfarrer und der Bürgermeister, sich freundschaftlich gegenseitig stützend, fröhlich singend durch das Burgtor nach Hause wankten.

Zwei Tage lang verließ Simon sein Haus nicht. Er kümmerte sich nur um seine Familie, der es von Stunde zu Stunde besser ging. Alle Kunden wies er ab oder öffnete einfach nicht, wenn jemand an die Tür klopfte. Die Nachbarin kochte für sie, und Simon päppelte die Seinen langsam wieder auf. Er hatte am Tag nach seiner Ankunft den Rest des Roggenbrotes gegessen. Daraufhin fühlte auch er sich hundeelend. Sollte das Brot vergiftet sein? Er konnte es sich nicht vorstellen, da der Bäcker ein aufrichtiger und ehrlicher Mann war, der keinen Groll gegen ihn hegte. Deshalb verwarf Simon diesen Gedanken sofort wieder. Wahrscheinlich hatte er sich angesteckt, wobei die Krankheit bei ihm viel glimpflicher verlief als bei seiner Frau und den Kindern. Er sehnte sich auch nicht danach, das Haus zu verlassen, da er befürchtete, Gesa über den Weg zu laufen. Er war verzweifelt. Auf der einen Seite standen seine Familie und die bürgerliche Existenz in gesicherten Verhältnissen. Auf der anderen befand sich Gesa, seine neue Liebe, ein freies Leben in Armut und Unsicherheit. Er konnte sich auch nicht vorstellen als Sänger, Possenreißer und Artist durch die Lande zu ziehen. Er könnte sich als Quacksalber durchschlagen. Da er ans Haus gefesselt war, blieb es ihm erspart, eine Entscheidung fällen zu müssen. Der Bader plante Barbara alles zu gestehen, aber sie war doch noch zu schwach. Die Wahrheit würde ihr das Herz brechen. Der Bader wollte so bald als möglich die Beichte ablegen und alle Bußen, ohne zu murren, auf sich nehmen, die ihm von der Kirche auferlegt würden. Unsicherheit überkam Simon bei der Frage, ob der Pfarrer Hanns Frankfurter der rechte Beichtvater sei. Erst einmal schien es für ihn das Beste zu sein, dass er sein Heim nicht verlassen konnte.

Zwei Tage später, in aller Frühe, weckte ihn heftiges Klopfen an der Tür. Simon drehte sich im Bett um und zog die Decke über den Kopf. Der unbekannte Besucher hörte nicht auf, mit kräftigen Schlägen gegen das Holz zu pochen. Außerdem rief er laut nach dem Bader. Der begab sich schließlich im Nachtgewand nach unten und riss wutentbrannt die Haustür auf. Gerade als er zu einer zornigen Rede ansetzen wollte, erblickte er Emmeran.

»Was willst du denn in aller Herrgottsfrühe hier?«

»Du sollst zum Bürgermeister kommen. Beeil dich, es ist dringend. Es ist ein neuer Mord geschehen.«

Die Niedergeschlagenheit der letzten Tage war wie weggeblasen. »Sofort, ich muss mir nur noch schnell etwas überziehen. Du kannst schon zurückgehen, den Weg finde ich alleine.« Ohne das gewohnte Morgenmahl und ohne sich von Barbara zu verabschieden verließ er das Haus, eilte über den Marktplatz, am Rathaus vorbei zum Kontor des Bürgermeisterhauses. Als der Bader eintraf, diskutierten Chuntz Zellmeier, Ludwig Kroiß und der Büttel heftig.

»Seid gegrüßt! Emmeran berichtete mir, dass erneut jemand ermordet wurde. Was ist geschehen?«

Ludwig wandte sich ihm zu. »Grüß dich! Heute Morgen, nach Sonnenaufgang, haben sie beim Sternenwirt, gleich gegenüber auf der anderen Seite des Marktplatzes, einen Franziskanermönch tot in seiner Kammer gefunden. Die Wirtsleute glauben er sei vergiftet worden.«

»Ich verstehe nicht, was bei uns los ist. Die Mörder geben sich die Türe in die Hand. Was sind das für Zeiten?«, jammerte der Bürgermeister.

Ludwig fuhr fort: »Lasst uns hinübergehen und uns die Leiche ansehen.« Die vier machten sich auf den Weg.

Sie betraten den Schankraum des Gasthofes und wurden vom Wirt in das Obergeschoss geführt. Am Ende eines Ganges befand sich eine geschlossene Tür, vor der sich mehrere Leute um den Pfarrer Hanns Frankfurter und einen Ministranten versammelt hatten. Im lang gestreckten Raum standen dicht gedrängt die Wirtsleute, Bedienstete, irgendwelche neugierigen Aichacher, der Geistliche und die Neuankömmlinge.

Der Geistliche, der sein Chorgewand trug, drängte sich zum Bürgermeister hindurch. »Gelobt sei Jesus Christus. Lieber Chuntz, ich bin erschüttert. Schon wieder ein Mord. Sogar vor den Dienern des Herrn haben die Verbrecher keinen Respekt mehr.«

»In Ewigkeit, Amen. Was machst du denn hier?«

»Ich wurde gerufen, um den Bruder mit der letzten Ölung zu versehen. Leider kam ich zu spät. Die arme Seele ist den »mors peccatorum pessima«, den schlechten Tod der Sünder gestorben. Er muss nun ohne die letzte Ölung, ohne Beichte, ohne Segen und ohne Vergebung der Sünden vor das Gericht des Herrn treten. Ich werde für ihn beten und mehrere Messen für diese arme Seele lesen lassen.«

»Ich habe gehört der Tote sei ein Mönch gewesen. Kanntest du ihn?«, erkundigte sich Chuntz Zellmaier.

»Nein, er war mir nicht bekannt. Der Bruder hat sich bei mir nicht einmal vorgestellt. Ich kann mich auch nicht daran erinnern, ihn einmal bei uns in der Stadtpfarrkirche zur heiligen Messe gesehen zu haben, obwohl er sich schon seit geraumer Zeit in der Stadt aufhielt. Er trug den grau-braunen Habit der Franziskaner.«

Der Bürgermeister verabschiedete sich vom Pfarrer, den der Tod des Mönchs sehr mitgenommen zu haben schien. »Ich will dich nicht weiter vom Gebet für diese arme Seele abhalten. Wir werden alles tun, um den ruchlosen Mörder seiner gerechten Strafe zuzuführen.« Er drängte die Neugierigen zur Seite, duckte sich, damit er sich seinen Kopf nicht am Türstock stieß und betrat die niedrige Kammer. Simon, Ludwig und Emmeran folgte ihm. Den Wirt, der ebenfalls hinein wollte, schoben sie unsanft wieder hinaus.

Der Tote lag zusammengekrümmt auf den groben, glatt gescheuerten Holzdielen des Raumes. Die Leiche bot einen grauenvollen Anblick, denn sie hatte sich aus allen Körperöffnungen entleert. Dies sorgte für einen penetranten Gestank im Raum. Simon riss deshalb zuerst die Fensterluke weit auf. Zahlreiche fette, grünlich glänzende Fleischfliegen saßen auf der Leiche oder schwirrten umher. Getrockneter, gelblicher Schaum hing an Kinn, Nase und Mund des Toten. Das Gesicht des Mönchs war bläulich verfärbt, als ob er erstickt wäre. Bevor er seinen letzten Atemzug getan hatte, hatte er noch versucht sich den Habit am Hals aufzureißen. Die fleischigen Finger waren im Stoff verkrallt. Blutunterlaufene, verdrehte, weiße Augäpfel starrten ins Leere. Auf dem Tisch lag ein umgestürzter Holzbecher, an dessen Rändern noch Reste einer Flüssigkeit anhaftete, wahrscheinlich roter Wein. Der Bader roch daran, es fiel ihm aber nichts Besonderes auf. Der Raum schien vor ihrem Eintreffen bereits durchsucht worden zu sein. Die Habseligkeiten des Mönchs lagen wild verstreut in der Kammer herum.

»Kennt ihn jemand von euch?«, wollte Ludwig wissen. Die Gefragten schüttelten die Köpfe.

»Ich weiß auch nicht, wer er ist, aber ich habe ihn schon einmal gesehen«, erklärte der Bürgermeister. »Das ist der Franziskaner, der sich nachts heimlich beim Lallinger hineingeschlichen hat.«

Nach einigen Augenblicken, in denen sie sich überrascht anblickten, ergriff Simon das Wort. »Wenn es so wäre, wie du sagst, Bürgermeister, dann könnte dieser Tod etwas mit dem Mord am Lallinger zu tun haben. Wir brauchen dann möglicherweise nur nach einem Mörder zu suchen. Das gibt dem Ganzen eine überraschende Wende. Bevor wir aber von einem Mord sprechen, muss die Leiche zuerst einmal genau untersucht werden.«

»Genau, woher wollt ihr denn wissen, dass er vergiftet worden ist? Vielleicht hat er einen Herzkasperl gehabt und ist tot umgefallen. Dann kriegst du auch keine Luft mehr.« Emmeran bezweifelte, dass es sich hier um ein Verbrechen handeln könnte.

»Schau dir doch die Leiche an. Ich habe schon einige gesehen, die der Schlag getroffen hat, aber von denen hatte keiner Schaum vor dem Mund und hat sich oben und unten vollgemacht«, antwortete ihm Ludwig.

Simon begann den Franziskanermönch genauer zu untersuchen. Er hob den Arm an, schob ihm den Ärmel der Kutte hoch und betrachtete die Achselhöhle. Zahllose Fliegen stoben davon. Sodann lüpfte er die Kutte und studierte aufmerksam den Unterleib und das Gemächt des Verstorbenen. Erneut erhob sich ein mächtiges Summen und Brummen. Im Anschluss kniete er sich neben den Toten, öffnete ihm mit einiger Kraft den Mund, blickte hinein und roch daran. Die Umstehenden betrachteten das Vorgehen des Baders mit Unverständnis und Ekel. Zu Schluss hob Simon die Lider an und begutachtete die Augäpfel. Als er sich erhob, blickten ihn die anderen erwartungsvoll an.

»Sag schon, was hast du herausgefunden? Lass uns nicht warten«, bedrängte ihn der Bürgermeister ungeduldig.

»Zuerst einmal, am Schwarzen Tod ist der Mönch nicht gestorben.« Die Anwesenden wichen vor Schreck einen Schritt zurück.

Chuntz Zellmeier fand zuerst die Sprache wieder. Mit zitternder Stimme erkundigte er sich: »Bist du dir da sicher? Das habe ich gar nicht bedacht.«

»Ich habe die Leistengegend und die Achselhöhlen untersucht. Dort entdeckte ich keine schwarz verfärbten Beulen, wie man sie bei fast allen vom Schwarzen Tod Dahingerafften findet.«

»Du hast doch noch nie einen Pesttoten gesehen«, höhnte der Büttel. »Woher willst du das denn wissen? Rede nicht so gescheit daher!«

»Da hast du Recht, Emmeran. Ich bin ja auch noch am Leben. Du musst ja nicht erst von einer Schlange gebissen werden, um zu wissen, dass sie giftig ist.«

»Emmeran, hör auf zu stänkern«, ermahnte ihn Ludwig. »Simon soll fortfahren uns seine Überlegungen darzulegen.«

»Danke, Ludwig!« Simon strafte Emmeran mit einem verächtlichen Blick. Der tat so, als wäre nichts geschehen. »Eines ist sicher, der Mönch ist vergiftet worden. Alle Hinweise deuten auf eine Vergiftung hin: Der Schaum vor dem Mund, das Erbrochene aber auch, dass der Körper die Ausscheidungen und den Urin nicht mehr halten konnte. Der letzte Umstand, der mich zur Überzeugung brachte, dass der Mönch vergiftet wurde, sind seine Augen. Die Pupille ist so groß, dass man die Augenfarbe fast nicht mehr erkennen kann. Kommt her und seht es euch einmal genau an!« Entsetzt schüttelten alle drei die Köpfe.

»Gut, dann nicht. Was es für ein Gift war, kann ich euch nicht sagen. Das werden wir erst wissen, wenn wir den Giftmischer gefasst haben. Der Tod ist wahrscheinlich gestern Abend eingetreten. An Armen und Beinen hat die Leichenstarre bereits eingesetzt.«

»Es ist also zu vermuten, dass wir es bei diesem Verbrechen und beim Mord am Lallinger mit demselben Täter zu tun haben. Der Mörder ist also immer noch in der Stadt«, schlussfolgerte der Bürgermeister.

»Was redet ihr die ganze Zeit von Mord?«, warf der Büttel ein. »Viel wahrscheinlicher ist es doch, dass der Mönch selber Hand an sich gelegt hat.«

Der Bürgermeister bekreuzigte sich: »Sich selbst das Leben zu nehmen ist eine Todsünde. Emmeran, das glaubst du doch selber nicht. Bei dem Toten handelt es sich um einen Diener des Herrn. Er müsste auf ewig im Fegefeuer schmoren und seine Leiche irgendwo in ungeweihter Erde verscharrt werden. Das kann ich nicht glauben.«

Ludwig zögerte einen Moment, dann kam ihm ein neuer Gedanke. »Warum hat keiner etwas bemerkt? Das Gift war vermutlich im Wein. Den muss ihm jemand gebracht haben und er wird auch nicht leise gestorben sein. Warum hat keiner etwas von seinem Todeskampf gehört?«

»Das werden wir gleich wissen«, erklärte Chuntz Zellmeier und riss die Türe auf. Draußen war der Gang immer noch voller Neugieriger. »Wirt, komm herein! Wir haben einige Fragen an dich.« Der Wirt war neugierig zu sehen, was in der Kammer vor sich ging. Er bekam ein flaues Gefühl im Magen, als ihm alle vier voller Ernst entgegen blickten.

»Ist dir heute Nacht oder am gestrigen Tag etwas Ungewöhnliches aufgefallen?«, begann Ludwig die Befragung.

»Nein, was soll mir denn aufgefallen sein?«

»Vielleicht hast du schon einmal darüber nachgedacht, dass heute Morgen in einer deiner Kammern eine Leiche lag und dass es dabei nicht mit rechten Dingen zugegangen sein könnte? Da hätte ich mich schon gefragt, ob irgendetwas anders war als sonst. Außerdem wird der Mönch nicht geräuschlos gestorben sein. Warum hat niemand etwas gehört?«

Alle Farbe wich aus dem feisten Gesicht des Wirts, als er stammelte: »Ich habe nichts bemerkt, wirklich nicht. Ich schwöre es beim Leben meiner Mutter. Meiner Frau und den Schankknechten ist auch nichts aufgefallen, sonst hätten sie es mir gesagt und wir hätten sofort nachgeschaut, was geschehen ist. Bei uns geht es jeden Abend hoch her. Gestern spielte ein Musikant auf. Dann wird gesungen und herumgeschrien, da hört man nicht, wenn es im oberen Stock ein wenig kracht und scheppert. Mich hat nur gewundert, dass der Mönch nicht unten mit dabei war.«

»Warum hat dich das gewundert? Es ist bei uns in der Stadt nicht üblich, dass sich fromme Männer in den Gasthäusern herumtreiben«, mischte sich jetzt der Bürgermeister ein.

»Ja, so fromm war der nicht. Der hat fast jeden Abend bis spät in die Nacht bei uns in der Gaststube gesessen, gesoffen, dreckige Witze erzählt und seinen Kopf mit den übelsten Kerlen zusammengesteckt. Ich habe ihn nie beten gesehen und zur Heiligen Messe ist er auch nicht gegangen. Der fromme Mann hat auch die eine oder andere Schnalle mit auf seine Kammer genommen. Meine Magd musste ich rausschmeißen, weil sie morgens aus seiner Kammer gekommen ist. Meiner Frau hat sie erzählt, dass er ihr Geld gegeben und abartige Gelüste geäußert hätte.«

»Das hört sich nicht nach einem gottgefälligen Lebenswandel an. Vielleicht war es ja auch gar kein Mönch, sondern er hat sich nur eine Kutte übergestreift?« Emmeran hatte endlich auch etwas Vernünftiges zur Untersuchung beizutragen.

»Da kannst du Recht haben, Emmeran. Wir müssen noch einmal mit dem Pfarrer sprechen. Vielleicht kennt ihn ja doch jemand. Ich wüsste nicht, wie man einen falschen Franziskaner von einem richtigen unterscheiden kann«, fügte der Bürgermeister nachdenklich hinzu.

»Manche meiner Gäste haben darüber gerätselt, was der für ein komischer Heiliger wäre. Er nannte sich Bruder Gallus. Ich habe erst einmal keinen Grund an dem zu zweifeln, was mir ein Gast von sich erzählt. Wenn mir einer sagt, er wäre Mönch und so aussieht wie einer, dann glaube ich es ihm.« Dem Wirt standen immer noch Schweißperlen auf der Stirn, als sie ihn wieder hinausschickten.

»Ich halte es nicht mehr aus. Nichts wie raus aus diesem stinkenden Loch!« Der Bürgermeister hatte genug.

»Wir sind hier noch nicht fertig«, bremste ihn Simon.

»Was wollen wir denn hier noch?«, knurrte das Stadtoberhaupt unwillig.

»Willst du gehen, ohne die Kammer gründlich durchsucht zu haben? Ich kann es auch ohne euch tun. Dann muss ich es alleine in diesem Gestank aushalten.«

»Nein natürlich nicht, wir helfen dir,« erwiderte Chuntz Zellmaier entschuldigend.

Sie machten sich an die Durchsuchung, nachdem sie sich vom Wirt mehrere Talglichter hatten bringen lassen. Jeder nahm sich eine Ecke vor. Sie fanden nichts Auffälliges, bis Ludwig zwischen einem der Dachbalken und den hölzernen Dachschindeln an einem Faden zog, der unauffällig hervorlugte. Ludwig zog, aber irgendwo schien er festzuhängen. So hielt er mit seiner linken Hand die Schnur und griff mit der rechten in eine Öffnung, um zu sehen, ob etwas an dem Faden hing. Er fischte ein schweres längliches Leinensäckchen heraus, in dem es verdächtig klimperte. Die anderen stellten ihre Suche ein und beobachteten Ludwig, wie er das Säckchen aufschnürte und den Inhalt auf den Tisch neben den umgekippten Holzbecher schüttete. Leise pfiffen die Anwesenden durch die Zähne. Auf dem Tisch stapelte sich ein Haufen glänzender Goldmünzen.

Chuntz Zellmeier nahm eine davon zwischen die Finger. »Das sind rheinische Goldgulden. Es mögen hundert Stück sein. Was hier vor uns auf dem Tisch liegt, ist ein kleines Vermögen. Wo hat er das ganze Geld her? Für einen Bettelmönch, der gelobt hat auf persönlichen Besitz zu verzichten, ist das hier eine ganze Menge.«

Auf diese Frage wusste keiner eine Antwort. »Die Unordnung zeigt uns, dass offensichtlich jemand vor uns hier nach etwas gesucht hat. Gallus wenigen Habseligkeiten liegen wild verstreut herum. Es findet sich keine Geldkatze und auch sonst nichts von Wert. Auch konnten wir nicht den kleinsten Hinweis auf seine Herkunft entdecken. Wer war also vor uns hier? Gott sei Dank ist das Gold unentdeckt geblieben,« merkte Simon an. Als sie wieder vor der Kammer standen, fühlten sie erleichtert, endlich dem ekeligen Anblick und Gestank entkommen zu sein.

26

Um die Mittagszeit herum suchte der Bürgermeister, zusammen mit dem Richter, Hanns Frankfurter im Pfarrhaus auf. Der Geistliche hätte die beiden lieber nach dem Mittagsmahl empfangen. Jetzt musste er ihnen notgedrungen etwas anbieten. Da der deftige, knusprige Schweinebraten, die Soße und das frische Brot bereits auf dem Tisch standen, blieb ihm nichts anderes übrig, als mit seinen Gästen zu teilen. Nachdem sich diese dazugesetzt hatten, sprach der Geistliche das Tischgebet und segnete das Mahl. Danach forderte er seine Gäste auf, sich zu bedienen. Chuntz Zellmeier und Leonard Sandizeller ließen sich das nicht zweimal sagen und griffen kräftig zu. Vielleicht hatten sie gemerkt, wie ungern der Pfarrer bereit war mit ihnen zu teilen. Sie ließen es sich jedenfalls nicht anmerken. Der Krug Bier war rasch gelehrt und Hanns Frankfurter musste seine Haushälterin losschicken, neues zu holen.

»Hanns, ich kann dich nur um die Künste deiner Köchin beneiden. So einen guten Schweinebraten habe ich seit ewigen Zeiten nicht mehr gegessen. Du musst sie mal zu mir in die Burg rüberschicken. Du bekommst dann meinen Koch. Ich weiß nicht, ob der das Gleiche für die Schweine kocht wie für mich und meine Soldaten.«

Jetzt konnte der Stadtpfarrer wieder lachen. »Nein, die bleibt bei mir. Lass den Koch doch einfach einen Nachmittag mit deinen Soldaten allein. Die werden ihn schon lehren, wie er in Zukunft seinen Kochlöffel zu schwingen hat.«

Während des Essens sprachen sie über die eine oder andere Belanglosigkeit, die sich in den letzten Tagen ereignet hatte. Dann kam der Bürgermeister auf den Grund ihres Besuches zu sprechen. »Nachdem du den getöteten Franziskaner verlassen hattest, haben wir den Leichnam und die Kammer untersucht. Weiterhin sprachen wir mit Zeugen, die sich gestern Abend und gestern Nacht im Gasthaus aufhielten.«

»Und was habt ihr herausgefunden?«

»Der Mönch wurde vergiftet und hatte ungefähr einhundert rheinische Goldgulden versteckt. Wahrscheinlich suchte der Mörder das Gold, denn die Kammer ist durchsucht worden.«

»Ein Mörder? Du sagtest, ein Mörder? Der Franziskaner wurde ermordet? Ich fasse es nicht!« Dem Pfarrer zitterten die Knie und er schien das Geschehene nur langsam zu begreifen.

»Wir haben es vermutlich mit einem Raubmord zu tun«, ergänzte der Richter.

»Die Habgier ist eine schreckliche Sünde. Ich hoffe, dass ihr den Verbrecher so schnell wie möglich fassen werdet. Der Verstorbene, Gott sei seiner armen Seele gnädig, war ein Vertreter unserer heiligen Mutter Kirche, deshalb könnt ihr die Goldgulden getrost mir überlassen. Es muss so viel an unserer Stadtpfarrkirche erneuert werden. Das Gold könnte den Grundstock für einen prächtigen Neubau bilden. So fügt es der Herr, dass aus dem Unglück des einen eine Wohltat für seine Gemeinde wird - alles zur Ehre und Lobpreisung unseres Herrn.«

Der Richter dämpfte die Begeisterung des Geistlichen. »Hanns, nicht so schnell. Wir müssen zuerst klären, woher das Gold kommt. Dann wird es dem rechtmäßigen Besitzer übergeben. Wenn es der Kirche zusteht, wird es die Kirche erhalten.«

Der Pfarrer wollte empört antworten, als ihm der Bürgermeister das Wort abschnitt. »Vielleicht stammt es aus der Kiste, die der Mörder des Lallinger im Gewölbekeller ausgegraben hat.«

Noch hatte Hanns Frankfurter nicht aufgegeben. »Wie kommst du denn darauf? Was hat denn der

Franziskaner mit dem Mord am Lallinger zu tun? Das musst du mir erklären.«

»Das will ich gerne tun. Ich selber habe den Mönch, er nannte sich Bruder Gallus, nachts in das Haus des Lallinger schleichen sehen. Ich weiß nicht, was der Bruder Gallus mit dem Verbrechen am Lallinger zu tun hat, aber wir werden es herausfinden.« Der Stadtpfarrer hatte das Gesagte erst einmal zu verdauen, deshalb fuhr Chuntz Zellmeier fort. »Wir haben auch herausgefunden, dass sich der Mönch ganz und gar nicht so verhalten hat, wie es sich für einen Mann seines Standes geziemt. Seine Taten waren alles andere, nur nicht die eines frommen Christenmenschen. Er hat sich im Gasthaus mit den übelsten Gestalten zusammengetan, gesoffen und gehurt. Ist dir dies ebenfalls zugetragen worden?«

Das Ganze schien dem Pfarrer sehr peinlich zu werden und ihn zu belasten. Er druckste herum. »Ja, ich habe davon gehört. Zuerst konnte ich es gar nicht glauben. Als immer mehr treue Glieder meiner Gemeinde zu mir kamen und dasselbe berichteten, wollte ich den Mönch zur Rede stellen. Er besuchte auch nie die heilige Messe. Aus diesem Grund beabsichtigte ich, ihm ins Gewissen zu reden. Der Franziskaner weilte erst seit kurzer Zeit in der Stadt. Bevor ich ihn aufsuchen konnte, war er bereits tot.«

»Kannst du dir vorstellen, dass der Ermordete gar kein Diener des Herrn war, sondern sich nur verkleidet hat?«, fragte der Richter.

»Eigentlich kann ich mir so eine Ungeheuerlichkeit nicht vorstellen. Ich kann allerdings auch nicht verstehen, wie jemand einen unschuldigen Mönch in unserer friedvollen Stadt vergiften kann. Sich als Diener des Herrn auszugeben, ohne die nötigen Weihen zu besitzen, ist Gotteslästerung. Solch eine Tat würde vermutlich am Galgen oder im reinigenden Feuer enden. Wäre er noch am Leben, könnte ich ihn befragen, dann wäre er schnell entlarvt. Jetzt ist er aber tot und ich weiß nicht, wie man es herausfinden könnte, da ihn in der Stadt niemand kennt.« Hanns Frankfurter blickte zu Boden und hatte seine vor einiger Zeit noch zur Schau gestellte Selbstsicherheit verloren.

Der Richter versuchte ihm Trost zuzusprechen. »Hanns, nimm es dir nicht zu Herzen. Du kannst nichts dafür. Wir werden dich über alles Weitere auf dem Laufenden halten.«

»Eins steht jetzt ebenfalls fest – wenn es sich um ein und denselben Täter handelt, dann können es die Gaukler nicht gewesen sein. Sie sitzen bei Leonard im Kerker. Wir sollten sie freilassen«, schlussfolgerte der Bürgermeister.

Dies war dem Pfarrer gar nicht recht. »Das ist nicht gesagt, denn die Frauen der Eingekerkerten laufen doch noch frei herum. Wir können jeden Tag das Spektakel und den Krach hören, den sie veranstalten. Einer von den Männern kann die Tat bei den Lallingers begangen haben und eine der Frauen hat den Mönch vergiftet. Ihr wisst doch, dass Frauen zum Morden eher heimtückische Gifttränke nutzen. So könnten sie vom wahren Mörder der Eheleute Lallinger ablenken. Wir sollten die Männer weiterhin schön im Kerker schmoren lassen.«

Chuntz Zellmeier wirkte genervt. »Die Gaukler haben doch gar keinen Grund den Franziskaner zu vergiften. Warum sollten sie es tun?«

Der Geistliche triumphierte. »Ha, und ist das Gold kein Grund? Vielleicht war es Teil des geraubten Geldes?«

»Ihr vergesst beide immer wieder, dass ich der Richter bin. Ich werde mir überlegen, was mit den Gefangenen geschieht. Siehst du, lieber Hanns, jetzt glaubst du auch schon, dass das Gold aus dem Kasten stammt, der beim Lallinger verschwunden ist. Wenn es so wäre, dann gehörten die Gulden dem Neffen des Kaufmanns, dem Korbinian.«

Vor Wut über seine Ungeschicklichkeit lief der Stadtpfarrer rot an und verabschiedete seine Gäste so schnell es ging.

Am Nachmittag wollten sich die Ermittler erneut beim Bürgermeister treffen. Simon versorgte zuerst die Mitglieder seiner Familie, denen es schon wieder viel besser ging, die aber die nächsten Tage noch das Bett hüten sollten. Im Anschluss machte er sich auf den Weg. Da er befürchtete einem der Gaukler zu begegnen, machte er einen riesigen Umweg um den Marktplatz. In einem kleinen Gässchen, das von der Trifft abzweigte, stand er plötzlich Gesa gegenüber.

Ein zaghafter Gruß kam über seine Lippen.

Gesa begrüßte ihn von oben herab. »Grüß dich, Simon. Schön, dass du mich noch kennst. Du hattest in den letzten Tagen wohl so viel zu tun, dass du den beschwerlichen Weg in die Vorstadt nicht auf dich nehmen konntest.«

Man merkte dem Bader an, dass ihm die Begegnung schrecklich unangenehm war. »Gesa, es tut mir leid, aber es ging nicht. Als ich nach Hause kam, war meine Familie am Antoniusfeuer erkrankt. Ihr Leben hing an einem seidenen Faden und ich musste mich um sie kümmern. Jetzt geht es ihnen schon wieder besser, aber sie müssen noch das Bett hüten. Sollte ich dich da draußen auch noch in Gefahr bringen? Du hättest dich mit dieser verfluchten Krankheit anstecken können.«

Diese Auskunft besänftigte Gesa nicht. Als er ihre Schulter berührte, stieß sie seine Hand unwillig weg. Nur zwei alte Frauen beobachteten die beiden und steckten tuschelnd die Köpfe zusammen. »Du hättest Ludwig mit einer Nachricht zu mir schicken können. Aber ich glaube, du wolltest nur deinen Spaß mit mir haben und das war es dann für dich. Lass dir versichert sein, ich hatte auch mein Vergnügen und solche wie dich gibt es wie Sand am Meer.«

Sie drehte sich um und wollte weggehen. »Gesa, bleib! So ist es nicht! Du bedeutest mir unendlich viel, aber meine Familie ebenfalls und sollte ich sie hilflos und krank zurücklassen? Natürlich hätte ich dir eine Nachricht zukommen lassen müssen, da hast du Recht. Es tut mir aufrichtig leid.«

»Und was ist mit unseren Männern? Ihr wisst, dass sie unschuldig sind, und sie sitzen immer noch in eurem Kerker. Du und dein Freund Ludwig habt mir versprochen, alles in eurer Macht Stehende zu tun, damit sie frei kommen. Was ist mit eurem Versprechen? Wenn sie frei sind, bist du mich los. Wir werden Aichach danach sofort verlassen.«

»Gesa, die Entscheidung trifft der Richter, und er ist von ihrer Unschuld noch nicht vollständig überzeugt. Ich werde wirklich alles tun, damit sie freikommen.«

»Bei Versprechungen und im Kluge-Reden-Schwingen bist du groß. Aber wenn es daran geht, Nägel mit Köpfen zu machen, fehlt dir der Mut. Ich habe dich durchschaut. Du suchst immer den einfachsten Weg und denkst, egal wie verfahren die Lage ist, irgendwie mogelst du dich wieder heraus, ohne selber Schaden zu nehmen.«

Sie drehte sich um und ging davon, ohne sich noch einmal umzusehen. Simon wollte sie aufhalten, ließ aber die ausgestreckten Hände langsam wieder sinken.

Die zwei alten Weiber verfolgten das Geschehen aufmerksam mit offenen Mündern. Sie würden viel zu erzählen haben.

Als Simon das Kontor des Bürgermeisterhauses betrat, waren die anderen bereits ins Gespräch vertieft und blickten ihn tadelnd an, als er grüßte. »Ich musste mich noch um meine kranke Familie kümmern, deshalb komme ich zu spät.«

»Ist schon recht«, erwiderte der Hausherr.

»Ich habe gerade den Korbinian Lallinger vor dem Handelshaus gesehen. Er spielt schon den großen Herren und das obwohl sein Oheim und die Muhme noch keine Woche unter der Erde sind. Herausgeputzt hat er sich und kommandiert lautstark seine Leute herum«, erzählte der Bader den anderen.

»Das habe ich auch schon mit Befremden festgestellt, der Korbinian wohnt ja nur zwei Häuser von mir entfernt. Er schmeißt mit dem Geld nur so herum. Ich habe immer gedacht, dem Lallinger wäre es finanziell von Jahr zu Jahr schlechter gegangen. Es würde mich schon interessieren, wo sein Brudersohn das ganze Geld her hat. Wir wollen uns jetzt aber wieder den Morden am Lallinger und dem Franziskaner widmen.« Chuntz Zellmeier stand, während er sprach, auf und stellte sich hinter seinen Sessel.

Simon fuhr fort. »Wir haben zwei Morde und viele einzelne Erkenntnisse, aber keinen gemeinsamen roten Faden. Ich sehe keinen Zusammenhang, es muss aber einen geben.« Den anderen ging es ebenso.

»Wie weit ist die Vorbereitung der Falle, die wir dem Verbrecher stellen wollen?«, erkundigte sich Ludwig.

»Ich habe alles so gemacht, wie wir es abgesprochen haben, und die Geschichte unter dem Siegel der Verschwiegenheit herumerzählt. Es ist alles so gekommen, wie ich es mir gedacht habe. Die ersten Bürger haben sich schon bei mir beschwert, ob wir denn alle verrückt wären, Versuche mit Sprengpulver in unseren Mauern zu veranstalten. Ob wir die ganze Stadt in die Luft sprengen wollten? Sie würden sich beim Herzog über mich beschweren. Es läuft also alles so, wie wir es geplant haben. Ich sehe zur Zeit keinen anderen Weg den Täter zu stellen als diesen.« Der Bürgermeister schien zufrieden.

»Dann müssen wir ab heute Nacht in dem Haus Wache halten«, stellte Ludwig fest.

Der Büttel meldete sich. »Die erste Wache übernehme ich zusammen mit einem unserer Waffenknechte.«

Ludwig nickte zustimmend. »Gut, dann übernehme ich mit Simon zusammen die Wache in der darauffolgenden Nacht. Damit bist du doch einverstanden, nicht wahr, Simon?« Der nickte zustimmend.

»Mich könnt ihr ruhig auch einteilen«, schloss sich Chuntz Zellmeier an.

»Bürgermeister, du machst das, was dein Amt von dir fordert und wir machen das, wofür wir bezahlt werden. Was tust du, wenn auf einmal ein Verbrecher mit gezücktem Dolch vor dir steht? Du wirst in der Stadt gebraucht.« Ludwig Kroiß ließ sich nicht umstimmen.

27

Am ersten Abend geschah nichts. Morgens schleppten sich die zwei Wachen vollständig zerschlagen und übermüdet nach Hause in ihre Lagerstatt. Der Tag verging ohne irgendwelche besondere Vorkommnisse. Vor Einbruch der Dämmerung trafen sich Ludwig und Simon am Oberen Tor. Sie betraten die Gasse und schauten sich um, ob sie jemand beobachtete. Als sie glaubten niemand hätte sie bemerkt, sperrten sie blitzschnell die Haustüre auf und schlüpften ins Innere. Sofort schlossen sie hinter sich wieder ab. Niemand hatte sie bemerkt, nur der Jude Isaak stand hinter einem Vorhang und blickte ihnen hinterher. Sein Haus lag genau gegenüber dem Versteck. Er beobachtete es und machte sich seine Gedanken über die merkwürdigen Vorgänge. Die Oberen der Stadt schienen etwas anderes im Sinn zu haben, als eine Pulvermühle mitten in der Stadt zu errichten. Offensichtlich waren sie doch nicht so verrückt, wie die Nachbarn vermuteten.

Ihre Waffen hatten sie bereits während des Tages in das Gebäude bringen lassen. Es wäre zu auffällig gewesen mit Spieß, Schwert und Dolch über den Marktplatz zu laufen. In Aichach sprach sich alles, was vom normalen Tagesablauf abwich, in Windeseile herum. Sie sahen sich im Haus um. Durch die Haustüre trat man in einen größeren Raum, der den gesamten unteren Bereich einnahm. Hier standen ein großer Holztisch und zwei wacklige Stühle. Neben dem Fenster befand sich ein grob zusammengezimmerter Bettkasten ohne Stroh, mit mehreren verdreckten und stinkenden Decken. An der Rückwand des Hauses, die von der massiven Stadtmauer gebildet wurde, entdeckten sie eine gemauerte Feuerstelle, über der ein eiserner Dreibein mit einem großen Kupferkessel stand. Davor lag ein Haufen gespaltenen Holzes. Der Rauch konnte über ein mit Ziegeln ausgekleidetes Loch in der Decke abziehen. Hier hatte aber schon seit längerem kein Feuer mehr gebrannt. Über eine baufällige Leiter gelangte man unter das Dach, dessen Giebel mit der Stadtmauer abschloss.

Hier befanden sich zwei Kammern, die bis auf einiges Gerümpel leer waren.

Wieder unten angekommen, sah sich Ludwig nochmals um. »Dies ist also der Palast, den ihr mir versprochen habt, wenn ich zurückkomme. Ich bin begeistert. Erst einmal kostet es mich verdammt viel Geld, diese Bruchbude wieder in einen wohnlichen Zustand zu versetzen.«

»So schlimm ist es nun auch nicht. Auch mein Haus sah so aus, als ich es erworben habe. Zu deinem Anwesen gehört noch ein kleiner Schuppen mit einem ummauerten Hof. Da kannst du ein Pferd und vielleicht ein oder zwei Schweine unterstellen. Wenn du es einigermaßen hergerichtet hast, gehörst du zu den begehrtesten Junggesellen der Stadt. Bevor du Aichach verlassen hast, schliefst du sicherlich in einem Loch irgendwo direkt unter dem Dach. Im Winter war es eiskalt, im Sommer brütend heiß und bei Regen nass. In Augsburg war es sicher auch nicht viel besser, also beklage dich nicht.«

»Vielleicht hast du Recht, aber im Gegensatz zu deinem Heim gehört mir das Haus nicht.«

»Wenn du deinen Sold zusammenhältst, macht dir die Stadt sicher einen guten Preis und du kannst das Anwesen erwerben.«

Die Zeit verging und die Dunkelheit setzte ein. Simon beabsichtigte ein Talglicht zu entzünden. Ludwig packte ihn am Arm. »Bist du von allen guten Geistern verlassen? Das soll eine Falle für den Mörder sein, der die Stadt unsicher macht. Glaubst du, der bricht hier ein, wenn er Licht sieht?«

»Entschuldige, das habe ich nicht bedacht.«

»Leg die Waffen griffbereit, sodass du sie im Dunklen finden kannst. Wahrscheinlich brauchen wir nur den Dolch. Wenn du nichts siehst, nützen dir Schwert und Spieß nicht viel. Wir stellen die Stühle an die Rückwand, dann haben wir Tür und Fenster im Blick. Die Waffen legen wir neben uns auf den Boden, dann können sie nicht umfallen und Lärm machen. Den Dolch steckst du am besten ein. Und wir sollten uns ab jetzt ruhig verhalten.« Simon nickte, was Ludwig in der Dunkelheit aber nicht sehen konnte.

Stunden vergingen und es war vermutlich schon weit nach Mitternacht. Simon war eingeschlafen und als er laut zu schnarchen begann, hatte ihm Ludwig einen heftigen Stoß versetzt. Auf einmal vernahmen sie Geräusche. Erst an einem Fenster, dann am anderen. Jemand schob die vor die kleinen Luken gehängten Stofffetzen hoch und starrte herein. Die beiden Wächter waren plötzlich hellwach und wagten es kaum zu atmen. Sie zogen ihre Dolche und hofften, dass nicht so viel Mondlicht durch die Fensteröffnungen fiel, um entdeckt zu werden. Die Gestalt sprang an einem Fenster hinauf und wollte sich hindurchquetschen. Es krachte und der Eindringling fiel wieder zurück. Offensichtlich war die Luke zu klein. Erst einmal blieb alles wieder ruhig. Entweder hatte der Eindringling aufgegeben oder er wartete ab, ob ihn jemand gehört hatte und die Stadtwache am nahen Oberen Tor rief.

Simon wollte nachsehen, aber Ludwig hielt ihn zurück. Der Eindringling hatte die Säcke von den zugehängten Fenstern ein wenig zur Seite geschoben, sodass mehr Licht hereinfiel. Nach geraumer Zeit vernahmen sie erneut ein kratzendes Geräusch an der Eingangstüre. Jemand machte sich am Schloss zu schaffen. Der Bader nahm den Spieß und stellte sich rechts neben dem Türrahmen auf. Bei geöffneter

Haustüre würde er vom Türblatt verdeckt sein. Ludwig nahm die linke Seite ein. Sie pressten sich an die Wand. Die Tür öffnete sich langsam und Mondlicht fiel durch den Spalt. Eine große Gestalt zwängte sich herein und schloss die Öffnung sofort wieder. Der Eindringling starrte ins Dunkle, als Ludwig mit dem Dolch in der Faust auf ihn zusprang.

»Jetzt haben wir dich, du Schwein. Leg dich auf den Boden und strecke Arme und Beine so weit weg vom Körper, wie du kannst, sonst stech ich dich ab.« Nur für den Bruchteil einer Sekunde zuckte der Unbekannte zusammen. Dann sprang er einen Schritt zurück und zog ebenfalls einen Dolch, der im fahlen Mondschein blitzte. Sie hatten es hier offensichtlich nicht mit einem gewöhnlichen Einbrecher, sondern mit einem erfahrenen Kämpfer zu tun. Er ließ seinen Dolch von einer Hand in die andere wirbeln. Dann traf ihn ein mächtiger Schlag von hinten, und er stürzte wie vom Blitz getroffen zu Boden. Simon hatte sich von hinten an den Verbrecher herangeschlichen, mit dem stumpfen Ende des Spießes ausgeholt und ihm mit aller Kraft auf den Schädel geschlagen. Ludwig blickte ihn dankbar an, während der Bader, von seinem eigenen Handeln überrascht, auf den am Boden Liegenden starrte.

Nun galt es schnell zu handeln. Ludwig kniete auf dem Ohnmächtigen, während Simon zwei Stricke holte, mit denen sie dem Eindringling die Arme auf den Rücken banden und anschließend die Beine ebenfalls verschnürten. Dann entzündeten sie zwei Taglichter. Sie drehten ihr Opfer auf den Rücken und betrachteten es. Ein großer, kräftiger Kerl, mit langen, schwarzglänzenden Haaren und einem ungepflegten Vollbart.

»Kennst du den?«, fragte Ludwig.

»Nein, den habe ich noch nie gesehen. Was machen wir mit ihm?«

»Wenn er wach wird, befragen wir ihn. Vielleicht erzählt er uns freiwillig etwas, solange er noch unter Schock steht. Danach schaffen wir ihn in den Kerker der Burg.«

Als der Gefangene nicht aus seiner Ohnmacht erwachte, nahm Ludwig einen Eimer mit einer stinkenden Flüssigkeit, vermutlich fauliges Wasser, und schüttete es dem Besinnungslosen ins Gesicht. Prustend erwachte der und überschüttete seine Gegner mit einem Schwall von Flüchen in einer ihnen unbekannten Sprache. Als Simon ihn befragen wollte, erntete er erneut einen Schwall Verwünschungen.

»Ich glaube, das ist italienisch. Auf dem Markt in Mailand haben sie uns Ähnliches hinterhergerufen, wenn wir nichts gekauft haben. Ich bin froh, dass ich nicht verstehe, was er da schreit. Sonst würde ich ihm wahrscheinlich die Kehle durchschneiden. Du siehst, Ludwig, es ist auch von Vorteil, wenn man eine fremde Sprache nicht versteht.«

Draußen war es noch dunkel, als sie den mutmaßlichen Mörder in die Burg schleppten. Erst auf heftiges und lang anhaltendes Klopfen gegen das schwere, mit Eisenplatten gepanzerte, zweiflüglige Tor, wurden sie eingelassen. Der Kerkermeister, der erst geweckt werden musste, kettete den Gefangenen in einer Zelle mit Armen und Beinen an einem Ring im Gemäuer fest. Danach schloss sich die Kerkertüre. Als Simon und Ludwig sich endlich zur Ruhe legen konnten, wurde es im Osten langsam hell.

Am frühen Vormittag betraten der Bürgermeister, der Richter, der Büttel, Simon Schenk und Ludwig

Kroiß zusammen mit dem Kerkermeister die Zelle, um den Gefangenen in Augenschein zu nehmen.

»Was für einen Vogel habt ihr denn da gestern Nacht gefangen?«, wandte sich Leonard Sandizeller an Simon und Ludwig.

»Er ist in die Falle gegangen, die wir ihm gestellt hatten«, erwiderte der Bader.

Da unterbrach ihn Emmeran Wagner: »Den kenn ich doch!« Alle drehten sich zu ihm und sahen ihn überrascht an. »Das ist doch der Waffenknecht vom Lallinger. Seht ihr die Narbe auf der linken Wange? Ich glaube, er ist Italiener. Wie heißt er nur? ..... Lorenco Forlan! Genau, so heißt er!«

Jetzt erinnerten sich Simon und der Bürgermeister ebenfalls daran, ihn schon einmal gesehen zu haben.

»Wir werden ihn einer ersten Befragung unterziehen, aber nicht hier. Den Gestank hier drinnen hält doch keiner aus. Kerkermeister, löse die Ketten und bringe ihn in die Gemächer, die wir extra für besonders widerborstige Gefangene eingerichtet haben. Und hole den Henker, aber beeile dich!«, befahl der Richter. Der Gefangene, der bis jetzt kein Wort gesprochen und nur verstockt vor sich hin gestarrt hatte, erblasste. »Bürgermeister, du schickst deine Leute los und lässt sie die Schlafstelle und die Habseligkeiten des Italieners nach Hinweisen durchsuchen. Es ist gut möglich, dass ihr fündig werdet, da der Verbrecher nicht damit gerechnet hat, uns in die Hände zu fallen.«

Als Emmeran, Ludwig und Simon das Kontor des Lallingerschen Anwesens betraten, begrüßte der junge Erbe sie kühl und herablassend. »Was wollt ihr denn hier?«, fragte er unwirsch. Als sie ihr Anliegen vorbrachten, wurde er keinen Deut freundlicher. »Und da müsst ihr zu dritt kommen? Reicht nicht einer? Mein Haus ist die letzten Tage schon genug im Gerede gewesen.«

Simon schüttelte den Kopf. »Bis vor wenigen Tagen war es nicht dein Haus! Du musst es schon uns überlassen zu entscheiden, was wir unternehmen, um den Mörder deines Oheims und deiner Muhme seiner gerechten Strafe zuzuführen. Du solltest froh sein, dass wir dem Mörder, der im Haus deiner Verwandten gewütet hat, auf der Spur sind.«

Korbinian Lallinger besann sich, dass es einen besseren Eindruck machen würde, den Ermittlern keine Steine in den Weg zu legen. Er wies einen Bediensteten an, sie zu der Schlafstatt des Lorenco Forlan zu führen. In der engen und stickigen Kammer unter dem Dach des Pferdestalls, in dem auch einige Fuhrwerke untergestellt waren, befanden sich vier Schlafstellen. Da in der Kammer kaum Platz für einen kleinen Tisch und zwei Hocker war, befanden sich die Schlafstätten in zwei Stockbetten. Durch zahlreiche Ritzen in dem mit Holzschindeln gedeckten Dach, fielen die Strahlen der Morgensonne herein. Die Habseligkeiten der Bewohner lagen auf dem Stroh der Schlafplätze, bedeckt mit Mänteln oder Wolldecken. Lorenco schlief im oberen Kasten des Bettgestells. Emmeran kletterte hinauf und warf die wenigen Besitztümer des Italieners den beiden anderen zu. Das Stroh war schon geraume Zeit nicht mehr ausgetauscht worden und roch säuerlich. Weder im Bettkasten noch darunter fand der Büttel etwas, was seine Aufmerksamkeit erregt hätte. Auch an den Kleidungsstücken und dem Essgeschirr war nichts Auffälliges zu erkennen.

»So, und was machen wir jetzt?«, fragte Ludwig, nachdem die bisherige Suche ergebnislos geblieben war.

»Ihr schaut euch in der Kammer um, und ich untersuche noch einmal gründlich das Bettgestell«, erwiderte Simon. Zuerst stocherte er mit seinem Dolch im Heu herum, bevor er anfing, damit das Holz abzuklopfen. An dem der Wand zugewandten Bettpfosten wurde der Bader fündig. Er klopfte oben, er klopfte unten. Nachdem er den Vorgang mehrfach wiederholt hatte, kratzte er mit dem Messer am Holz herum. Er stieß von oben ins Holz und entfernte vorsichtig einen runden Stopfen. Mit seinem Zeigefinger griff er in ein Loch im Holz und stieß einen überraschten Pfiff aus. Ludwig und Emmeran eilten hinzu.

»Sieh mal an! Diese kleine Ratte hat das Holz ausgehöhlt und mit einem Stopfen, wahrscheinlich aus zerkautem Brot verschlossen. Und was haben wir denn da?« Simon zog ein Stück zusammengerolltes Papier heraus, das sie aufrollten und betrachten. »So, jetzt haben wir unseren Mörder!«, frohlockte der Bader. Augenblicklich machten sie sich auf den Weg zurück zur herzoglichen Burg.

Im Gewölbekeller der Burg hatte die Befragung bereits begonnen. Die eisernen Handfesseln des Gefangenen waren mit einem Hanfseil über eine Rolle an der Decke hochgezogen, sodass der Delinquent die Hände über dem Kopf halten musste. Die Henkersknechte hatten das Seil so straff gespannt, dass er mit beiden Beinen gerade noch fest auf dem Boden stand. Die Mauern des Gewölbes bestanden aus großen Feldsteinen die mit Mörtel verbunden waren und zusammen mit in den Untergrund getriebenen Eichenstämmen das Fundament der Burg bildeten. In die Mauer waren eiserne Ringe und Haken eingelassen, an denen verschiedenartige Zangen und andere Foltergeräte hingen. In einer Ecke verströmte ein eiserner Feuerkorb, die Hitze verbrennender Holzkohle. In der dunklen anderen Ecke konnte man eine hölzerne Streckbank erkennen. Neben dem des Mordes Verdächtigten verharrte der Henker, der einen gut gelaunten Eindruck machte. Vor dem Delinquenten saß der Gerichtsschreiber an einem Tisch, um die Aussagen des Verhörten zu Protokoll zu nehmen. Und schließlich thronte in einem Stuhl mit Arm- und Rückenlehne Leonard Sandizeller, der als Richter die Fragen stellte.

Simon wurde blass, als er den Folterkeller betrat. Er war bereits einmal gezwungen gewesen dabei zu sein, als ein Verbrecher der Kunstfertigkeit des Henkers übergeben wurde. Damals musste er den Raum mehrfach verlassen, da er den Anblick und die Schreie nicht mehr ertragen konnte und sich nicht die Blöße geben wollte, sich vor den anderen zu übergeben. Dem Gefangenen würde heute allerdings noch kein körperliches Leid zugefügt werden. Offensichtlich hatte der Richter für ihn den ersten Grad der Folter angeordnet, das Vorzeigen der Folterwerkzeuge. Der Büttel flüsterte dem Richter die Erkenntnisse, die sie bei der Durchsuchung der Schlafstatt des Italieners gewonnen hatten, ins Ohr und händigte ihm das Papier mit dem zweiten Teil der Rezeptur des Sprengpulvers aus.

»So, so! Was haben wir denn hier?«, wandte sich der Richter an den Gefangenen, stand auf und hielt ihm den Zettel vor die Nase. »Weißt du, was das ist?« Der Angesprochene sackte zusammen, aber die Fesseln hielten ihn in der Höhe. In seine Augen war das blanke Entsetzen getreten, aber er schüttelte trotzdem verneinend den Kopf.

»Ich will dir erklären, wie du dazu gekommen bist! Dies ist der Beweis, dass du unseren ehrenwerten Bürger Balthasar Lallinger, seine Ehefrau Lisbeth und die Magd Kathrein Hinteregger hinterhältig ermordet hast. An der Magd hast du Strolch auch noch deine widerwärtigen Gelüste befriedigt. Was hast du uns dazu zu sagen?«

Lorenco Forlan war verzweifelt. In gebrochenem Deutsch, das seine italienische Heimat verriet, wimmerte er: »Das ist nicht wahr. Ich habe niemanden ermordet.«

»Des Weiteren hast du den Franziskanermönch Gallus, einen unschuldigen Mann Gottes, hinterhältig vergiftet«, klagte ihn Leonard Sandizeller an.

»Wie oft soll ich es denn noch sagen, ich habe niemanden ermordet«, winselte Lorenco. »Ich habe auch keinen Mönch vergiftet. Wer soll das sein? Ich kenne keinen Franziskaner, der sich Gallus nennt. Warum sollte ich jemand vergiften, den ich nicht einmal kenne?«

»Seht ihn euch an!«, brüllte der Richter. »Dieser Verbrecher wagt es, seine Taten, für die wir eindeutige Beweise haben, zu leugnen.« Er trat unmittelbar vor den Angeklagten und drohte ihm mit dem Finger. »Du wirst deine Taten gestehen und bereuen.« Er wandte sich zu den anderen um. »Wo ist der zweite Teil der geheimen Formel, wegen der dieser Lumpenhund unschuldige Bürger ermordet hat?« Leonard Sandizeller streckte seine Hand aus und starrte den am Seil Hängenden an. Simon zog seinen Teil der Rezeptur, den sie am Tatort gefunden hatten, unter dem Wams hervor und reichte ihn dem Richter. Der polterte weiter: »So, sieh her! Das ist das Stück Papier, das du am Tatort zurückgelassen hast, das hier in meiner anderen Hand haben wir in deiner Kammer gefunden. Wenn ich beide Stücke zusammenhalte, dann passen die Risskanten und Schriftzeichen genau zusammen.« Der Richter hielt ihm als Beweis beide Papierfetzen unter die Nase. »Du wagst es trotzdem, deine Taten zu leugnen? Ich habe schon viele skrupellose Verbrecher erlebt, aber du bist einer der unverfrorensten. Eines gebe ich dir noch mit auf den Weg: Am Ende haben alle Verbrecher, die vor meinem Richtertisch standen, ihre gerechte Strafe erhalten. Und so wird es dir auch ergehen.«

Der Gefangene winselte: »Ich habe die Schrift mit den geheimen Zeichen an mich genommen, aber ihr müsst mir glauben, ich habe niemanden umgebracht.«

»Wir glauben dir überhaupt nichts. Du gibst jetzt also zu, dass du im Schlafgemach der Lallinger warst?«

»Ja, ich war dort, aber sie waren bereits tot.«

»Du wagst es, mir eine derartige Räubergeschichte aufzutischen?«

»Ich schwöre es, bei allen Heiligen und dem Leben meiner Mutter. Sie waren schon tot!«

»Versündige dich nicht!«

»Bitte glaubt mir doch! Ich sage die Wahrheit!«

»Was hattest du überhaupt im Schlafgemach des Kaufmanns verloren?«

»Ich habe nach einem Buch mit geheimnisvollen Zeichen gesucht. Es soll unermesslich wertvoll und im Haus der Lallinger versteckt sein. Ich wusste davon, und es erschien mir günstig, in dieser Nacht auf die Suche zu gehen. Im Haus war es ruhig und die Bediensteten sinnlos besoffen.«

»Weil du ihnen den Branntwein ausgegeben hast, wahrscheinlich hast du auch noch ein Schlafmittel hineingetan.«

»So ist es nicht gewesen. Auf einmal stand das Fässchen da und alle haben sich darüber hergemacht. Ich weiß nicht, wo es herkam. Ich dachte, das wäre eine gute Gelegenheit, um mich im Haus umzusehen und habe nur so getan, als ob ich mich ebenfalls volllaufen ließe. Als dann keiner mehr aufrecht stehen konnte und sich die Knechte über die Mägde hermachten, habe ich mich fortgeschlichen, um das Anwesen zu durchsuchen. Der Himmel war klar und der Vollmond schien, sodass man leidlich sehen konnte.«

»Du langweilst uns mit deinen Lügengeschichten, sag einfach die Wahrheit«, unterbrach ihn Emmeran.

Der Richter warf dem Büttel einen strafenden Blick zu und sprach zu dem Gefangenen gewandt: »Sprich weiter. Wir werden sehen, ob wir dir Glauben schenken oder nicht.«

»Als Erstes schlich ich mich in die Küche. Ich musste doch immer darauf gefasst sein, dass jemand aufwacht. Deshalb versuchte ich, so leise wie möglich zu sein. Neben der Küche in ihrem Verschlag lag die Kathrein in ihrem Blut. Ich vermutete anfangs einer von den besoffenen Kerlen hätte sich über sie hergemacht und sie dann umgebracht. Zuerst wollte ich mich aus dem Staub machen, aber dann dachte ich an das geheimnisvolle Buch und das viele Geld, das ich dafür bekommen würde. Also besiegte ich meine Furcht und schlich weiter. Ich fand nichts im Kontor und auch nichts in den anderen unteren Räumen, deshalb versuchte ich mein Glück im Schlafgemach der Eheleute. Aus deren Kammer drang kein Laut, kein Atmen und kein Schnarchen. Nachdem ich den Raum vorsichtig betreten hatte, wunderte ich mich über die Putzbrocken und Steinchen, die den Fußboden bedeckten und mittendrin befand sich der Fetzen Papier, den ihr bei mir gefunden habt. Er schien wie ein heller Fleck im Mondschein, und ich steckte ihn ein. Danach gefror mir das Blut in den Adern. Im Licht des Mondes erkannte ich meine Dienstherren, die in ihrem Blut tot auf dem Bett lagen. Da ergriff ich die Flucht. Ich entkam nach draußen, und Gott sei Dank hat mich niemand gesehen. Als ich das Gebäude verlassen wollte, sah ich den flackernden Lichtschein einer Fackel, der aus dem Kellergewölbe hervordrang. Ein kräftiger Mann, ich konnte sein Gesicht nicht erkennen, schleppte eine kleine, aber offensichtlich schwere Holzkiste nach oben. Auf der Kiste befand sich ein gelbes Wappen mit roten Punkten, mehr konnte ich nicht erkennen. Ich hielt mich versteckt, bis der Mann durch das Eingangstor des Anwesens verschwunden war. Danach begab ich mich zurück zu meinem Schlafplatz und legte mich zur Ruhe.«

»Warum hast du uns diese Geschichte nicht sofort erzählt, als wir die Ermordeten gefunden haben? Ich kann dir nicht glauben«, entgegnete der Richter.

»Genau deshalb! Ich hatte Angst, ihr würdet mir keinen Glauben schenken. Zudem hättet ihr wissen wollen, was ich mitten in der Nacht in der Schlafkammer meines Herren zu suchen hatte.«

»Da hast du allerdings Recht.«

»Außerdem hatte ich das Buch ja immer noch nicht gefunden. Deshalb bin ich auch in der Stadt geblieben.«

Wieder konnte sich Emmeran nicht zurückhalten. »Du Heuchler! Wenn du dich aus dem Staub gemacht hättest, wäre allen klar gewesen, dass du der Mörder bist. Deshalb bist du nicht geflohen. Du hast sie umgebracht, die Kiste und die Kladde mit den Rezepturen in deine Gewalt gebracht und versteckt. Du wolltest abwarten, bis wir die Suche nach dem Verbrecher einstellen und dich dann in aller Ruhe davon machen.

So ist es gewesen und nicht anders. Ich glaube dir kein Wort.«

Der Richter wirkte nicht erfreut über die Eigenmächtigkeiten des Büttels. »Aus dem, was du uns weiszumachen versuchst, folgere ich: Dich hat jemand damit beauftragt, das wertvolle Buch, von dem du die ganze Zeit redest, zu beschaffen. Für wen schnüffelst du in Aichach herum?«

Der Angeklagte senkte den Blick und schwieg.

»Du wirst uns deinen Auftraggeber schon nennen, wenn nicht heute, dann eben morgen. Du kannst es dir überlegen. Morgen oder in den nächsten Tagen werden wir dich der Tortur des zweiten Grades unterziehen. Dann wirst du uns erzählen, wie sich alles zugetragen hat. Es durchaus möglich, dass alles so geschah, wie es dir der Büttel vorgeworfen hat.«

»Ich habe niemanden getötet. Aber wenn ich Namen nenne, werden sie mich umbringen.«

»Wer ist »sie«? Wenn du keine Namen nennst, wirst du erst auf der Streckbank mit glühenden Zangen gezwickt und anschließend landest du am Galgen. Du scheinst dir deiner Lage noch nicht bewusst zu sein.« Mit diesen Worten erhob sich Leonard Sandizeller und verließ den Kerker.

Simon und Ludwig folgten dem Richter. Im Burghof sprach sie Leonard Sandizeller nochmals an. Er lobte die beiden und klopfte ihnen auf die Schulter. »Gut gemacht. Ohne euch würde der Verbrecher weiter frei herumlaufen. Ich danke euch.«

Stolz antwortete Ludwig. »Es war unsere Pflicht und deshalb selbstverständlich. Dein Lob ehrt uns.«

Leonard Sandizeller verabschiedete sich von ihnen und entfernte sich. Nach wenigen Schritten drehte er sich noch einmal um. »Ich vergaß euch zu sagen, dass ich heute in aller Frühe den Befehl erteilt habe, die Gaukler freizulassen. Ich habe jetzt keinen Zweifel mehr an ihrer Unschuld.«

Wie vom Blitz getroffen starrte Simon ihn an, machte kehrt und rannte, so schnell er konnte, durch das Burgtor in Richtung des Marktplatzes. Der Richter blickte ihm kopfschüttelnd hinterher. »Was ist denn in den gefahren?«

Ludwig kannte die Antwort, zuckte aber nur mit den Achseln.

»*Gesa!*« Nichts anderes ging Simon durch den Kopf. *»Ich muss sie noch einmal sehen und ihr alles erklären.«*

Der Bader stieß mehrere Leute zur Seite, die ihm in die Quere kamen. Auf dem Marktplatz rempelte er einen Metzger an, welchem daraufhin das Huhn, dem er gerade den Kopf abschlagen wollte, entwischte und entkam laut gackernd zwischen den Beinen der Umherstehenden. Wütend drohte ihm der Geschädigte mit der geballten Faust. Auch der Wachsoldat am Oberen Tor konnte ihn nicht aufhalten, als er durch das Stadttor, die beiden Mauerringe und die hölzerne Brücke des Stadtgrabens stürmte. Hinter den letzten Häusern der Vorstadt blieb er atemlos stehen. Von den Gauklern war nichts mehr zu sehen. Der Lagerplatz war leer. Nur am niedergedrückten Gras konnte man erkennen, wo vor kurzem noch die Zelte gestanden hatten. Am Horizont auf der Straße nach Augsburg glaubte er noch ein von Pferden gezogenes Fuhrwerk zu erkennen. Er war sich aber nicht sicher, ob es die Gesuchten waren. Mit hängendem Kopf trottete Simon in die Stadt zurück.

Der Bader wusste nicht, wie lange er verstört und verzweifelt in den Gassen der Stadt herumgewandert war. Am späten Nachmittag fand er sich vor seinem Haus in der Essiggasse wieder. Die Nachbarn, die auf der Straße standen, stießen sich an, tuschelten und manche zeigten mit dem Finger auf ihn. Simon gab sich einen Ruck, öffnete die Eingangstür und trat ins dunkle Innere. Seine Frau Barbara stand vor der Feuerstelle und schien bereits auf ihn gewartet zu haben.

»Wo bist du gewesen? Ich habe mir große Sorgen gemacht und beim Bürgermeister und deinem Freund Ludwig nachgefragt, wo ich dich finden könnte. Sie erklärten, eigentlich müsstest du zu Hause sein, da die Ermittlungen fast abgeschlossen wären und sie dich am heutigen Tag nicht mehr benötigen würden. Also wo hast du gesteckt?«

Simon dachte, dass es jetzt an der Zeit wäre, Barbara alles zu gestehen und ihr reinen Wein einzuschenken. »Ich musste nachdenken und bin in der Stadt herumgelaufen.«

»Oder hast du dich etwa mit einem Frauenzimmer herumgetrieben? Ich habe dich die ganze Zeit in Verdacht. Du benimmst dich ganz anders, so merkwürdig, seit du aus Augsburg zurückgekehrt bist. Sag, treibst du es mit irgendeiner Hure in der Stadt?«, schrie sie ihn an.

»Die Wahrheit musste heraus. Zwei Seelen herrschten in seiner Brust, die eine forderte ihn auf, seine Sünden zu beichten. Die andere gab zu bedenken: »Überlege es dir gut, du belastest deine Familie nur mit dieser dummen Geschichte. Gesa ist sowieso für dich verloren, willst du jetzt auch noch das Schicksal deiner restlichen Familie aufs Spiel setzen? Wenn es dem Richter und dem Pfarrer zu Ohren kommt, stellen sie dich im geringsten Fall vor dem Rathaus an den Pranger. Es könnte auch weit schlimmer kommen. Willst du dir und deiner Familie diese Schande antun? Bis jetzt bist du doch auch immer ohne

Blessuren aus allen Unannehmlichkeiten herausgekommen. Sei nicht dumm.««

»Ich warte auf eine Antwort? Steh nicht nur herum und glotz mich blöd an.«
»Ich weiß nicht, wovon du sprichst!«

»Die Stimme, die ihn darin unterstützte allem Unangenehmen aus dem Weg zu gehen, hatte wieder einmal über die Stimme der Redlichkeit gesiegt. Aber morgen würde er in die Kirche gehen, beichten und alle Bußen auf sich nehmen. Der Pfarrer musste schließlich das Beichtgeheimnis wahren.«

»Die ganze Stadt redet schon über dich. Du sollst einer Frau von diesen Herumtreibern, die in Zelten vor der Stadt hausen, nachstellen. Du schämst dich nicht einmal, dich mit ihr in aller Öffentlichkeit herumzustreiten. Du bringst Schande über deine Familie und dieses Haus. Für wie dumm hältst du mich eigentlich?«
Simon war es ganz heiß geworden. Jetzt durfte ihm kein falsches Wort mehr über die Lippen kommen. »Statt mich einfach zu fragen, was geschehen ist, glaubst du irgendwelchen Giftschleudern, die mich mit Dreck bewerfen. Ja, ich habe mich an der Trift mit einer von diesen Frauen herumgestritten. Das ist wahr.«
»Jetzt gibst du es also zu?«
»Ich gebe zu, dass ich mich mit einer von denen gestritten habe. Sie hat sich mir in den Weg gestellt und hat mich um Geld angebettelt. Dafür hat sie mir ihren Körper angeboten. Als ich das abgelehnt habe, hat sie geschrien und versucht mich zu schlagen. Da bin ich auch lauter geworden. Das haben irgendwelche alten

Weiber gehört, die daraus ihre Lügengeschichte gestrickt haben. So leicht kommt man in Verruf.«
»Und das soll ich dir glauben?«

Der Bader schämte sich vor sich selber. Warum konnte er nicht zu dem stehen, was er getan hatte? Er tat sich selber leid. Die arme Gesa. Er hatte sie zu einer Hure gemacht. Niemals würde sie ihm verzeihen. Sie hatte mit allem, was sie bei ihrem letzten Gespräch über ihn gesagt hatte, Recht. Er hatte nicht den Mut sich bei unangenehmen Dingen der Wahrheit zu stellen. In allen Phasen seines Lebens hatte er sich aus solchen Situationen herausgelogen.

»Du musst mir glauben, denn es ist die Wahrheit. Niemals würde ich dich anlügen und das Schicksal und die Ehre meiner Familie aufs Spiel setzen. Als ich aus Augsburg zurückkehrte, wart ihr todkrank und es hätte nicht viel gefehlt und ich hätte meine Lieben verloren. Tag und Nacht bin ich nur für euch da gewesen. Glaubst du, da habe ich andere Weiber im Kopf gehabt? Glaubst du das?«
Barbara fiel ihm um den Hals und schluchzte erbärmlich. »Es tut mir so leid. Kannst du mir noch einmal verzeihen? Ich werde nie wieder auf das dumme Geschwätz der Nachbarn hören. Vielleicht war es die Krankheit und die Angst um die Kinder, die mich mit Blindheit geschlagen hat. Verzeih mir!«
»Ich kann dich gut verstehen, die schweren letzten Tage waren einfach zu viel für dich.« Simon nahm sie in den Arm und drückte sie kräftig an sich.

Er ekelte sich vor sich selber. Er war ein großer Heuchler und Lump.

28

Am nächsten Morgen machte sich der Bader auf den Weg zur herzoglichen Burg, um der weiteren Befragung des vermeintlichen Mörders beizuwohnen. Barbara brachte ihn zur Tür und küsste ihn zärtlich zum Abschied. Das hatte sie schon seit Jahren nicht mehr getan. Alle Schwierigkeiten schienen sich in Wohlgefallen aufzulösen. Simon war glücklich und verschwendete keinen Gedanken mehr an Gesa. Auch die Überlegung zur Beichte zu gehen, hatte er in seinen Planungen weit nach hinten geschoben.

Überrascht stellte Simon fest, dass der Bürgermeister, der Richter und der Pfarrer heftig diskutierend vor dem Burgtor standen. Ludwig Kroiß und der Büttel hörten aufmerksam zu. Hatte sich die Befragung verschoben? Sie sollten schon im Kerker sein. Der Bader näherte sich.

Mit beiden Händen gestikulierte Chuntz Zellmeier. »Ich sehe eine goldene Zukunft für unsere Stadt. An der Paar wird sich eine Pulvermühle an die nächste reihen. Über den Wäldern werden schwarze Rauchsäulen der Kohlenmeiler aufsteigen und die feinste Holzkohle für das neue Pulver erzeugen. Nachts leuchten die Wälder. Das hochexplosive Sprengpulver wird in alle Länder der christlichen Welt geliefert werden.«

Der Richter unterbrach ihn. »Nicht in alle Länder, nur in die Länder, die unserem Herrn, dem Herzog, wohlgesonnen sind. Dieses neue Pulver, diese starke Kraft, macht uns allen anderen überlegen. Der Herzog hätte endlich die Macht, Bayern unter einem Wittelsbacher zu vereinen. Durch seine starke Hand wird das Bayernland die Stellung im Reich einnehmen, die ihm gebührt. Nach fast einhundert Jahren könnte möglicherweise auch wieder ein Wittelsbacher den Titel eines deutschen Königs und römischen Kaisers führen.«

Dem Bürgermeister standen Tränen in den Augen. »Solch eine großartige Entwicklung kann von unserem kleinen Gemeinwesen, das kaum jemand im Reich kennt, ausgehen. Wohlstand und Wohlfahrt für all unsere Bürger. Die Stadt wird wachsen und sich in wenigen Jahren mit dem ehrwürdigen Augsburg messen können.«

Simon schüttelte den Kopf und dachte, dass sie jetzt wohl alle vollständig übergeschnappt wären. Der Pfarrer hielt die beiden Teile der Rezeptur in die Höhe. »Nicht nur die weltlichen Machtverhältnisse werden sich ändern, auch ein baldiger Sieg des wahren Glaubens über seine Feinde rückt näher. Mit den neuen Waffen, die aufgrund der Erfindung unendlich mehr Zerstörungskraft besitzen, werden wir die heiligen Stätten und Jerusalem von den Ungläubigen zurückerobern und sie in die tiefsten Löcher der Wüste zurücktreiben. Wenn das Heilige Land befreit ist, werden wir mit Unterstützung der katholischen Majestäten das Ketzertum in den christlichen Königreichen mit Stumpf und Stiel ausrotten.«

Simon bekam ein flaues Gefühl im Magen, als er dies alles hörte. Der Geistliche fuchtelte mit den Zetteln in der Luft herum. Plötzlich entglitt ihm ein Blatt und fiel zu Boden. Unbemerkt hatte sich ihnen eine weiße Ziege mit zottligem Fell genähert. Die halblangen Hörner gesenkt schritt sie voran und sucht am Boden nach Fressbarem. Die Gesichter wurden starr vor Schreck, als sich die Geiß ins Blickfeld schob und das entfallene Stück Papier mit dem Maul aufnahm und zu kauen begann. Ein gellender Schrei aus vielen Kehlen führte dazu, dass das Tier einen Satz machte und so schnell es konnte entfloh.

»Der Gehörnte, das ist der Gehörnte!«, kreischte Hanns Frankfurter. »Der Leibhaftige ist uns erschienen, um die Christenheit ins Verderben zu führen. Fasst das Untier, entreißt ihm das Blatt! Schneidet ihm den Magen auf und holt es heraus.!« Die drei Honoratioren der Stadt, der Büttel und Ludwig Kroiß rannten hinter der Ziege her. Das Tier blieb noch einmal stehen, um sich umzublicken. Sie kaute noch, schien aber den Rest des Papiers bereits verschlungen zu haben. Simon kam es vor, als ob die waagerechten Pupillen in den gelben Augen vor Schadenfreude blitzten. Dann verschwand das Hörnertier mit lautem Gemecker, das wie fröhliches Lachen klang, in einer dunklen Gasse.

Der Richter gab bereits nach wenigen Schritten schnaufend die Verfolgung auf. Der Bürgermeister und der Geistliche erreichten noch die Gasse in die das Vieh gerannt war, bevor sie anhielten, während Ludwig und Emmeran die Jagd fortsetzten. Nachdem sie die erfolglose Suche aufgegeben hatten, kehrten sie zum Burgtor zurück.

»Weshalb hast du uns nicht geholfen die Ziege einzufangen? Hast du kein Interesse daran, dem Untier das Gestohlene zu entreißen?«, wollte der empörte Bürgermeister von Simon wissen.

»Was glaubst du, was man auf dem Papier noch erkennen kann, wenn es erst einmal im Magen war? Es ist dann nur noch ein ekeliger Schleimklumpen. Nachdem die Geiß wegrennen konnte, war es für jegliche Rettungsaktion zu spät. Deshalb bin ich nicht hinterhergelaufen. Es war zu spät.«

»Also bliebst du zurück und dachtest dir: Lass die Idioten ruhig rennen«, fauchte ihn der Richter an.

»Dieser Verlust ist ein Schlag für die gesamte Christenheit. Dahinter kann nur der Leibhaftige persönlich stecken. Einzig er hat ein Interesse daran, den Sieg des Guten über das Böse, des wahren Glaubens über die Finsternis, zu verhindern. Wir stehen hier an vorderster Front diese Kampfes und es scheint mir, wir haben eine wichtige Schlacht verloren.« Der Geistliche drehte sich um und verschwand mit hängenden Schultern im nahegelegenen Pfarrhaus.

Der Richter ergänzte: »Das ist nicht nur ein Schlag für die Kirche, sondern auch für die Stadt und unseren Herzog.«

Simon schwieg und dachte für sich: »*Vielleicht ist es aber auch ein Zeichen Gottes, der das tausendfache Blutvergießen satthat und das Unglück verhindern will, welches eine solch gewaltige Waffe über die Menschheit gebracht hätte. Denn das Gebot des Herrn lautet: Du sollst nicht töten und nicht: Willst du nicht mein Bruder sein, so schlag ich dir den Schädel ein.*« Aber Simon würde schweigen, denn andere waren schon wegen viel weniger dem Feuer überantwortet worden.

Diese Ziege hatte vorher nie jemand in der Stadt gesehen und auch später blieb das Tier, trotz aller Nachforschungen, verschwunden.

Nach einigem Hin und Her über das eben Geschehene und den daraus entstehenden Folgen für die Stadt, das Herzogtum und die Christenheit drängte der Bader: »Lasst uns jetzt endlich zurück in den Kerker gehen und die Vernehmung des Verdächtigen fortsetzen.«

Die Umstehenden blickten ihn überrascht an. Chuntz Zellmeier antwortete: »Du scheinst nicht auf dem neuesten Stand der Dinge zu sein. Der Gefangene ist nicht mehr bei uns im Kerker.«

»Wie? Er ist nicht mehr bei uns im Kerker? Das verstehe ich nicht!« Simon Schenk konnte den Ausführungen des Bürgermeisters nicht folgen.

»Wie ich schon sagte, der Italiener ist nicht mehr im Kerker. Soldaten des Herzogs haben ihn mitgenommen.«

»Was? Jetzt verstehe ich gar nichts mehr.« Simon stand ratlos vor den anderen.

»Gestern, nachdem du plötzlich weggerannt bist, erschien ein Bote mit mehreren Soldaten und einem Schreiben des Herzogs. Darin befahl dieser, dass der Spion unverzüglich zur Befragung nach Ingolstadt zu überstellen sei. Heute Morgen in aller Frühe haben sie Aichach mit dem Gefangenen verlassen«, erklärte Chuntz Zellmeier.

»So etwas könnt ihr doch nicht tun. Er steht unter Mordverdacht. Jetzt werden wir nie sicher sein, wer die Morde begangen hat«, empörte sich der Bader.

Nun mischte sich der Richter ein. »Bist du noch bei Sinnen? Wenn der Herzog befiehlt, ihm einen gefangenen Spion zu überstellen, so haben wir dieser Weisung Folge zu leisten. Da gibt es keine Diskussionen. Außerdem ist für mich bewiesen, dass Lorenco Forlan unser gesuchter Mörder ist. Damit ist der Fall für mich abgeschlossen.«

»Auch wenn wir beweisen können, dass er unser gesuchter Mörder ist, so entgeht er durch die Überstellung nach Ingolstadt möglicherweise seiner gerechten Strafe.«

Der Richter verlor langsam die Geduld. »Wir haben uns den Weisungen des Herzogs zu fügen, ob es uns nun gefällt oder nicht. Außerdem wird er auch dort seine Strafe erhalten. Mit Verrätern fackelt der Herzog nicht lange und auch mit der Folter, um die Auftraggeber des Spions herauszufinden, werden die Ingolstädter nicht so zimperlich umgehen wie wir. Ob sie ihn letztendlich an der Donau als Spion oder wir ihn hier bei uns als Mörder hängen, ist gehupft wie gesprungen. Damit ist der Gerechtigkeit Genüge getan.«

Als Simon Luft holte, um zu antworten, gebot ihm Leonard Sandizeller zu schweigen. »Ich will nichts mehr hören. Es ist alles gesagt. Ich habe jetzt Wichtigeres zu tun.« Damit stampfte er durch das große Tor zurück in die Burg.

Zur selben Zeit trat Hanns Frankfurter, angetan mit seinem Messgewand, aus dem Pfarrhaus. Zwei Ministranten, gekleidet in weiße Chorhemden, unter denen rote Chorröcke hervorlugten, begleiteten ihn. Der erste Messdiener trug ein schwarzes Holzkreuz voran. Dahinter folgte der zweite, der ein silbernes Fass mit Weihrauch schwenkte. Der Geistliche murmelte Gebete, die er einem in schwarzem Leder gebundenen Büchlein entnahm. Unter diesem Buch hielt er in derselben Hand ein Gefäß mit Weihwasser. Alle paar Schritte verspritzte er geweihtes Wasser mit einem silbernen Aspergill in alle Himmelsrichtungen. Sie schienen dem Weg zu folgen, den die Ziege genommen hatte. Als die kleine Prozession an dem immer noch heftig diskutierenden Personen um den Bürgermeister vorbeizog, schwiegen diese und bekreuzigten sich.

Nachdem die Betenden in einer Gasse verschwunden waren, ging die Auseinandersetzung weiter. Simon schimpfte: »Ihr könnt doch nicht so tun, als ob jetzt für euch alles klar wäre.«

»Also, dir könnte der Italiener den Mord persönlich gestehen, dann würdest du es immer noch nicht glauben. Du musst immer Schwierigkeiten machen«, fuhr ihn der Büttel an.

»Er hat aber nicht gestanden und ich denke, wir hätten noch zahlreiche Fragen an ihn gehabt.«

»Simon, ich sehe es wie die anderen. Für mich ist der Mord aufgeklärt, auch wenn wir die Tat nicht in jedem einzelnen Punkt nachvollziehen konnten«, erklärte Ludwig Kroiß.

»So versteht mich doch. Lorenco hat eine Erklärung für die Mordnacht gegeben, die man nachvollziehen kann. Er hat erklärt, wie er zu dem Papier kam. Es gibt keinen vernünftigen Grund, weshalb er den Mönch hätte umbringen sollen. Man hat kein Gold bei ihm gefunden. Er hatte keine Veranlassung all diese Menschen zu ermorden. Natürlich könnte er es gewesen sein, aber dafür haben wir keine stichhaltigen Beweise.«

Der Bürgermeister sprach nun ebenfalls ein Machtwort. »Der Richter hat entschieden und damit steht fest: Lorenco Forlan ist der Mörder, den wir gesucht haben. Die Jagd nach dem Verbrecher ist erfolgreich beendet – auch für dich, Simon. Ich möchte mich im Namen der Stadt Aichach bei dir für deinen großen Einsatz und die Opferbereitschaft bedanken, mit der du uns unterstützt hast. Ohne dich hätten wir den Fall nicht aufklären können und der Mörder wäre nicht in unsere Hände geraten. In Kürze wirst du die Belohnung erhalten, die dir zusteht. Wir werden sie dir feierlich bei der nächsten Sitzung des Rates der Stadt überreichen. Du kannst dich jetzt wieder mit voller Kraft deiner Familie, der ich auch von ganzem Herzen danke, widmen und deinem Handwerk nachgehen. Ich bin mir sicher, dass du uns in Notlagen immer wieder mit Rat und Tat zur Seite stehen wirst.« Chuntz Zellmeier schüttelte dem Bader die Hand und umarmte ihn.

Simon stand da wie ein begossener Pudel und ließ die Schultern hängen. »Ich hoffe nur, dass ihr Recht habt und kein vierfacher Mörder unter uns unerkannt und unbehelligt herumläuft.«

29

Durch den harten Winter gingen bei vielen ärmeren Familien die Vorräte zur Neige. Brot, Fleisch und Getreide wurden für zahlreiche Menschen unerschwinglich. Im Haus des Baders Simon Schenk herrschte keine Not, aber nur noch wenige Bürger kamen, um sich Bart und Haare stutzen oder eine Warze ausbrennen zu lassen. Die Menschen brauchten ihr kärgliches Einkommen für wichtigere Dinge. Die Badestube besuchte zu dieser Jahreszeit sowieso keiner. Seit Jahren gab es keinen so kalten Winter mehr. Selbst in Aichach kam es vor, dass Menschen erfroren. Auf den Dörfern war die Not noch größer und Reisende berichteten, dass arme Bauern verhungert wären.

Im Haus der Schenks brannte den ganzen Tag das Feuer unter der Kochstelle. Dies erwärmte jedoch nur einen kleinen Kreis um die Wärmequelle herum. Gott sei Dank hatten sie im Herbst ausreichend Brennholz gekauft, welches eigentlich zum Heizen des Badewassers bestimmt war. Die bittere Kälte durchdrang das ganze Haus, da es an allen Ecken und Enden zog, obwohl sie die Fensteröffnungen mit alten Decken und Flickenteppichen zugestopft hatten. In den Schlafkammern unter dem Dach suchte sich der Schnee seinen Weg durch die Ritzen der Holzschindeln und bedeckte alles mit einem weißen, eisigen Flaum. Die beiden Kinder schliefen jetzt nachts nicht mehr in ihrer Kammer, sondern kamen zu den Eltern in die Schlafstatt gekrochen. Das Leben in der Stadt war fast zum Erliegen gekommen. Die Bürger verließen die Häuser nur noch, wenn sie nicht anders konnten. Es fand auch kein Markt mehr statt, da weder die Bauern noch fahrende Händler bereit waren in der Kälte ihre Waren anzubieten. Außerdem bereiteten die zugefrorenen Brunnen, die aus dem Stadtbach gespeist wurden, große Schwierigkeiten. Die Aichacher mussten Schnee auftauen, um an Trinkwasser zu gelangen. Das einzig Gute des starken Frostes bestand darin, dass der Unrat in den Gassen einfror und unter einer dicken Schicht Schnee versteckt lag. Der übliche Gestank nach Kot und Verwesung war verschwunden.

In dieser kalten und dunklen Jahreszeit blieb die Stimmung im Haus der Baderfamilie gedrückt. Es kam mehrfach zu Streitigkeiten zwischen den Eheleuten. Meistens boten Nichtigkeiten den Auslöser. Simon dachte nachts oft an Gesa. Wie es ihr wohl erginge? Wie würde das fahrende Volk den harten Winter überstehen? Müssten sie Hunger leiden? Er hatte bis zu diesem Tag keinen seiner guten Vorsätze erfüllt. Weder hatte er Barbara seinen Seitensprung gestanden, noch war er zur Beichte gegangen. Die Gedanken an Barbara erfüllten ihn mit einer tiefen Traurigkeit. Diese ließ ihn keinen Schlaf mehr finden und er wälzte sich von einer Seite auf die andere.

Ein zweiter Gedanke beschäftigte ihn fast jeden Tag. Hatten sie im letzten Jahr den richtigen Täter gefasst, oder lief der Mörder der drei Menschen im Haus der Lallinger und des Franziskanermönches immer noch frei herum? Lorenco Forlan war im letzten Jahr, kurz nachdem ihn die Soldaten des Herzogs in Aichach mitnahmen, in Ingolstadt gehenkt worden. Simon wusste nicht, ob er noch etwas über die Verbrechen in Aichach ausgesagt hatte. Es war für die Ingolstädter vermutlich nicht von Bedeutung gewesen. Außerdem zweifelte auch in der Stadt an der Paar niemand an der Schuld des Italieners.

Am ersten Tag der Woche bat Barbara Simon nach ihren Eltern zu sehen, die in der Nähe des Pfarrhofes wohnten. Er hatte zwar keine Lust das Haus zu verlassen, aber die Eltern seiner Frau waren nicht mehr die Jüngsten und sie hatten seit mehreren Tagen nichts mehr von sich hören lassen. Der Bader umwickelte seine Waden und die Füße mit wollenen Fußlappen und schlüpfte in seine festen Lederstiefel. Bevor er sich einen wärmenden braunen Umhang um die Schultern schlang, streifte er sich eine graue, wollene Gugel über. So warm eingehüllt trat Simon in die Gasse. Zuerst traf ihn die Kälte wie eine Keule und die Helligkeit blendete ihn. Seine ganze Familie hatte sich seit Tagen im finsteren Haus verkrochen. Draußen schien die Sonne über einem strahlend blauen Himmel. Die Eiskristalle glitzerten auf den Dächern, die Stadt wirkte wie verzaubert und mit Zucker bestreut. Es bewegten sich kaum Aichacher in den Straßen und Simon stapfte durch den frisch gefallenen Schnee. Es war ein wunderbarer Tag, sodass der Bader beschloss nicht den direkten Weg zu seinen Schwiegereltern zu suchen, sondern über den Marktplatz zu streifen. Vielleicht würde er Bekannte treffen, während er die frische Luft genoss. Er verharrte vor dem Unteren Tor und unterhielt sich mit der an einem Feuerkorb frierenden Stadtwache. Danach strebte er zum Rathaus, aber auch dort herrschte Ruhe.

Er schlenderte weiter durch die Kälte. Auf einmal blieb er, wenige Schritte vom Rathaus entfernt, wie angewurzelt stehen. Eine Fußspur im Schnee erregte seine Aufmerksamkeit. Diesen Abdruck hatte er schon einmal gesehen, und zwar im Sand des Kellers im Haus des Kaufmanns Lallinger. Es war dasselbe Muster und die gleiche Größe wie die Spur, die der Mörder im Kellergewölbe des Mordopfers zurückließ, als er die Kiste ausgrub. Ein Riss im rechten Schuh, der von der Mitte der Innenseite des Schuhs bis zur Mitte des Fußballens reichte.

Simon schlug die Faust der rechten Hand auf die Handfläche der Linken, so dass es klatschte: »Der Mörder ist also noch unter uns. Ich habe es doch immer gewusst.«

Kaum ein Mensch befand sich auf dem Marktplatz und erst vor kurzem hatte es zu schneien begonnen. Deshalb war die Fährte im Schnee klar zu erkennen und Simon folgte ihr. Den Blick fest auf den Boden gerichtet, ließ er das Haus des Bürgermeisters linkerhand liegen. Wenige Schritte später bog der Unbekannte links in eine Hofeinfahrt ab. Der Bader blickte nach oben und erkannte, dass er sich vor dem Anwesen des ermordeten Kaufmanns Lallinger befand.

»Das ist ja unglaublich«, murmelte Simon und suchte nach weiteren Spuren im Schnee.

Das Tor öffnete sich und ein kräftiger Mann trat heraus, vermutlich ein Posten, der das Haus bewachte.

»Was hast du hier herumzuspionieren? Mach, dass du verschwindest!«

Um Ausreden war der Bader nie verlegen. »Mir ist eine Silbermünze hier irgendwo in den Schnee gefallen und ich kann sie nicht finden.«

Hilfsbereit begann nun auch der Knecht im Schnee zu suchen.

»Danke, dass du mir hilfst. Es ist wirklich ärgerlich, wenn man Geld verliert. Wenn ich Pech habe, findet es erst dann jemand, wenn der Schnee schmilzt.«

»Da kannst du Recht haben.«

Simon überlegte, wie er den Mann am besten aushorchen könnte. Dieser war nicht der Gesuchte, denn er besaß viel zu große Füße. »Ich heiße Simon und bin der Bader aus der Essiggasse. Du könntest dir ruhig auch einmal deinen Bart und die Haare stutzen lassen. Ich mache dir auch einen besonders günstigen Preis.«

Der Knecht sah ihn an. »Für so was habe ich kein Geld. Ich rasiere mir ab und an den Schädel und den Bart, gerade so, wie mir danach ist. An mir wirst du keinen Pfennig verdienen.«

»Das macht nichts, vielleicht überlegst du es dir nochmal anders. Der alte Lallinger war ein guter Kunde von mir, während der neue Herr sich irgendwo anders die Haare schneiden lässt.«

»Der ist in letzter Zeit auch immer seltener in Aichach. Gestern erst ist er zu seinen Eltern nach Schrobenhausen gereist.«

»Früher war in diesem Haus reger Betrieb. Die Kundschaft ging ein und aus und das Gesinde hatte den ganzen Tag zu tun. Von den Alten ist scheinbar keiner mehr da, dich kenne ich auch nicht. Wie viele Leute hat der junge Herr denn heute noch in Diensten?«

Der Befragte wurde auf einmal misstrauisch. »Dir sag ich gar nichts. Du spionierst also doch hier herum. Mach bloß, dass du verschwindest. Hier gibt es nichts auszukundschaften.«

Es war besser, sich aus dem Staub zu machen, denn der Kerl sah aus, als würde er sich jeden Moment auf den Bader stürzen. »Hab´ dich nicht so. Warum sollte ich mich für euch interessieren? Wenn du so unfreundlich bist, dann gehe ich eben. Aber glaube mir, du solltest dir wenigstens einmal die Haare und den Bart von mir schneiden lassen. Dann rennen die Mädchen nicht sofort schreiend vor dir davon.«

Der Knecht versuchte Simon einen Schlag zu versetzen, aber der hatte sich schon durch einen Sprung nach hinten in Sicherheit gebracht. Lachend zog er weiter, während der Bewacher des Anwesens wütend das Tor zuknallte.

Simon wusste nicht, was er tun sollte. Alleine konnte er nichts ausrichten. Er brauchte Hilfe. Ihm fiel Ludwig ein. Der könnte ihm weiterhelfen. Der Bader ging zum Rathaus zurück, aber dort traf er nur den Büttel Emmeran.

»Wahrscheinlich findest du ihn in seinem Haus am Oberen Tor«, beschied ihm Emmeran unfreundlich, denn er konnte den Bader immer noch nicht leiden. Simon bedankte sich und machte sich auf den Weg zum Haus des Freundes.

Der Bader pochte an die hölzerne Tür des Wohnhauses des neuen Hauptmanns der Stadtwache. Er musste einige Zeit warten bis schließlich Ludwig die Tür einen Spalt öffnete. Der Freund wirkte bestürzt als er den Besucher sah.

»Simon, was für eine Überraschung. Du hast dich lange nicht sehen lassen. Was kann ich für dich tun?«

Der Bader sah ihn an. »Willst du mich nicht hereinbitten? Soll ich dir das hier draußen erzählen? Los mach schon, bevor ich mir hier draußen den Arsch abfriere.«

Der Bader schob seinen Freund zur Seite und betrat das Haus. Dort blieb er wie vom Blitz getroffen stehen. Nach einer kleinen Ewigkeit stammelte er: »Gesa? Du hier? Das kann nicht sein, was machst du denn hier?«

»Grüß dich, Simon. Ja, ich bin hier.«

Ludwig, der in der Zwischenzeit die Tür geschlossen hatte, trat zu Gesa und nahm sie in den Arm. »Wir wollten es dir schon die ganze Zeit sagen. Wir sind ein Paar und wollen am Ende des Winters heiraten. Das Aufgebot ist schon bestellt.«

Simon war immer noch sprachlos und starrte nur entsetzt von einem zum anderen. »Wir haben schon auf dem Rückweg von Augsburg unsere Zuneigung füreinander entdeckt. Bevor meine Gefährten freikamen, haben wir uns ab und zu getroffen. Ludwig, ist der Mann den ich liebe, offen, ehrlich und geradeheraus.« Jetzt kam die kleine Maria die Stiege herunter, ging zu ihrer Mutter und umklammerte liebevoll deren Hüften. »Und mein zukünftiger Mann wird auch ein fürsorglicher Vater für meine Tochter sein. Ich begleitete meine Freunde noch nach Augsburg und zeigte ihnen ihr Winterquartier. Bevor die große Kälte einsetzte, kehrte ich mit Maria nach Aichach zurück. Die Nachbarn haben sich zwar das Maul zerrissen und der Pfarrer war auch schon da, aber wir werden ja, wenn es wieder wärmer wird, heiraten. Bis dahin müssen sie halt damit leben, dass die Kleine und ich schon in Ludwigs Haus wohnen.«

Ludwig druckste herum. »Ich dachte, dass mit uns beiden hätte sich schon bis zu dir herumgesprochen.«

Simon schüttelte nur den Kopf. »Also, eigentlich wollte ich dich in den letzten Tagen besuchen kommen und dich und deine Frau zu unserer Hochzeit einladen. Tut mir leid, dass ich das noch nicht geschafft habe.«

Der Bader wusste nicht, wie ihm geschah. Mit allem hatte er gerechnet, nur nicht damit - die Frau, die er liebte, und sein bester Freund - welch ein Schlag! Aber hatte er es denn anders verdient? Er hatte mit Gesa nur gespielt und seine Frau betrogen. Das geschah ihm gerade recht. Wenn er ehrlich war, musste er sich eingestehen, dass dies für alle die beste Lösung war. Ludwig war ein anständiger Kerl, dem er immer eine Frau gewünscht hatte, und Gesa war die Richtige für ihn. Simon tat das alles im Innersten weh, aber vielleicht tat er sich auch nur selber leid.

Er stammelte und rang immer noch um Fassung: »Ist schon gut. Ich freue mich für euch und die kleine Maria und wir kommen gerne zu eurer Hochzeitsfeier. Nur das war eigentlich nicht der Grund meines Besuches. Es geht noch einmal um die Morde auf dem Lallingerschen Anwesen.«
»Das ist doch alles längst abgeschlossen. Ich hatte bei dir die ganze Zeit schon den Eindruck, dass du verärgert bist, weil wir den Mord am Lallinger nicht weiter verfolgt haben. Du hast dich ja auch nicht mehr sehen lassen«
»Unfug, ich war nicht sauer. Ich hatte in den letzten Wochen sehr viel zu tun«, log der Bader.
»Oder war es wegen Gesa, wusstest du doch über uns Bescheid?«

Simon erschien es, als hätte Ludwig ihm einen Schlag ins Gesicht versetzt. Seine Miene wurde starr. »Blödsinn! Willst du, dass ich wieder gehe?«

»Ist ja gut. Lass uns nicht streiten. Ich freue mich dich wiederzusehen. Was gibt es zu den Verbrechen noch zu sagen?«

»Schön hast du es hier!« Der Besucher blickte sich das erste Mal in der Wohnung um, ohne auf die Frage einzugehen. »Seitdem ich das letzte Mal hier war, hat sich viel verändert.«

»Da hast du Recht. Einmal richtig sauber machen, ein wenig weiße Kalkfarbe an die Wände und ein paar frischgezimmerte Möbel und schon wurde aus diesem Dreckloch ein gemütliches Heim.«

»Und eine Hausfrau für dein warmes Nest hast du ja jetzt auch gefunden.« Ludwig wurde verlegen.

»Lass es gut sein. Sag endlich, was du von mir willst!«

»Du hattest vorhin schon Recht. Die Sache mit dem Mord am Lallinger und den drei anderen hat mir keine Ruhe gelassen. Ich habe nie geglaubt, dass der Italiener der Täter ist. Nur beweisen konnte ich es nicht.« Simon war wieder der Alte und mit Feuereifer bei der Sache.

»Du solltest die Sache auf sich beruhen lassen, oder hast du heute vielleicht Beweise dafür, dass es ein anderer gewesen ist?«

»Du wirst es nicht glauben, aber genauso ist es.«

»Ich hoffe du bist zuerst zu mir gekommen und hast noch mit niemand anderem darüber gesprochen. Der Bürgermeister und der Richter werden toben, wenn sie hören, dass du versuchst den Fall neu aufzurollen. Für sie ist der Mörder gefunden und hat seine gerechte Strafe erhalten.«

»Nein, ich bin sofort zu dir gekommen und habe mit niemandem geredet.«

»Das ist gut so! Bist du dir deiner Sache absolut sicher?«

»Ja, das bin ich. Ich habe heute einen neuen Hinweis auf den wahren Täter entdeckt.«

»Was das wohl sein wird?«

»Du wirst staunen. Auf dem Marktplatz bin ich heute auf die richtige Spur gestoßen. Als wir den Schauplatz des Mordes untersucht haben, fanden wir im Gewölbekeller des Hauses Fußspuren im Sand. Der Verbrecher hinterließ beim Ausgraben der Kiste Schuhabdrücke im sandigen Boden. Im rechten Schuh befand sich ein Riss, den man deutlich erkennen konnte. Genau diesen Schuhabdruck habe ich heute im Schnee wiederentdeckt. Das bedeutet, der Mörder hält sich immer noch bei uns in Aichach verborgen.«

»Und da bist du dir ganz sicher?«

»Der Emmeran und der Bürgermeister haben die Abdrücke damals auch gesehen. Du kannst sie fragen.«

»Das ist keine so gute Idee. Bevor wir nichts in der Hand haben, sprechen wir mit überhaupt niemand.«

»Und wie wollen wir dann weiter vorgehen? Wir müssen alle Bewohner im Lallingerhaus befragen und uns die Schuhe zeigen lassen.«

»Bist du verrückt geworden? Der junge Lallinger wird sich das kaum gefallen lassen. Der rennt gleich zum Richter und der wird uns den Marsch blasen«, erklärte Ludwig.

»Der Lallinger ist in Schrobenhausen, der ist gar nicht da«, erwiderte Simon.

»Trotzdem, so geht es nicht.«

»Also können wir nichts weiter tun, als darauf zu warten, dass durch irgendeinen dummen Zufall der Verbrecher überführt wird.«

»Nein, so schlimm ist es auch nicht. Wir müssen uns eben etwas einfallen lassen.« Der Hauptmann der Stadtwache kratzte sich am Kopf, dachte lange nach, bevor er grinsend fortfuhr: »Ich glaube, ich habe da eine Idee!«

»Sag schon! Lass hören!«

»Zu meinen Aufgaben gehört es, bereits in Friedenszeiten Bürger zu finden, die in unserer Pixengesellschaft Dienst tun, um in Kriegszeiten die Stadt vor Feinden zu schützen. Ich werde die männlichen Bewohner des Lallingerschen Anwesens einer genauen Musterung auf deren Kriegstauglichkeit unterziehen. Und du kommst mit und unterstützt mich dabei. Dann kann der junge Lallinger sich hinterher aufregen, so viel er will.«

Simon lachte: »Das muss einem erst mal einfallen.«

Als er der Bader sich von Gesa verabschiedete, ließ er sich nicht anmerken, wie sehr es ihn schmerzte, sie wiedergesehen und für immer verloren zu haben.

Wenig später klopfte Ludwig Kroiß an das verschlossene hölzerne Eingangstor in der Einfahrt des Anwesens von Korbinian Lallinger. Nach geraumer Zeit öffnete sich ein Torflügel und ein Mann steckte den Kopf heraus. Simon erkannte in ihm den Knecht, mit dem er vor kurzem bereits aneinandergeraten war.

»Was willst du denn schon wieder hier? Mach, dass du mit deinem Kumpan verschwindest, sonst setzt´s was!«, fuhr dieser den Bader an.

Der Hauptmann der Stadtwache trat vor und antwortete ihm in schneidendem Ton: »Weißt du eigentlich, wen du vor dir hast? Ich lasse dich in Ketten legen und du kannst ein paar Tage im Kerker schmoren.«

Erschrocken wurde der Knecht auf einmal ganz kleinlaut und stammelte: »Gnädiger Herr, verzeiht mir, aber ich habe Euch nicht erkannt. Was wünscht Ihr?«

Simon glaubte nicht, dass der Torwächter wusste, wer vor ihm stand. Auf jeden Fall hatten sie ihn eingeschüchtert. Der Hauptmann veränderte sein herrisches Auftreten kein Stück. »Lass mich herein! Ich wünsche alle männlichen Bewohner dieses Anwesens zu sehen.«

»Wozu soll das gut sein? Mein Herr ist auf Reisen. Kommt wieder, wenn er zurück ist.«

»Du versuchst schon wieder, dich meinen Anweisungen zu widersetzen. Dein Gesicht werde ich mir merken. Tritt zur Seite und lass mich hinein!« Er schob den Knecht beiseite und trat durch den Torbogen in den Innenhof. Der Bader folgte ihm.

»Bist du taub? Du sollst alle Männer des Hauses herbeiholen. Beeile dich, ich habe nicht den ganzen Tag Zeit.«

»Aber mein Herr ist nicht da. Ich weiß nicht, ob es ihm recht ist.«

»Ich kann nicht warten, bis dein Herr wieder zurück ist. Mein Anliegen lässt uns keine Zeit. Es geht um die Sicherheit der Stadt, das wird dein Herr sicher verstehen.«

Immer noch nicht sicher, ob das alles auch im Sinne seines Herren wäre, schlurfte der Knecht durch die Tür ins Wohnhaus. Nach und nach versammelten sich fünf Männer unter dem Torbogen. Ludwig baute sich vor ihnen auf und hielt eine kurze Ansprache. »Wer mich noch nicht kennen sollte, ich bin der Hauptmann der Stadtwache und das da ist einer meiner Gehilfen.« Er zeigte auf Simon. Die Männer starrten den stadtbekannten Bader ungläubig an, aber keiner wagte die Worte Ludwigs in Zweifel zu ziehen. »Eine meiner Aufgaben ist es, Bürger in unserer Stadt zu rekrutieren, die in Kriegs- und Notzeiten dafür Sorge tragen, dass die Sicherheit in Aichach aufrechterhalten wird. Alle wehrfähigen Männer sind verpflichtet sich für diesen Dienst an der Bürgerschaft zur Verfügung zu stellen.« Die fünf Männer blickten Ludwig zum Teil neugierig, zum Teil auch ablehnend an. »Der Dienst wird in unserer Bürgerwehr, der Pixengarde verrichtet, die vor einigen Jahren gegründet wurde. Diese Männer haben ihren Mut und ihre Kampfkraft mehrfach unter Beweis gestellt, als die Augsburger und Münchener Haufen an unseren Mauern scheiterten. Sie haben verhindert, dass unsere Stadt geplündert, ihre Bewohner ermordet und die Frauen geschändet wurden. Und ihr habt die große Ehre von mir gemustert und geprüft zu werden, ob ihr die richtigen Mannsbilder für einen solch ehrenvollen und wichtigen Dienst an unserer geliebten Heimatstadt seid.« Simon konnte sich das Lachen nur schwer verkneifen. So eine Rede hätte er seinem Freund nicht zugetraut.

Dieser sprach weiter. »So, jetzt stellt ihr euch dort im Hof in Reih und Glied auf.«

Er wies ihnen einen Platz zu, der von unberührtem Schnee bedeckt war. Die fünf Gestalten gaben sich Mühe, aber machten keinen sehr wehrhaften Eindruck.

»Stillgestanden!«, kommandierte der Hauptmann. Ein Knecht stierte ihn verständnislos an, der nächste schmiss den Kopf nach hinten und streckte den fetten Wanst nach vorne. Die restlichen drei nahmen halbwegs Haltung an.

»Nun nehmt ihr das rechte Bein hoch!«

Zwei linke Beine gingen in die Höhe und zwei Rechte. Der Letzte versuchte erst das rechte, dann das linke und fiel dann beinahe in den Schnee.

Auch Ludwig fiel es schwer, ernst zu bleiben. »Jetzt macht ihr alle einen großen Schritt nach vorne.« Die Männer rempelten sich an, fluchten und beinahe wäre eine Prügelei ausgebrochen.

»So, und jetzt machen wir das Ganze mit dem anderen Fuß und ihr kommt noch einen weiteren Schritt auf mich zu.« Dasselbe Durcheinander, wie beim ersten Mal war zu bewundern und die fünf blickten den Hauptmann erwartungsvoll an. Ludwig gab Simon ein verstecktes Zeichen. Der Bader trat hinter die Reihe der Männer und betrachtete akkurat jeden einzelnen Fußabdruck. Plötzlich verharrte er, kniete sich hin und blickte dann zu Ludwig. Er wies mit dem Finger auf den Verursacher des Fußstapfens.

Der Hauptmann der Stadtwache räusperte sich. »Ich habe genug gesehen und möchte mich bei euch für eure Unterstützung bedanken. Ihr scheint alle fünf geeignet in die Pixengarde der Stadt aufgenommen zu werden.« Jetzt leuchteten die Gesichter voller Stolz. »Aber,...leider ist erst einmal nur ein Platz neu zu besetzen. Ich habe meine Auswahl getroffen. Du kommst mit!« Ludwig deutete auf den Jüngsten, der vielleicht gerade einmal vierzehn Jahre alt sein mochte. »Du scheinst mir der Geeignetste zu sein. Wie ist dein Name?« Die Überraschung über diese Entscheidung zeichnete sich auf den Gesichtern der Männer ab, am meisten auf dem des Jungen selbst. Erbost erhob der Knecht, der sie eingelassen hatte, die Stimme. »Das ist doch nicht dein Ernst? Der kann doch nicht mal einen Kieselstein von der Mauer schmeißen. Den kannst du doch nicht ernsthaft in die

Bürgerwehr aufnehmen. Da kann ich doch nur lachen.«

Simon mischte sich ein. »Ich war nicht viel älter als dieser Junge hier, als ich Dienst im Heer des Herzogs leistete. Es ist wichtig, auch die Jungen rechtzeitig an solch verantwortliche Aufgaben heranzuführen.«

Der Knecht holte Luft um zu antworten, als ihn Ludwig anfuhr. »Niemand hat dich nach deiner Meinung gefragt und ich stelle meine Entscheidungen nicht zur Diskussion. Junge, du kommst jetzt mit uns ins Rathaus, dort besprechen wir alles Weitere und die anderen begeben sich wieder an ihre Arbeit.« Zum Teil murrend, zum Teil erleichtert trotteten die Bediensteten des jungen Lallinger zurück ins Haus und in die Stallungen.

Simon flüsterte Ludwig ins Ohr. »Der Junge kann die Verbrechen nie und nimmer begangen haben, der ist doch viel zu schwächlich.«

»Aber er trägt das Schuhwerk!«

»Das schon, aber trotzdem.«

»Wir werden ihn befragen. Es ist die einzige Spur, die wir haben.«

Die Wachstube des Rathauses war ungeheizt, aber trocken und windgeschützt.

»Nimm Platz!«, forderte der Hauptmann den Jungen auf. »Wie ist dein Name?«

»Josef Pointner«, erwiderte dieser schüchtern, mit leiser Stimme.

»Du musst keine Angst haben, wir tun dir nichts. Willst du überhaupt in unsere Bürgerwehr Dienst tun?«, erkundigte sich Simon.

»Ich weiß nicht. Ich bin doch erst 14 Jahre alt und die anderen haben schon Recht, sehr stark bin ich nicht. Ich weiß auch nicht, ob mein Herr damit einverstanden wäre.«

»Das glaube ich schon, denn gerade die Kaufleute haben ein großes Interesse an Ruhe, Ordnung und Sicherheit. Du bist auch im richtigen Alter. Bei den Übungen der Pixengarde bringen sie dir alle Fertigkeiten bei, die du brauchst«, erklärte Ludwig.

Simon sah ihn an und schüttelte den Kopf. »Aber dein Schuhwerk.«

»Was ist damit?«, Josef Pointner blickte verständnislos zu seinen Füßen hinunter.

»Damit fängt deine Ausbildung an. Die Schuhe müssen in Ordnung sein. Wenn du beim Alarm auf der schmalen Treppe die Mauer hinaufstürmst und stolperst, dann bringst du die ganze Mannschaft hinter dir zu Fall oder du brichst dir dabei sogar das Genick.«

Mit offenem Mund starrte der Junge den Bader an.

»Das hättest du nicht gedacht, aber von solchen Kleinigkeiten kann die Sicherheit unserer ganzen Stadt abhängen. Ich habe gesehen, die Sohle deines rechten Schuhs ist gerissen. Du musst damit zum Schuster.«

»Ich weiß, aber dafür habe ich kein Geld. Ich kam barfuß nach Aichach. Als der Winter einsetzte hatte ich nichts. Mein Herr wollte seine alten Stiefel wegwerfen. Das war eine glückliche Fügung und ich habe drum gebettelt. Er hat ein gutes Herz und hat sie mir geschenkt. Eigentlich nicht richtig geschenkt, er hat mir seither den Lohn gekürzt.«

Simon und Ludwig horchten auf. Der Hauptmann fragte nach. »Dem Kaufmann Korbinian Lallinger hat dieses Schuhwerk früher gehört, bevor du es von ihm erhalten hast?«

»Das habe ich doch gerade gesagt. Ist das wichtig?« Josef verstand die Frage nicht.

»Wann hat er dir die Schuhe gegeben?«, bohrte Ludwig nach.

» Das war, bevor es kalt wurde und der erste Schnee fiel. Ich verstehe euch nicht.« Der Junge wirkte ratlos.

»Du musst dir bei unseren Fragen nichts denken. Wir finden es nur bemerkenswert, dass dein Herr so großzügig ist. Das gibt es heute nicht oft«, versuchte Simon, das aufkeimende Misstrauen des Jungen zu zerstreuen. Dessen Bedenken schienen rasch verschwunden zu sein, und er blickte sie wieder erwartungsvoll an.

»Du kommst bestimmt nicht von hier? Ich habe dich heute zum ersten Mal gesehen«, führte Ludwig die Befragung fort.

»Ich komme aus Schrobenhausen und war Bediensteter des Vaters meines jetzigen Herrn. Er hat mich zu Beginn des Winters als Stallknecht zu seinem Sohn nach Aichach geschickt. Ich muss mich um die Zugochsen kümmern, sie füttern und schauen, dass es ihnen gut geht. Wenn ich meine Arbeit ordentlich verrichte, darf ich diesen Sommer die Zugtiere sogar auf einem Handelszug begleiten. Ich möchte die ganze Welt kennenlernen.« Josefs Augen strahlten.

Die weitere Vernehmung ergab nichts Wesentliches mehr und so schickten sie Josef wieder zurück. Die Männer der Bürgerwehr würden sich zu gegebener Zeit wieder bei ihm melden.

»Damit habe ich nicht gerechnet!« Ludwig nahm Platz, rieb sich das Kinn und stieß lautstark die Atemluft aus.

Der Bader stimmte ihm zu. »Wenn die Stiefel dem Korbinian Lallinger gehörten, kannst du dir vorstellen, dass der seinen Oheim umgebracht hat? Als er vom Tod seiner Angehörigen gehört hat, schien es, als ob für ihn die Welt untergeht. Es ist schwer, sich vorzustellen, dass der ein so ein falscher Hund ist.«

»In einen Menschen kannst du nicht reinschauen. Ich habe schon einige Verbrecher erlebt, denen man so etwas nie zutrauen würde. Für den Korbinian hätte sich der Mord dann auch richtig gelohnt. Er ist jetzt ein wohlhabender Mann.«

»Er hätte das alles doch auch so geerbt. Nur hätte er noch ein paar Jahre drauf warten müssen.«

»Siehst du, die paar Jahre, die sind es. In der Zeit kann viel geschehen. Die Frau vom Lallinger stirbt, er heiratet neu und bekommt mit ihr einen Erben, oder der Alte wird hundert Jahre alt.«

Der Bader wollte nicht tatenlos herumsitzen. »Lass uns den Korbinian, wenn er wieder da ist, schnappen und ihn in die Mangel nehmen.«

»So leicht geht das nicht. Wir brauchen das Einverständnis vom Richter und für den ist der Fall abgeschlossen. Mit dem Wenigen, was wir in der Hand haben, hört der uns nicht mal zu, sondern schmeißt uns gleich wieder raus. Wir brauchen Beweise. Die Familie Lallinger ist eine der angesehensten in Aichach, da können wir nicht einfach reinspazieren und das Haus durchsuchen. So geht es nicht.«

»Und was machen wir jetzt?«

»Das weiß ich auch nicht. Lass uns morgen Nachmittag den Bürgermeister fragen. Er ist heute nicht in der Stadt.«

Am nächsten Tag trafen sie sich im Kontor des Bürgermeisterhauses. Ludwig Kroiß berichtete Chuntz Zellmeier über ihre neuen Erkenntnisse. Dieser schien nicht gerade begeistert über diese Entwicklung zu sein. Er zupfte seinen Bart und dachte nach. »Von eurem Besuch im Haus vom Lallinger habe ich schon gehört. Heute Vormittag war der junge Korbinian im Rathaus und hat sich heftigst bei mir darüber beschwert, dass ihr unter einem fadenscheinigen Vorwand einfach in sein Haus eingedrungen seid. Er hat vor Wut gekocht.«

»Da siehst du, er hat ein schlechtes Gewissen«, erwiderte Simon.

»So leicht können wir es uns nicht machen. Normalerweise müsste ich euch dafür zur Rechenschaft ziehen. Ludwig, du bist der Hauptmann der Stadtwache und kannst mit einem angesehenen Bürger nicht so umspringen wie mit irgendeinem Tagelöhner.«

»Das weiß ich, sonst hätte ich schon längst das ganze Anwesen auf den Kopf gestellt und würde so lange suchen, bis ich etwas gefunden hätte.«

»So geht es jedenfalls nicht! Ich werde euch nicht weiter belangen, aber ihr lasst den Lallinger in Frieden. Für mich, wie auch für unseren Richter, ist der Fall abgeschlossen. Der Italiener Lorenco Forlan ist der Mörder und er wurde bereits in Ingolstadt gehängt. Nur wenn ihr mir stichhaltige Beweise bringt, rollen wir die Sache noch einmal auf.«

»Aber wir haben doch Beweise und du hast die Fußabdrücke im Gewölbekeller, am Tag als das Verbrechen geschah, doch selber gesehen.« Der Bader verstand die Welt nicht mehr.

»Ich wiederhole mich nicht gerne. Solange ihr nicht mehr in der Hand habt, unternehme ich nichts. Wenn ich mitbekomme, dass eure Nachforschungen in der Stadt Unruhe erzeugen, werdet ihr beiden mich kennen lernen. Am besten, ihr lasst die Angelegenheit auf sich beruhen. Und jetzt verschwindet!«

In der Kälte des Marktplatzes fluchte Simon vor sich hin. »Dieser Sturkopf von einem Bürgermeister! Wir liefern ihm den Mörder frei Haus, und er will davon nichts hören.«

»Unser Beweis ist wirklich schwach. Es bleibt uns nichts anderes übrig als abzuwarten und Korbinian Lallinger im Auge zu behalten. Wenn er unser gesuchter Verbrecher ist, dann wird er irgendwann einen Fehler begehen.«

30

Es wurde Frühling und nur manchmal sprach man noch über das vergangene Jahr, in dem so viele Morde geschehen waren. Ludwig saß eines Morgens in der Wachstube unter dem Torbogen des Oberen Tores und beobachtete seine Stadtsoldaten, welche die Menschen und Waren kontrollierten, die die Stadt verließen und die hereinkamen. Händler mussten für die Güter, die sie transportierten, Zoll bezahlen und Wanderer darüber Auskunft geben, wohin sie wollten. Heute war Markttag und deshalb herrschte reges Treiben an beiden Einlässen in die Stadt.

Ein junger Franziskanermönch zog einen Esel hinter sich her und näherte sich dem Stadttor. Der Wachhabende grüßte und wollte ihn passieren lassen. Ludwig Kroiß wusste nicht, was es war, aber ihm schien, irgendetwas stimmte mit dem Mönch nicht. War es ein siebter Sinn oder sein kriminalistischer Riecher, der ihn misstrauisch machte? Der Hauptmann trat auf den Geistlichen zu und gebot ihm stehen zu bleiben.

»Gelobt sei Jesus Christus«, grüßte ihn der Angehaltene.

»In Ewigkeit Amen«, antwortete Ludwig. »Wohin des Wegs?«

»Mein Weg führt mich zu meinen Ordensbrüdern nach Augsburg. Warum fragst du?«

»Wir wollen nur sichergehen, dass Ihr nicht vom rechten Weg abkommt. Was habt Ihr in Aichach gemacht?«

Der Franziskaner wirkte unruhig. »Ich weiß nicht, was dich das angeht, aber ich habe hier eine Nacht verbracht, um heute weiterzuziehen.«

Der Hauptmann ging um den Esel herum und betrachtete das Gepäck, welches dem Tier auf den Rücken gebunden war. Er entdeckte einen viereckigen, flachen Gegenstand, der, in ein graues Leintuch gehüllt, am Sattel befestigt war. »Was tragt Ihr da bei Euch?«

Die Unruhe des Befragten war jetzt unübersehbar. »Ich bin ein Mann Gottes und bin es eigentlich nicht gewohnt, von irgendwelchen Waffenknechten behelligt zu werden. Trotzdem will ich es dir erklären. Ich habe dort ein sehr wertvolles, heiliges Buch, welches meinem Orden gehört.«

Ludwig war sich jetzt sicher, dass mit dem Mönch irgendetwas nicht stimmte. »Gut, dann zeigt mir das Buch.«

»Was fällt dir ein, mich zu behelligen! So etwas habe ich noch in keiner anderen Stadt erlebt. Du wirst mich nicht weiter schikanieren. Ich möchte deinen Kommandanten sprechen und mich bei ihm über dein ungebührliches Benehmen beschweren.«

Einige Neugierige waren stehen geblieben und beobachten interessiert und feixend das Geschehen. »Das wird nicht möglich sein, lieber Bruder .... Wie war Euer Name doch gleich? Ich bin der Hauptmann der Stadtwache, da müsst Ihr Euch schon bei mir beschweren.« Der Mönch wurde blass. »Entweder zeigt Ihr mir das Buch oder ich sehe selber nach.«

Der Geistliche gab seinen Widerstand auf, band das Gepäckstück ab und wollte es Ludwig übergeben. »Bitte, Herr Hauptmann, nehmt!«

»Wir setzen unser Gespräch am besten in der Wachstube fort. Es braucht nicht die ganze Stadt zu wissen, was Ihr da mit Euch führt. Die Wache wird sich um den Esel kümmern.« Im Raum neben dem Torbogen legte der Hauptmann das Buch vorsichtig auf den Tisch und entfernte die Stoffhülle. Es kam eine schwarze Kladde zum Vorschein. Zwischen zwei mit braunem Kalbsleder bezogenen Deckeln ragten an den Rändern Papier hervor. Der speckige Ledereinband mit zahlreichen Tintenklecksen wirkte abgenutzt. Die Lederbänder, die am linken Rand durch mehrere Löcher gefädelt worden waren, hielten die Buchdeckel zusammen.

»Das sieht aber nicht nach einem wertvollen Buch aus einer Klosterbücherei aus«, bemerkte Ludwig.

»Da habt Ihr Recht. Es sind streng vertrauliche Aufzeichnungen unseres verstorbenen Abtes, die für unseren Orden von großem Wert sind.«

»Dann wollen wir einmal hineinschauen.«

»Ich sagte doch gerade, es sind streng vertrauliche Aufzeichnungen.«

Der Hauptmann schob den Mönch zur Seite und öffnete die zusammengebundene Kladde. Er blickte auf eine eng beschriebene und mit zahlreichen Zeichnungen versehene Seite. Die Schrift kannte er, obwohl er keinen einzigen Buchstaben entziffern konnte. Es waren dieselben Zeichen, die sich auf dem Papierstück befanden, das sie im Haus des ermordeten Kaufmanns gefunden hatten.

»Seht Ihr, es sind nur ein paar beschriebene Blätter, kein Grund für Euch mich an meiner Weiterreise zu hindern.«

Ludwig zog sein Schwert und bedrohte damit den völlig überraschten Franziskaner. »Wache!«, schrie er. Zwei Wachsoldaten stürmten herein. »Durchsucht den Mann und bindet ihn.«

»Was fällt Euch ein? Ich bin ein Mann der Kirche, das werdet Ihr bitter bereuen!«, kreischte der Mönch, der sich von seinem ersten Schrecken erholt hatte. Eine der Wachen schlug ihm mit der Faust in die Magenkuhle, sodass der Mönch nach vorne zusammenklappte. Der Franziskaner schnappte nach Luft und schwieg. Die Wachen durchsuchten ihn gründlich, wobei sie zuerst einen Dolch zutage förderten, den er unter seiner Kutte verborgen hatte. Auch vor seinen intimsten Bereichen machten sie nicht Halt und zogen einen schweren, langen Stoffbeutel hervor, den sich der Durchsuchte zwischen die Beine gebundenen hatte. Beides warfen sie auf den Tisch der Wachstube. Als die Wachen nichts Verdächtiges mehr fanden, banden sie dem Gefangenen mit einem festen Strick die Arme auf den Rücken. Der gefesselte Mann heulte und stieß gotteslästerliche Flüche aus.

Der Hauptmann öffnete den Leinenbeutel und schüttete den Inhalt auf den Holztisch. Die beiden Wachsoldaten starrten den Inhalt mit weit aufgerissenen Augen an. Ein Haufen Goldmünzen stapelte sich dort.

Ludwig nahm eine Münze in die Hand. »Das sind rheinische Golddukaten. Für einen Bettelmönch schleppst du eine Menge Gold mit dir herum. Kannst du uns das erklären?«

Der Mönch schien seine Beherrschung wiedererlangt zu haben. »Ich bin ein Geldbote unseres Ordens. Unseren Augsburger Brüdern sind die Gebeine des Heiligen Nikolaus von Myra für wenig Geld zum Kauf angeboten worden. Fromme Pilger haben sie vor den türkischen Horden in Sicherheit gebracht. Das ist ein großes Geheimnis, also versprecht mir darüber zu schweigen.«

Ludwig holte mit der Hand zum Schlag aus und der Mönch wich einen Schritt zurück. »Ich gebe dir gleich den Heiligen Nikolaus. Ich glaube dir kein Wort. Wir sperren dich fürs Erste ein und dann werden wir schon herausfinden, was du für ein komischer Heiliger bist. Unser Pfarrer wird nicht lange brauchen, um zu überprüfen, ob du das Kleid der Franziskaner zu Recht trägst. Du bist nicht der erste Vertreter dieses Ordens, der bei uns in der Stadt mit sehr viel Gold aufgetaucht ist. Du kannst sicher sein, dass die Wahrheit ans Licht kommt. Bringt ihn in die Zelle im Rathaus.«

Nachdem Hanns Frankfurter im Rathaus den Franziskaner befragt hatte, wandte er sich erbost an den Hauptmann der Stadtwache. »Das ist nie und nimmer ein Franziskaner, das ist auch kein Angehöriger des geistlichen Standes. Das ist ein ganz normaler Verbrecher und Betrüger. Er beherrscht kein Wort Latein und über den Heiligen Franziskus weiß er auch nicht mehr als irgendein dahergelaufener Strauchdieb. Ich verlange«, er wandte sich an den inzwischen hinzugekommenen Bürgermeister, »dass Ihr den Verbrecher in die Burg bringen lasst und dem Richter vorführt. Er ist für diese Ungeheuerlichkeit auf das Strengste zu bestrafen.«

Der Bader Simon Schenk und der Büttel Emmeran Wagner hatten sich ebenfalls im Rathaus eingefunden und nahmen an der Vernehmung in der Wachstube teil. Ludwig legte das Säckchen mit den Goldmünzen und das schwarz gebundene Buch auf den Tisch, welcher vor dem Gefangenen stand.

Der Hauptmann baute sich bedrohlich vor dem vermeintlichen Franziskaner auf. »Ich werde dir nun erklären, in welcher Lage du dich befindest. Du hast dich als ein Vertreter eines Standes ausgegeben, dem du nicht angehörst. Du hast falsch Zeugnis abgelegt oder bist sogar meineidig geworden. Das ahndet der Richter unseres Herzogs mit dem Abhacken der rechten Hand oder dem Herausschneiden der Zunge. Du bist«, er hob das Buch in die Höhe, »wahrscheinlich ein feindlicher Spion, der die Sicherheit und das Wohl des Herzogtums gefährdet hat.« Er hob den Finger erst in die Höhe, dann schien er damit den Gefangenen aufspießen zu wollen, während er schrie. »Und du bist ein hinterhältiger mehrfacher Mörder, denn wie anders wärst du sonst an dieses Buch gekommen? Auf all diese Verbrechen stehen die härtesten Strafen, die unser Richter verhängt. Wenn du Glück hast, lässt er dich nur hängen. Vielleicht schneiden sie dir aber erst die Zunge heraus, bevor sie dich vom Leben zum Tode befördern.«

Der sich als Mönch ausgebende Mann erbleichte mit jeder Anschuldigung mehr. Nur ein zaghaftes »Das ist alles nicht wahr«, kam über seine Lippen.

»Soso, das ist nicht wahr? Die Beweise liegen hier auf dem Tisch. Du wirst uns deine Geschichte haarklein erzählen, das verspreche ich dir. Wir werden dich als Nächstes dem Richter vorführen und du wirst in der Burg eingekerkert, wo alle weiteren Befragungen stattfinden. Da ist es dann nicht mehr so nett wie hier. Dort gibt es eine große Anzahl von Gerätschaften, die der Wahrheitsfindung dienen, und einen freundlichen Mann, unseren Henker, der sie vortrefflich anzuwenden weiß. Den kannst du schon mal kennen lernen, bevor du ihm dann, nach Verkündung des Urteils, erneut begegnest.«

Der vermeintliche Mönch wimmerte vor sich hin. »Oder möchtest du uns nicht doch lieber gleich die Wahrheit erzählen?«

»Bitte tut mir nicht weh! Ich sage alles, fügt mir nur keine Schmerzen zu!«

»Was in Zukunft geschieht, liegt in deiner Hand. Wenn ich glaube, dass du mich anlügst, werde ich dich dem Henker zur Wahrheitsfindung überantworten.«

»Ich lüge nicht, ich schwöre es.«

»Gut, fangen wir erst einmal mit einer einfachen Frage an. Wie ist dein Name und woher kommst du?«

»Mein Name ist Gunter Balderich und ich wurde in Köln am Rhein geboren.«

»Siehst du, es wird schon. Welcher Tätigkeit gehst du nach?«

»Ich handele mal mit dem einen und mal mit dem anderen.«

»Also, du betrügst die Leute. Du bist kein Mönch?«

Der Befragte druckste herum. »Ich habe die Mönchskutte gefunden und sie mir nur einmal übergestreift. Bei dieser Unbedachtheit habt Ihr mich leider erwischt.«

Ludwig wurde wieder laut. »Du hältst mich wohl für dumm. Das ist bereits die zweite Lüge. Wenn ich dich bei der nächsten Lüge ertappe, schleppen wir dich in den Folterkeller der Burg. Also, woher hast du die Kleidung, die du trägst?«

»Ich habe sie einem Mönch im Schlaf gestohlen.«
Dem Gefangenen schien klar zu werden, dass es für ihn hier um Kopf und Kragen ging.

»Das hört sich schon besser an und wir kommen der Wahrheit näher. Woher hast du das Gold? Hast du das auch gestohlen?«

»Ein Ritter und ein reicher Kaufmann haben es mir vor wenigen Tagen in Augsburg übergeben, ich sollte damit in Aichach ein wertvolles Buch erwerben.«

»Warst du vorher schon einmal in unserer Stadt?«

»Nein, niemals, vor zwei Wochen wusste ich noch nicht einmal, dass es sie gibt.«

Der Bürgermeister Chuntz Zellmeier mischte sich ein. »In der ganzen Welt gibt es kein Buch, das so viel Geld kostet. Der Hund lügt schon wieder. Bringt ihn weg.«

Der Gefangene heulte auf, aber Ludwig fuhr mit der Befragung fort. »Kamen die beiden aus Augsburg?«

»Nein, der Ritter stammte aus Tirol und der Kaufmann irgendwo aus dem Italienischen. Sie hätten das Buch lange Zeit in Augsburg gesucht und schließlich herausgefunden, dass es sich in Aichach befand.«

»Ich glaube, du lügst schon wieder. Warum vertrauen sie einem wie dir ihr Geld an und holen sich das Buch nicht selber? Jemand wie du verschwindet doch, sobald er ein paar Goldstücke in die Finger bekommt, auf Nimmerwiedersehen.«

»Ihnen ist das Pflaster in Aichach zu heiß. Sie haben schon zwei Männer hierher geschickt, der eine wurde umgebracht, ich glaube vergiftet, und der andere in Ingolstadt aufgehängt. Sie haben meine Frau und meinen kleinen Sohn in ihrer Gewalt, und wenn ich nicht zurückkomme, schneiden sie ihnen die Kehle durch. Außerdem werde ich gut bezahlt, das Gold auf dem Tisch ist meins.«

Nun war es an den Männern im Rathaus, die dem Verhör beiwohnten, erstaunt aufzumerken. Der Hauptmann fragte weiter und blickte dabei seine Mitstreiter wissend mit dem Kopf nickend an. »Du sagst also, einer wurde gehängt und einer vergiftet?«

»So wurde es mir berichtet.«

»Und es war dieses Buch, für das du hergekommen bist?«

»So ist es!«

»Wie viel hast du dafür bezahlt? Kam es dir nicht selber merkwürdig vor, für diesen Haufen Leder und Papier das schöne Geld auszugeben?«

»Ich habe dafür tausend rheinische Goldgulden auf den Tisch gelegt. Der Esel musste auf dem Weg hierher ganz schön schleppen. Ich weiß aber nicht, ob es das Buch wert ist. Ich kann nicht lesen.«

Ludwig pfiff leise. »Das ist viel Geld. Jetzt kommt die wichtigste Frage, von wem hast du das Buch erworben?«

»Ich sollte zu einem Aichacher Kaufmann gehen, der würde mir zuerst das Buch zeigen. Erst danach solle ich das Gold holen und es ihm im Tausch gegen das Buch übergeben. So ist es dann auch geschehen.«

»Jetzt sage endlich: Von wem hast du das Buch bekommen?«

Die Anwesenden starrten den verkleideten Mönch gebannt an. »Ich bekam es von einem Kaufmann namens Korbinian Lallinger.«

Zuerst konnte man eine Stecknadel fallen hören, dann schrien alle durcheinander.

»Dem Verbrecher glaube ich kein Wort. Der Lallinger ist ein ehrenhafter Bürger unserer Stadt und das da ein dahergelaufener Haderlump«, schimpfte der Büttel Emmeran Wagner.

»Das ist ja unglaublich, der war doch so erschüttert, als er vom Tod seines Oheims und seiner Muhme erfuhr. Unglaublich!«, war Simon Schenk zu vernehmen.

»Ich kann es einfach nicht glauben. Ein anständiger Aichacher Kaufmann bringt doch niemanden um!« Der Bürgermeister wirkte ratlos, lief auf und ab und schüttelte immer wieder den Kopf.

Der Gefangene wurde im Kerker des Rathauses sicher verwahrt. Im Anschluss berieten sich die Vernehmer.

»Wenn der Lallinger im Besitz der Kladde war, dann hat er auch etwas mit den Morden zu tun. Vielleicht ist sogar er der Täter?«, überlegte Ludwig Kroiß.

»Kannst du dich daran erinnern, dass im Winter schon einmal eine Spur ins Haus des Kaufmanns führte? Du wolltest aber davon nichts wissen, lieber Bürgermeister«, erinnerte ihn der Badermeister an die damalige Auseinandersetzung.

»Das ist immer noch so – solange wir keine Beweise haben, können wir ihn nicht des Mordes anklagen. Anders verhält es sich mit dem geheimnisvollen Buch. Hier gibt es die Aussage des Gefangenen und möglicherweise geht es hier um Spionage. Da haben wir den Herzog und den Richter auf unserer Seite. Vielleicht finden wir bei dieser Untersuchung auch heraus, wer die Morde begangen hat.« Chuntz Zellmeier konnte langsam wieder klare Gedanken fassen.

»Dass der junge Lallinger seine Verwandten umgebracht haben soll, das glaub ich nie im Leben«, mischte sich Emmeran Wagner ein.

Der Bader verdrehte die Augen. »Das hat nichts mit glauben zu tun. Du kannst den Menschen nicht hinter die Stirn schauen. Habgier war schon immer ein großer Anreiz, ein Verbrechen zu begehen.«

»Schneid du lieber Haare! Welchen Grund sollte der Korbinian haben, einen Mord zu begehen. Die Lallingers hatten keine eigenen Kinder und er hätte doch sowieso einmal alles bekommen. Die Leute gönnen ihm einfach den Reichtum nicht und reden schlecht über ihn«, entgegnete der Büttel unbeherrscht.

»Wenn ich den Leuten so die Haare schneiden würde, wie du Verbrecher jagst, dann hätte ich schon keine Kunden mehr. Sicher ist sicher, er bekommt sein Geld heute und nicht in zehn Jahren. Vielleicht haben sie sich zerstritten, oder er hatte Angst, sein Oheim vermacht das ganze Vermögen der Kirche. Was wäre, wenn die Muhme stürbe und der Oheim nimmt sich eine Junge und wird im hohen Alter noch Vater? Die Erbschaft ist demnach nicht so sicher, wie alle denken. Es gäbe also durchaus ein Motiv für den jungen Lallinger, die Morde zu begehen. Lieber einen Spatz in der Hand als eine Taube auf dem Dach.« Der Badermeister erhob die Stimme und war ziemlich ungehalten.

»Hört auf zu streiten!« Der Bürgermeister versuchte zu schlichten. »Wir haben keinen Beweis, dass der Korbinian die Morde begangen hat, aber wir haben einen guten Grund, ihm wegen der geheimnisvollen Blättersammlung Fragen zu stellen. Lasst uns jetzt hinübergeben und den Kaufmann befragen. Vielleicht treffen wir ihn an.«

Die Gruppe der an der Vernehmung Beteiligten, voran Ludwig und der Bürgermeister, bewegte sich auf das Lallingersche Anwesen zu, neugierig beäugt von den Marktbesuchern. Der Hauptmann der Stadtwache hämmerte mit der Faust gegen das Eingangstor der

Hofdurchfahrt. Wiederum erschien der Knecht, den der Bader und der Hauptmann der Stadtwache bereits kannten, und öffnete einen Flügel des Tores einen Spalt breit. Blöde glotzte er die vor dem Tor Versammelten an.

»Was wollt ihr?«

»Wir suchen deinen Herren!«, erklärte Ludwig Kroiß und stieß den Knecht zur Seite. Dieser fiel gegen den hölzernen Flügel, der dadurch weit offen stand. Die Eindringlinge gingen schnellen Schrittes in den Hof. Dort waren einige Männer damit beschäftigt, einen neu angekommenen Ferntransport zu entladen. Die Tuchplanen waren heruntergezogen und hölzerne Salzfässer wurden in die Kellerräume unter dem Wohngebäude geschleppt. Zwei Pferde der berittenen Waffenknechte standen gesattelt daneben und warteten darauf, sich im Stall von den Strapazen der Reise erholen zu dürfen.

Korbinian Lallinger erschien im Hof, um nachzusehen, woher der Lärm kam. Als er die Eindringlinge erblickte, brauste er auf. »Was fällt euch ein, ohne meine Erlaubnis mein Haus zu betreten? Was für eine Frechheit, seid ihr verrückt geworden? Ah, da sind ja auch der Hauptmann der Stadtwache und der gescheite Badermeister. Ihr scheint ja großes Interesse an meinem Eigentum zu besitzen, dass ihr immer wieder hier herumschleicht. Wollt ihr wieder solch einen Mummenschanz aufführen wie beim letzten Mal, als ihr in meinen Besitz eingedrungen seid? Was spioniert ihr hier herum?« Als er den Bürgermeister erblickte, stockte er einen Augenblick und schimpfte dann weiter. »Und du, Bürgermeister, für was gibst du dich her? Was hast du überhaupt hier verloren? Das hätte ich von dir nicht erwartet. Bist du unter die Räuber gegangen?«

»Korbinian Lallinger, jetzt reicht es.« Chuntz Zellmeier reagierte sehr ungehalten. »Dir werden Verfehlungen vorgeworfen, zu denen wir dich befragen wollen. Du kommst mit uns ins Rathaus, dort sprechen wir über die Anklage.«

»Es ist ungeheuerlich!«, polterte der junge Kaufmann erneut los. »Ich gehöre zu den angesehensten Bürgern der Stadt, bin ein ehrbarer Kaufmann und ihr behandelt mich wie einen Verbrecher. Was fällt euch eigentlich ein?«

»Wenn solche schwerwiegenden Anschuldigungen erhoben werden, ist es unsere Pflicht, diesen nachzugehen«, versuchte Ludwig Kroiß den Kaufmann zu beschwichtigen.

»Wer wagt es, mich eines Vergehens zu bezichtigen? Vielleicht irgendein Trunkenbold, der den Verstand verloren hat. Wahrscheinlich behauptet er, dass ich ihn um Geld betrogen habe. Sagt, was wird mir vorgeworfen?«

»Willst du das hier vor allen deinen Knechten mit uns erörtern? Ist es nicht besser, wenn wir die Vernehmung im Rathaus fortsetzen?«, schlug Ludwig vor.

»Ich habe nichts zu verbergen. Jeder kann hören, welchen Verleumdungen ihr Glauben schenkt.«

»Gut, wenn du meinst«, erwiderte Chuntz Zellmeier. »Es ist nicht irgendein Trunkenbold, der dich beschuldigt, sondern ein Mönch, den wir beim Verlassen der Stadt mit verdächtigen Gegenständen festgenommen haben.«

»Und weiter?«, fragte der immer noch sehr überheblich wirkende Kaufmann schulterzuckend.

»Der Mönch beschuldigt Euch, ihm für einen Betrag von eintausend rheinischen Goldgulden ein Buch in einer geheimnisvollen Schrift übergeben zu haben«, fuhr der Bürgermeister fort.

Korbinian Lallinger brach in schallendes Gelächter aus. Die Knechte, die ihre Arbeit unterbrochen hatten, verfolgten atemlos das Geschehen. »Und solche Räubergeschichten sind der Grund für euch, mich zu stören? Wer kann so verrückt sein, für ein Buch so viel Gold auszugeben? Bürgermeister, nichts für ungut, aber Ihr seid ein Narr!«

Bevor Chuntz Zellmeier antworten konnte, ergriff Ludwig Kroiß das Wort. »Wir sind nicht so dumm, wie du denkst. Wir wissen, um welche Art Buch es sich handelt. Es ist eine Sammlung von Rezepturen zur Herstellung von Sprengpulver, die in einer Geheimschrift aufgezeichnet wurden. Wer solche für die Sicherheit des Herzogtums bedeutenden geheimen Unterlagen außer Landes schaffen lässt, macht sich des Hochverrats schuldig. Ihn wird die volle Härte des Gesetzes treffen, und unser Herzog Ludwig kennt in diesen Dingen keine Gnade.«

Der Kaufmann war blass geworden und begab sich in den Hof zu den anderen. »Das ist doch alles Unfug! Das sind bösartige Unterstellungen! Ich bin ein ehrlicher Untertan des Herzogs und würde niemals etwas tun, was seinen Interessen entgegenläuft. Glaubt doch nicht irgendeinem dahergelaufenen Strolch, der sich als Mönch ausgibt.«

Auch Simon Schenk beteiligte sich nun an der Auseinandersetzung. »Wir kennen aber nicht nur den Inhalt des Geschriebenen, wir wissen auch, dass das Buch etwas mit der Ermordung deines Oheims zu tun hat und dass es uns auf die Spur des Mörders führen wird. Eine Frage habe ich noch: Woher weißt du eigentlich, dass der Mönch sich nur als solcher ausgibt? Das hat bisher keiner von uns erwähnt.«

31

Korbinian Lallinger standen Schweißtropfen auf der Stirn. Urplötzlich preschte er los und schwang sich auf das am nächsten stehende Pferd, das darauf wartete abgesattelt zu werden. Damit überraschte er die Menschen auf dem Hof, die wie vom Blitz getroffen regungslos dem Ganzen folgten. Er gab dem Pferd die Sporen und ritt zum Tor hinaus. Nur der Büttel Emmeran Wagner stellte sich ihm in den Weg und wurde von dem Fliehenden rücksichtslos zu Boden geritten. Während sich der Bader, nachdem er sich von dem Schreck erholt hatte, sofort um den blutenden Verletzten kümmerte, rannte Ludwig auf den Marktplatz hinterher.

Der flüchtende Kaufmann galoppierte so schnell das Pferd konnte, ohne Rücksicht auf Besucher des Marktes, in Richtung des Unteren Tores. Die Menschen sprangen zur Seite, um nicht unter die Hufe zu geraten. Einige stürzten zu Boden, andere rissen, um in Sicherheit zu gelangen, Marktstände um. Der Hauptmann der Stadtwache rannte hinterher und brüllte so laut er konnte, um die Soldaten am Tor zu alarmieren. Aber der Lärm des geschäftigen Markttreibens und die Unruhe um den fliehenden Kaufmann herum verschluckten seine warnenden Rufe.

Einer der Wächter am Stadttor bemerkte dennoch die Unruhe in der Stadt. Er rief einen zweiten Bewaffneten hinzu. Sie beobachteten, wie ein Reiter, vor dem die Menschen entsetzt zur Seite sprangen, sich dem Stadttor in vollem Galopp näherte. Die Wachen mussten nicht lange überlegen und nahmen ihre Lanzen zur Hand.

»Halt sofort an, sonst holen wir dich mit Gewalt vom Pferd«, schrie einer dem Heranpreschenden entgegen. Nun ging alles schneller, als es der menschliche Verstand erfassen konnte. Der Reiter verringerte seine Geschwindigkeit nicht im Geringsten. Die Soldaten rammten ihre Lanzen in den Boden, um den Gaul damit im vollen Lauf aufzuspießen. Im letzten Moment schien das Tier die Gefahr zu wittern. Es bremste aus vollem Lauf ab und machte einen Satz zur Seite. Der Reiter flog im hohen Bogen vom Ross und knallte mit voller Wucht hinter den Spießen im Durchgang des Stadttores auf das Pflaster. Das Pferd drehte vorher ab und tänzelte ohne Reiter über den Marktplatz zurück in Richtung seines Stalles. Bevor sich der Gestürzte benommen wieder aufrappeln konnte, waren die Wachsoldaten über ihm. Zwei Lanzenspitzen richteten sich auf seinen Leib und drohten ihn zu durchbohren.

»Rühr dich und du bist tot«, zischte ihn eine Wache an.

In der Zwischenzeit hatte Ludwig Kroiß das Stadttor erreicht. Als er den am Boden Liegenden sah, atmete er erleichtert auf. »Gut gemacht, Männer! Legt den Kerl in Fesseln und bringt ihn ins Rathaus.«

Wer nun geglaubt hatte, der Kaufmann hätte sich in sein Schicksal gefügt, irrte. Ein Moment der Unaufmerksamkeit genügte und Korbinian Lallinger drehte sich unter dem gesenkten Spieß heraus, sprang auf und floh weiter. Er konnte weder durch den Durchgang des Tores aus der Stadt hinaus, dort stand der zweite Wachsoldat, noch zurück auf den Marktplatz, denn dort blockierte Ludwig Kroiß den Weg. Als einzige Fluchtmöglichkeit bot sich ihm der Eingang in die Wachstube, in die er dann auch wieselflink hineinschlüpfte. Der Fliehende sah sich um, entdeckte dort keinen weiteren Wächter, knallte die Tür zu und legte den Riegel davor. Korbinian hatte Zeit gewonnen. Von draußen klang Geschrei herein und heftiges Klopfen gegen die verschlossene Türe. Diese würde dem Ansturm eine Weile standhalten, da sie im Belagerungsfall den Verteidigern der Stadt Schutz im Torhaus bieten musste, wenn der Feind Wassergraben und Zugbrücke überwunden und durch das Tor gedrungen war. Es gab nur einen Ausweg aus dieser Kammer. Durch eine weitere Tür gelangte er in das Treppenhaus, durch das man in den Turm des Stadttores gelangte. Von unten erkannte er eine Leiter, die auf die erste Plattform innerhalb des Turmes führte. Diese ruhte auf mehreren Holzbalken, die wiederum mit grobbehauenen Brettern abgedeckt waren.

Korbinian Lallinger sammelte einen Augenblick seine Kräfte und lauschte noch einmal, was seine Verfolger taten. Die Tür der Wachstube hielt den immer heftiger werdenden Schlägen der Belagerer weiterhin stand. Langsam stieg der junge Kaufmann die Leiter hinauf und überlegte verzweifelt, wie er aus dieser Falle entkommen könnte. Über kurz oder lang würden sie ihn dingfest machen. Seine Chancen standen schlecht. Im ersten Stockwerk angekommen begann er die Leiter hochzuziehen, um es seinen Verfolgern so schwer wie möglich zu machen. Der Kaufmann, der schwere Arbeit nicht gewöhnt war, stöhnte und ächzte. Mehrmals musste er die Leiter wieder zurückgleiten lassen. Erst beim dritten Versuch gelang es ihm, sie so weit hochzuziehen, dass er sie an den Holmen nach unten drücken konnte und die verbliebene Aufgabe einfach zu bewältigen war. Wieder musste er eine Pause einlegen und verschnaufen. Die

Tür schien immer noch standzuhalten. Korbinian kletterte weiter. Im ersten und im zweiten Stock ließen nur einige Schießscharten Licht hereinfallen.

Erst im dritten Stock wurde es heller. Neben den Schießscharten, die sich vornehmlich auf der stadtabgewandten Seite befanden, gab es jetzt eine Holztür in Richtung des Marktplatzes. Vermutlich diente sie dazu in Belagerungszeiten Kriegsmaterial heraufzuschaffen. Der Kaufmann zog erneut die Leiter hinauf, um es seinen Verfolgern so schwer wie möglich zu machen. Diesmal hatte er bereits Übung darin und es strengte ihn nicht so sehr an. Trotzdem legte er erneut eine Pause ein und überlegte, wie er sich aus dieser misslichen Lage befreien könnte. Er hatte keinen Plan, also kletterte er weiter nach oben. Auf der fünften Plattform angekommen endete sein Aufstieg. Nun konnte er nur noch das Gebälk des Dachstuhls erklimmen und dann das Dach des Turmes besteigen. Das machte aber keinen Sinn, denn fliegen konnte er nicht.

Korbinian Lallinger setzte sich auf eine leere, verstaubte Kiste, die hier oben stand und vermutlich einem Türmer als Ruheplatz diente, der in Kriegszeiten nach Feinden Ausschau hielt. Die Lage war aussichtslos. Niemals hätte er erwartet, dass ihm nach einem halben Jahr noch jemand auf die Schliche kommen konnte - dieser verdammte Badermeister und sein verfluchter Freund, der aus Augsburg zurückgekehrt war. Alles war so gelaufen, wie er es geplant hatte, nachdem ihm sein Oheim in das Geheimnis der Kladde mit den Rezepturen für das Sprengpulver eingeweiht hatte. Er hatte die beiden alten Geizkragen erstochen, sich an der kleinen Dirne gütlich getan und falsche Spuren gelegt. Er versuchte das zerrissene

Kleid des Mädchens den Gauklern, die vor der Stadt lagerten, unterzuschieben. Leider hatten es die Büttel bei der Festnahme der Männer nicht gefunden. Zu guter Letzt hatte der Richter die Tat dem Italiener in die Schuhe geschoben. Alles war jetzt seins, der Salzhandel, die Kiste mit dem Gold aus dem Gewölbe und fast tausend rheinische Goldgulden. Das Leben in Reichtum als geachteter Bürger konnte beginnen und jetzt das. Dieser verfluchte, verkleidete Mönch, der so blöd war, sich am Stadttor festnehmen zu lassen. Hätte er den Austausch des Buches mit den italienischen Kaufleuten und dem Tiroler Ritter nur alleine vorgenommen! Aber er traute seinen Partnern nicht. Sie hätten ihm womöglich die Kladde abgenommen, die Gurgel durchgeschnitten und nichts wäre es mit dem schönen Leben geworden. Er musste das Risiko eingehen. Gut, nun saß er hier. Der junge Kaufmann blickte sich im Raum um und entdeckte einen dickeren Balken an der Decke, der über der Türe durch das Mauerwerk hindurchführte. Neugierig begab er sich zu dem Mauerdurchlass, öffnete die Pforte und blickte vorsichtig hinaus.

Er befand sich hoch über dem Marktplatz, auf dem sich immer mehr Neugierige versammelten. An dem Balken, der etwa drei Fuß aus dem Mauerwerk hinausragte befand sich ein Flaschenzug, durch den ein langes Hanfseil geführt war. Draußen am Ende des Seils war ein eiserner Haken und darüber zum Beschweren ein durchbohrter Stein befestigt. Das andere Ende lag säuberlich aufgerollt im Inneren auf den Holzbohlen. Plötzlich kam Korbinian ein Gedanke; er war verrückt, aber verrückt war es schon gewesen hier heraufzuklettern. Er öffnete die Luke, lehnte sich hinaus und versuchte den Haken zu fassen zu bekommen. Ein Aufschrei entstieg der Menge und dutzende Hände zeigten auf ihn. Er musste die Ruhe bewahren und er hatte nur einen Versuch für sein waghalsiges Vorhaben. Der Kaufmann holte mit dem Stein weit aus und schleuderte ihn mit aller Kraft nach links aus der Luke. Das Seil ratterte durch die Rollen des Flaschenzuges und die Menschenmenge unten schrie erneut auf. Er trat nach kurzer Zeit auf das sich abwickelnde Tau. Der Haken mit seinem Gewichtsstein beendete augenblicklich seinen Geradeausflug und wandelte ihn in eine Seitwärtsbewegung nach links um. Das Seil wickelte sich um die Rundung des Turmes und das Gewicht fiel irgendwo hinter der Stadtmauer ins Leere. Der Kaufmann konnte nicht sehen, wo es gelandet war. Er zog das Tau in den Turm zurück. Er bangte und zitterte, Fuß um Fuß holte er es ein. Plötzlich saß es fest, Gott sei Dank! Korbinian riss mehrmals mit aller Kraft an dem Seil. Es bewegte sich keine Handbreit mehr. Er befestigte jetzt das Ende des Taus im Gebälk der Turmspitze.

Seine einzige Chance zu entkommen hing davon ab, dass sich das Seil irgendwo so fest verhakt hatte, dass es sein Gewicht tragen würde. Aus dem unteren Teil des Turms drangen Geräusche. Seine Verfolger hatten den Eingang in die Wachstube endlich aufgebrochen und kamen nun nicht weiter, weil die Leiter fehlte. Der Fliehende musste grinsen. Er ging zur Luke und packte das Seil mit beiden Händen. Dann glitt er hinaus, indem er das Seil festhielt und sich mit beiden Beinen gegen das Mauerwerk des Tores abstützte. Die Menschenmenge hielt den Atem an und starrte zu ihm hinauf. So ein Schauspiel würde sie die nächsten einhundert Jahre in Aichach nicht mehr geboten bekommen. Hoffentlich hielt das Tau, sonst würde er in die gaffende Menge hinabstürzen. Er kam ziemlich schnell voran. Das Seil spannte sich über die Krone der Stadtmauer und schien dahinter irgendwo festzuhängen. Kurz bevor Korbinian die Mauer erreichte, drohten ihn die Kräfte zu verlassen. Außerdem begannen die Gaffer ihn mit Steinen zu bewerfen, um ihn zum Abstürzen zu bringen. Er hatte Glück und die zahlreichen Wurfgeschosse verfehlten ihn. Mit einer letzten Anstrengung schaffte er es auf die Mauer.

In der Zwischenzeit hatten seine Verfolger die Flucht bemerkt und rannten in Richtung des Maueraufstieges. Korbinian hatte keine Zeit sich auszuruhen und kletterte am Seil entlang weiter über die Stadtmauer. Der Haken hing fest an einem Haselnussstrauch, der auf dem schmalen Streifen zwischen der Stadtmauer und dem Wassergraben wuchs. Der Kaufmann löste den Haken und warf ihn mitsamt dem Seil mit letzter Kraft über die Mauer zurück. Nun erschienen auch seine Verfolger und blickten durch die Zinnen auf ihn herab. Einer warf einen Spieß, der den Fliehenden aber weit verfehlte und im Wasser landete. Korbinian rannte auf dem schmalen Streifen zwischen Befestigung und Wassergraben los, weg vom Stadttor in Richtung der Burg. Auch seine Verfolger verschwanden vom Wehrgang und suchten einen Zutritt auf den Streifen, der dem Verbrecher zur Flucht diente. Wieder gewann Korbinian Lallinger Zeit. Er passierte die Burg ohne von den Wachen bemerkt zu werden und sah auch nichts von seinen Verfolgern. Auf der westlichen Seite hörte er Geschrei und warf sich zu Boden. Durch eine Pforte in der Mauer strömten Bewaffnete, die sofort in seine Richtung liefen. Der Kaufmann robbte durch das hohe Gras und glitt leise in den Graben. Fast hätte er laut aufgeschrien, als das eiskalte Wasser schlagartig seine verschwitzte Kleidung durchdrang. Er biss die Zähne zusammen, als die Häscher ohne ihn zu bemerken an ihm vorbei in Richtung Oberes Tor liefen. Er bewegte sich in dem sumpfigen etwa zwei Fuß tiefen Graben langsam weiter in Richtung Norden. Die Brühe war am Rand mit Schilfrohr bestanden und auf der Oberfläche schwamm Entengrütze. Er schob sich ganz vorsichtig voran, um keine Wasservögel aufzuschrecken, die ihn verraten konnten.

Korbinian sah sich um. Sollte er im Wasser bleiben oder versuchen über die Vormauer und den zweiten Wassergraben zu fliehen? Dort könnten ihn die Verfolger leicht mit Pfeilen oder Armbrüsten vom Wehrgang aus abschießen. Die Entscheidung wurde ihm abgenommen, als Bewaffnete auf der Vormauer erschienen und auch diesen Fluchtweg versperrten. Kurz bevor er sich vor Kälte nicht mehr bewegen konnte, erreichte er die Stelle, an der der Stadtbach Aichach wieder verließ. In die Stadt konnte er nicht zurück, da der Durchfluss mit schweren Eichenbalken versperrt war. Der Durchtritt unter der Vormauer schien ihm möglich, da ein Balken vermutlich beim letzten Hochwasser herausgebrochen und noch nicht wieder ersetzt worden war. Der Flüchtige zwängte sich hindurch, durchquerte den zweiten Graben und bewegte sich noch ein Stückchen im Stadtbach voran. Sobald ihm das erste Gebüsch Deckung bot, verließ er das eisige Nass.

Der Kaufmann schlotterte am ganzen Körper. Es machte kaum einen Unterschied, ob er nun im Wasser erfror oder sich in seinen triefenden Kleidern den Tod holte. Die Flucht schien zu Ende zu sein, er konnte sich nirgends verstecken, hatte kein Geld und niemanden, der ihm helfen würde. Noch in Sichtweite der Stadtmauer, am Weg nach Oberbernbach, traf er auf einen Heuschober, in dem er sich versteckte. Korbinian zog die nassen Kleidungsstücke aus und warf sie zum Trocknen über einen Balken in der Hütte. Er rieb sich mit dem Heu ab und merkte, dass die Haut wieder stärker durchblutet und ihm wieder ein wenig wärmer wurde. Neben dem Eingang fand er dann das, was ihm das Leben retten sollte: einen Haufen geschorener Wolle. Sie musste dort schon lange gelegen haben, denn darin hatte sich auch eine Mausefamilie gemütlich eingerichtet. Korbinian bereitete ein Lager im Heu, das er mit der Wolle auskleidete. Dies war zwar kein Lager, wie er es sonst gewohnt war, und die Wolle stank erbärmlich und fühlte sich eklig an, aber er würde nicht erfrieren. Augenblicke nachdem er sich niedergelegt hatte, war er in einen festen Schlaf gesunken.

32

»Der Verbrecher ist wie vom Erdboden verschwunden, das gibt's doch gar nicht«, schimpfte Ludwig Kroiß. Die Verfolger hatten sich, nachdem sie alle möglichen Verstecke abgesucht hatten, vor der Pforte in der Stadtmauer neben der Burg versammelt.

»Vielleicht ist er ja im Stadtgraben ertrunken und wir finden morgen seine Leiche«, warf Emmeran Wagner ein.

»Das glaubst du doch selbst nicht. Nach dem, wie der Kerl uns heute an der Nase herumgeführt hat, ertrinkt der nicht einfach in einem Wassergraben, in dem ein Mann ohne Probleme stehen kann. Der ist uns entwischt, damit müssen wir uns abfinden«, entgegnete ihm der Badermeister.

Chuntz Zellmeier, der sich nicht an der Verfolgungsjagd beteiligt hatte, jetzt aber zu dem Haufen stieß, fragte: »Wo können wir ihn denn noch suchen? Er kann doch nicht einfach vom Erdboden verschwunden sein.«

»Er wird sich irgendwo verstecken! Eine weitere Suche macht heute keinen Sinn mehr, da es gleich dunkel wird«, merkte Ludwig Kroiß an.

»Wenn er noch lebt, was ich nicht glaube, ist der Lallinger morgen über alle Berge, den sehen wir nie mehr.« Der Büttel war mit der Entscheidung, die Suche zu diesem Zeitpunkt abzubrechen, nicht einverstanden.

Simon Schenk hingegen unterstützte den Hauptmann der Stadtwache. »Wir können die kurze Zeit bis zum Einbruch der Dunkelheit von der Stadtmauer und dem Turm der Burg aus nach ihm Ausschau halten. Er ist in westlicher Richtung geflohen und von dort oben nimmt man jeden Mann, der mit dem Pferd oder zu Fuß zwischen der Paar und der Stadt unterwegs ist, wahr. Über die Mauer kann er nicht in die Stadt zurückgekehrt sein. Er muss durch den Stadtgraben geflohen sein. Wenn er über die Vormauer geklettert wäre, hätten wir ihn auch gesehen. Es gibt nur zwei Möglichkeiten, entweder hält sich noch in der Brühe versteckt oder er hat es bis zum Stadtbach geschafft und ist dort unter der äußeren Mauer hindurch entkommen.«

Emmeran Wagner winkte ab. »Er ist ertrunken, ich sage es euch. Kein Mensch hält es so lange bei der Kälte im Wasser aus. Der Durchfluss des Baches ist sicher. Da kommt keiner hindurch. Das ist eine Schwachstelle in der Befestigung der Stadt und deshalb muss sie immer instand gehalten werden. Wo kein Feind hereinkommt, kommt auch kein Verbrecher hinaus. Ich schlage vor, wir suchen heute noch den Graben ab und wenn wir ihn nicht finden, treibt er morgen oder übermorgen irgendwo im Wasser. Die Krähen zeigen uns dann den Weg.«

»Wir brechen die Suche auf keinen Fall ab. Wenn er ertrunken ist, dann ist es gut, aber wenn er wider Erwarten doch entkommen ist, möchte ich nicht, dass ein vierfacher Mörder ungestraft davonkommt«, erklärte der Bürgermeister.

»Ich glaube, wenn der Mörder noch lebt, hat er zwei Möglichkeiten. Entweder versucht er in die Stadt zurückzukommen, um sich Pferd, Geld und Waffen zu besorgen, bevor er sich aus dem Staub macht. Er ist aber nicht dumm und deshalb vermute ich, er macht sich auf den Weg nach Schrobenhausen. Dort leben seine Eltern und von denen wird er Hilfe erwarten. Die Wachen an den Stadttoren sehen sich ab sofort jeden zweimal an, bevor sie ihn in die Stadt lassen, und einer der Stadtknechte wacht im Haus des Flüchtigen. Mein Freund Simon, Emmeran und ich stellen ihm vor Sonnenaufgang eine Falle auf dem Weg nach Schrobenhausen. Ich weiß auch schon wo. Der Weg führt unterhalb der Wittelsbacher Burgruine vorbei. Dort sind die Überreste mehrerer Gehöfte, die im letzten Krieg niedergebrannt wurden. In den verfallenen Gemäuern können wir uns verstecken und haben die Straße, die von Aichach herauffführt, gut im Blick. Mehr können wir jetzt nicht tun«, erklärte der Hauptmann der Stadtwache.

Korbinian Lallinger erwachte. Die Sonnenstrahlen drangen durch die Ritzen des Heustadels. Es fror ihn bitterlich, er hatte Hunger und jede Faser seines Körpers schmerzte, als er aus seinem Nest im Heu herauskroch. *»Ich muss, so schnell es geht, weg von hier. Die Dreckskerle werden weiter nach mir suchen. In die Stadt kann ich nicht zurück, da werden sie mich schon erwarten. Nur in Schrobenhausen kann ich Hilfe finden. Die Eltern werden ihren einzigen Sohn kaum dem Henker ausliefern. Dann darf ich keine Stunde mehr länger im Herzogtum bleiben. Also mache ich mich sofort auf den Weg, heute Abend bin ich dann hoffentlich sicher bei den Eltern. Ich darf aber nicht die Straße benutzen, wenn sie klug sind, lauern sie mir dort irgendwo auf«*, überlegte sich der Flüchtling.

Es kostete ihn große Überwindung, die Kleider überzuziehen. Sie trieften nicht mehr vor Wasser, waren aber auch nicht trocken, sondern feucht und eiskalt. Die neuerliche Kälte direkt auf der Haut bereitete ihm Schmerzen. Nur wenn er sich sofort auf den Weg machte und in Bewegung blieb, damit ihm warm wurde, konnte er das Ganze überstehen. Vielleicht würden seine Bekleidung in ein paar Stunden von der Sonne getrocknet sein.

Als der Kaufmann sein Versteck verließ, wanderte sein Blick zuerst überall misstrauisch herum. Nirgends war einer seiner Verfolger zu sehen. Gebückt lief er schnellen Schrittes den Stadtbach entlang in Richtung Paar. Der Fluss würde ihn auch nach Schrobenhausen führen und die Bäume am Ufer boten ihm hervorragenden Schutz davor, entdeckt zu werden. Es war ein mühsamer Weg durch sumpfige Wiesen und mit Stacheln bewehrtes Gestrüpp. Aber besser langsam und mühsam vorankommen, als auf halbem Weg den Schergen der Aichacher in die Arme zu laufen, die ihn dem Henker überantworten würden.

Die Sonne schien bereits mehrere Stunden, die sie versteckt hinter verrußten Mauern und Gebälk ausharrten. Ludwig Kroiß führte die Schar der Jäger an, die aus dem Badermeister, dem Stadtbüttel und zwei bewaffneten Stadtknechten bestand. Simon und Ludwig verfügten über Pferde, die friedlich hinter den Ruinen weideten.

»Wenn der Lallinger zu seinen Eltern wollte, hätte er schon längst hier vorbeikommen müssen«, beklagte sich der Bader.

»Ihr müsst Geduld haben, wartet ab, der kommt schon noch«, sprach Ludwig den anderen Mut zu.

»Ich habe es euch gleich gesagt, der liegt als Wasserleiche im Graben. Da können wir noch drei Tage warten, der kommt nicht mehr«, grummelte Emmeran vor sich hin. Das Gespräch erstarb und alle fünf starrten wieder auf die Straße.

»Da unten rührt sich was!«, einer der Stadtknechte wies mit der Hand in Richtung des Flusses, der etwa eine viertel Meile entfernt dahinfloss. Fünf Augenpaare starrten in die angezeigte Richtung.

»Ich sehe nichts«, knurrte der Büttel.

»Da, jetzt wieder, schaut doch!«

Nun nahmen es die anderen auch wahr. Immer wieder blitzte etwas Helles durch das Gebüsch. Ab und zu flogen Vögel auf.

Ludwig Kroiß starrte angestrengt zur Paaraue hinunter. »Ich kann es nicht erkennen. Aber da bewegt sich etwas und es ist kein Tier. Simon, komm, nimm deine Waffen mit. Wir reiten hinunter! Die anderen bleiben hier und behalten die Straße weiter im Auge. Es kann ja irgendein Wilderer sein, der da unten den Fischen des Herzogs nachstellt.«

Sie schwangen sich auf ihre Pferde und trabten zum Fluss hinunter. Die Gestalt schien sie zuerst nicht zu bemerken und bewegte sich langsam weiter flussabwärts. Als sie die halbe Strecke hinter sich gebracht hatten, erkannten sie, dass es sich bei dem Menschen um einen Mann handelte. Dieser drehte sich um, erstarrte einen Augenblick, als er sie erblickte, und rannte dann los.

»Los, Simon, hinterher. Den kaufen wir uns, der hat etwas zu verbergen.«

Sie gaben ihren Pferden die Sporen und preschten im Galopp hinter dem Fliehenden her. Dieser bewegte sich ein kurzes Stück entlang des Flusslaufs, bevor er sich daranmachte, ihn zu durchqueren. Am anderen Ufer angekommen, drehte er sich kurz um und hastete dann weiter. Simon und Ludwig zügelten am Ufer ihre Rösser und hielten nach einer Stelle Ausschau, an der sie gefahrlos das Flussbett durchqueren konnten. Die Paar führte wenig Wasser und so erreichten sie ohne lange Verzögerung das andere Ufer. Der Mann konnte in der Zwischenzeit seinen Vorsprung nicht weiter ausbauen. Nach wenigen Augenblicken hatten ihn die Reiter erreicht. Ludwig ritt den Flüchtenden mit seinem Pferd rücksichtslos über den Haufen.

Der Verfolgte schrie auf und stürzte zu Boden. Simon, der Konflikte lieber durch gütliches Reden löste, folgte staunend dem Geschehen. In Windeseile hatte Ludwig Kroiß sein Reittier zum Stehen gebracht, war abgesprungen und drückte mit der Schwertspitze den Gefangenen, der sich gerade wieder aufrappeln wollte, zu Boden.

»Simon, was ist mit dir? Du könntest ruhig auch absteigen. Muss ich alles alleine machen? Schau mal, wen wir hier haben.«

Vollkommen erschöpft ergab sich Korbinian Lallinger seinem Schicksal. Alle Mühe und Qual war umsonst gewesen. Sie hatten ihn doch erwischt. Mit gebundenen Händen trottete er an einem langen Seil, das am Sattelknauf des Hauptmanns der Stadtwache befestigt war, hinter den beiden Reitern her, zurück in die Stadt.

In Aichach wurde der gefesselte Kaufmann in einen Raum im Rathaus geführt, in dem am Vortag auch der verkleidete Mönch vernommen worden war.

»Wir werten deine Flucht als das Eingeständnis deiner Schuld«, klagte der Bürgermeister den Gefangenen an.

»Leck mich am Arsch!« In Korbinian Lallinger schien die alte Aufsässigkeit zurückgekehrt zu sein.

Ludwig holte aus, aber Chuntz Zellmeier hielt seinen Arm fest. »Du scheinst dir über den Ernst der Lage, in der du dich befindest, nicht im Klaren zu sein. Dir droht die Anklage wegen Hochverrats und möglicherweise auch wegen Mordes. Du solltest reden und dein Gewissen erleichtern. Dann wird dein Urteil sicherlich milder ausfallen.«

»Nochmals, Bürgermeister, leck mich am Arsch! Ihr werdet kein Sterbenswort aus mir herausbekommen!«

»Wenn du nicht gestehst, werden wir dich in die Burg bringen und dem Richter überstellen. Du solltest wissen, dass sie dort bisher noch jeden zum Reden gebracht haben. Also, was ist? Außerdem werden wir dein Anwesen durchsuchen. Dort werden ausreichend Beweise für eine Anklage zusammenkommen. Dann sind wir nicht mehr alleine auf die Aussage des vermeintlichen Franziskanermönches angewiesen.« Der Kaufmann starrte in eine Ecke des Raumes und schwieg.

Bei der darauffolgenden Durchsuchung des Lallingerschen Anwesens fanden sie die tausend rheinischen Goldgulden, die unter einem Dielenbrett im Schlafgemach von Korbinian versteckt waren. Außerdem entdeckten sie im Schrank desselben Raumes eine mit Gold- und Silbermünzen, zahlreichen wertvollen Schmuckstücken sowie mehreren wertvollen Perlenketten gefüllte Holzkiste. Außen haftete noch Dreck in den Ritzen der Bretter, ähnlich dem Sand im Keller des Hauses. Die verwitterte Oberfläche der Kiste wies darauf hin, dass sie lange Zeit irgendwo in der Erde vergraben gewesen war. Von der Größe her hätte sie genau in das Loch gepasst, welches sie vor einigen Monaten nach dem Mord im Gewölbekeller des Anwesens untersucht hatten.

»Ich glaube, wir haben jetzt alle Beweise, die wir brauchen, um Korbinian Lallinger des dreifachen Mordes anzuklagen. Was uns noch fehlt, ist sein Geständnis. Aber auch das liegt bestimmt vor, wenn der Prozess eröffnet wird.« Dem Hauptmann der Stadtwache fiel ein Stein vom Herzen, dass die Morde nach so langer Zeit endlich aufgeklärt zu sein schienen.

»Er hat die Morde aus reiner Gier begangen, das kann ich nachvollziehen. Nur, was das Ganze mit dem geheimnisvollen Buch und den Rezepturen für das Sprengpulver zu tun hat, verstehe ich nicht«, erklärte der Bader.

»Die Zusammenhänge versteht wohl niemand, solange Korbinian schweigt. Vielleicht bringt der Prozess Klarheit.« Der Bürgermeister wirkte müde und angespannt.

Am Abend desselben Tages saßen, wie so oft in der Vergangenheit, der Bürgermeister, der Pfarrer und der Richter zusammen, um in gemütlicher Runde über die Geschicke der Stadt zu beraten. Der Richter hatte knusprigen Schweine- und Lammbraten anrichten lassen, zu dem weißes Brot gereicht wurde. Dazu tranken sie weißen und roten Wein, der von den Weinbergen an der Donau stammte und im Herzogtum gekeltert wurde. Nachdem sie sich sattgegessen hatten und den zweiten oder dritten Becher geleert hatten, nahm das Gespräch an Lebhaftigkeit zu.

Wie fast jedes Mal erhitzte sich die Runde an den Thesen, die der Pfarrer in den Raum warf. »Ich bin erschüttert über die Vorgänge der letzten Tage. Ein ehrbarer Kaufmann aus unserer Stadt, einer, von dem alle glaubten, er sei ein Ausbund christlicher Tugendhaftigkeit, soll seine Verwandten ermordet haben, nur um früher seines Erbes habhaft werden zu können! Was sind das nur für Zeiten! Ich denke, das ist die Strafe Gottes für das Ketzertum, den Aberglauben und die Unkeuschheit, die in diesen Tagen immer mehr um sich greifen.«

»Mir machen die zahlreichen Morde und Verbrechen, die in den letzten zwei Jahren im Aichacher Land geschehen sind, auch Sorgen. Aber du kannst doch nicht unseren Herrgott und den Herrn Jesus Christus für die Verbrechen verantwortlich machen, die auf der Welt geschehen. Dann wären die Mörder ja Werkzeuge Gottes. Solch einen Gott gibt es nicht. Ich glaube an einen Gott der Nächstenliebe und der Barmherzigkeit.« Auch Chuntz Zellmeier ereiferte sich.

Der Geistliche geriet außer sich. »Das ist Gotteslästerung! Welch ketzerische Äußerungen maßt du dir an, im Angesicht eines Vertreters der heiligen Mutter Kirche?«

Nun griff der Richter ein. »Freunde, beruhigt euch wieder. Wir sind alle tief erschüttert von dem Vorgefallenen. Unser aller Streben hier im Raum ist das Wohl der Stadt, des Herzogtums und zuallererst der

Mutter Kirche. Nur wenn wir einig sind, kommen wir diesem Ziel näher. Wir können über alles sprechen, aber dürfen dabei nicht die in diesem Raum Anwesenden als unsere Gegner betrachten. Greift zu und lasst uns noch einen Becher Wein leeren.« Die beiden Kontrahenten beruhigten sich wieder und das Gespräch plätscherte dahin.

Plötzlich klopfte es und ein Knecht der Stadtwache trat ein, ging zum Bürgermeister und flüsterte ihm etwas ins Ohr.

»Wir wollen alle hören, was du zu sagen hast.« Der Richter war es nicht gewohnt, dass man in seinem Haus Geheimnisse vor ihm hatte.

Statt des Wachsoldaten antwortete der Bürgermeister. »Im Rathaus ist eingebrochen worden.«

»Was ist geschehen?« Leonard Sandizeller sprang auf.

»Bei uns im Rathaus ist eingebrochen worden.«

»Das kann doch gar nicht sein. Im Rathaus ist die Stadtwache untergebracht, die ist ständig mit mehreren Bewaffneten besetzt. Haben die selig geschlafen?« Der Richter war außer sich.

»Nein, es hat immer einer Wache. Trotzdem bemerkte niemand etwas.« Der Wachsoldat verteidigte sich.

»Ist etwas gestohlen worden?«, wollte der Bürgermeister wissen.

»Ich weiß es nicht genau. Die Truhe im Obergeschoss, mit den Urkunden der Stadt, wurde aufgebrochen«, erklärte der Stadtknecht.

»Lass dir nicht alles aus der Nase ziehen. Wurde etwas entwendet?« Der Bürgermeister reagierte nun sehr ungehalten.

»Ich glaube schon. In der Truhe befand sich das schwarze Buch, das wir dem Mönch abgenommen haben. Die Kladde ist verschwunden.« Endlich war es heraus.

»Was ist mit dem gefangenen Mönch? Habt ihr nach ihm gesehen?«

»Er schlief fest, wir mussten ihn erst wecken.«

»Wenigstens der ist noch da.« Chuntz Zellmeier wirkte erleichtert. »Du kannst jetzt wieder gehen. Richte den Bütteln und den Wachen an den Toren aus, sie sollen ab sofort besonders aufmerksam sein. Zurzeit kann niemand hinaus, da nachts die Tore geschlossen sind. Vielleicht haben wir ja noch einmal Glück und bekommen das Diebesgut zurück.« Der Bürgermeister ließ sich in seinen Scherensessel zurücksinken.

»Mir ist das alles ein Rätsel. Was ist los in der Stadt? Wer wagt es, unter den Augen bewaffneter Stadtknechte in deren Unterkunft einzudringen und etwas zu stehlen?« Der Geistliche verstand die Welt nicht mehr.

»Ich habe eine schreckliche Ahnung!« Plötzlich sprang Leonard Sandizeller auf und verließ fluchtartig den Raum. Die anderen folgten ihm.

Der Richter eilte in die Kellerräume der Burg. Er strebte dem Kerker zu. Leonard Sandizeller riss die Tür zum Wachraum des Kerkermeisters auf. Der saß dort, beleuchtet von einer Talglampe, in einem Holzstuhl mit Lehne, hatte die Füße auf den Tisch gelegt, der Kopf war ihm nach hinten gefallen.

»Ist er tot?«, wollte der Pfarrer wissen.

In diesem Moment begann der Mann zu schnarchen, dass die Wände wackelten. Der Richter stieß einen Schrei aus und schlug dem Kerkermeister die

Füße vom Tisch. Er fiel vom Stuhl und erwachte. Panik blitzte aus seinen Augen, als er die drei erkannte.

»Entschuldigt, mein Herr, es war nur ein ganz kurzes Nickerchen. Ich hatte heute sehr viel zu tun und war deshalb schrecklich müde. Aber jetzt bin ich wieder munter,« erklärte der Wächter mit zittriger Stimme.

Der Richter brüllte ihn an: »Du hast die anstrengendste Arbeit, die wir hier auf der Burg zu vergeben haben. Du musst einen Gefangenen bewachen und ihm höchstens dreimal am Tag etwas zu essen bringen. Das Ganze wird ein Nachspiel für dich haben. Wie geht es dem Gefangenen?«

»Ich nehme an, es geht ihm gut. Zumindestens war er wohlauf, als ich das letzte Mal nach ihm gesehen habe.«

»Wann war das?«

»Kurz nachdem die Dunkelheit einsetzte.«

»Lass uns jetzt nach dem Gefangenen sehen.«

Der Wächter holte eine Fackel und entzündete sie an dem Talglicht. Danach begaben sich die vier zu der einzigen verschlossenen Kerkertür. Der Kerkermeister nahm einen Schlüssel seines großen Schlüsselbundes und entriegelte das Schloss. Gemeinsam zogen der Wächter und der Richter die schwere Holztüre des Verlieses auf.

»Lallinger, wach auf!«, rief der Kerkermeister in die Zelle.

Keine Antwort.

Der Richter nahm die Fackel und leuchtete damit vorsichtig in die Dunkelheit. Sie nahmen keine Bewegung wahr.

»Das ist komisch, vielleicht hat er sich versteckt und greift uns an, wenn wir hineingehen«, vermutete der Bürgermeister.

»So ein Blödsinn, der ist dahinten angekettet. Er kann niemand anfallen«, erklärt ihnen der für den Gefangenen Verantwortliche. Er hielt die Fackel in die Richtung, in der sich der eingesperrte Kaufmann befinden musste. Dort lag auch etwas auf dem Boden.

»Lallinger, aufwachen habe ich gesagt. Du sollst aufstehen, sonst helfe ich dir mit dem Knüppel«, schrie der Kerkermeister. Aber nichts rührte sich. Vorsichtig näherten sie sich dem auf dem stinkenden Stroh liegenden Körper. Der Wächter stieß den auf dem Bauch liegenden Mann mit dem Fuß an. »Hörst du nicht? Ich habe gesagt, du sollst aufstehen. Bist du taub?« Er trat den am Boden Liegenden nochmals heftig mit der Stiefelspitze in die Seite. Die gewünschte Reaktion blieb jedoch aus. »Der verstellt sich nur.« Er drehte ihn mit dem Fuß langsam auf den Rücken und leuchtete ihm mit der Fackel ins Gesicht. Was sie sahen, ließ sie vor Schreck erstarren.

»Der ist ja tot!« Der Geistliche bekreuzigte sich und begann zu beten. Mit der Fackel leuchteten sie die Leiche ab. Der linnene Kittel, mit dem der Lallinger angekleidet war, wies auf der Vorderseite einen riesengroßen roten Fleck auf. Chuntz Zellmeier kniete sich hin und schob das Kleidungsstück nach oben. »Das ist ein Einstich von einem Messer oder einem Dolch. Der hat sich umgebracht, oder jemand hat ihn erstochen. Das kann noch nicht lange her sein, denn das Blut ist noch nicht geronnen und die Leiche noch warm.«

»Wer soll den denn erstochen haben? Hier ist doch keiner. Er ist der einzige Gefangene. Der Verbrecher kann sich nur selbst entleibt haben. Sucht den Boden nach einem Messer oder etwas Ähnlichem ab«, befahl der Richter.

»Ich kann nichts finden! Hier ist aber nichts!«, erklärte der Kerkermeister, nachdem er eine Weile herumgesucht hatte.

»Sich selbst das Leben zu nehmen, das einem Gott geschenkt hat, ist eine Todsünde. Er darf nicht in geweihter Erde beigesetzt werden«, meldete sich der Pfarrer.

»Mord ist auch eine Todsünde, das heißt, er würde sowieso nicht in geweihter Erde begraben werden. Genau genommen hat er sich durch die Selbsttötung der Strafe des weltlichen Gerichts entzogen. Dann muss der Richter entscheiden, wie mit der Leiche zu verfahren ist«, erwiderte der Bürgermeister.

»Seid ihr beiden von allen guten Geistern verlassen?«, polterte der Richter. »Derzeit ist es vollkommen unwichtig, wie er unter die Erde kommt. Wir haben gewiss andere Probleme. Helft gefälligst beim Suchen. Wir müssen das Messer finden.«

Der Geistliche blickte sich, angewidert vom unerträglichen Gestank, um. »Ich kann aber gar nichts sehen.«

»Wir brauchen mehr Licht. Hol weitere Fackeln, du Schlafmütze von einem Wächter!«, befahl Leonard Sandizeller.

Der Kerkermeister nahm die Fackel und machte sich auf den Weg.

»Bist du verrückt geworden, uns hier im Dunklen mit dem Toten alleine zurückzulassen?«, schrie der Stadtpfarrer hinter ihm her. Deshalb verließen alle vier die Zelle, um nach weiteren Lichtern zu suchen. Nach einer Weile kehrten sie, jeder mit einer brennenden Fackel und einer hölzernen Stange bewaffnet zurück. Im flackernden Licht der Flamme bot sich ein trostloser Anblick: Ratten und Mäuse, die aufgeschreckt blitzschnell in Mauerlöchern verschwanden, verfaultes Stroh, in dem verschimmelte Essensreste und Fäkalien lagen. Im Fackelschein konnte man nun auch Einzelheiten der hohen, aus behauenen Feldsteinen errichteten Mauern erkennen. Die Anwesenden mussten den atemraubenden Gestank ertragen, denn die stickige Luft konnte nur durch eine kleine Öffnung knapp unterhalb der Decke abziehen.

In einer Ecke lag der tote Kaufmann auf dem Rücken. Seine Arme und Beine waren mit Ketten gefesselt, die halb mannshoch im Mauerwerk verankert waren.

»Jetzt ist es ausreichend hell. Sucht nach dem Messer«, befahl der Richter erneut. Mit den Holzstangen stocherten die vier im verdreckten Stroh, suchten im Gemäuer Ritzen, in denen man einen Dolch verstecken konnte, und untersuchten sogar die Rattenlöcher. Nur der Pfarrer ließ es an Eifer mangeln und schimpfte vor sich hin. Die Leiche wurde genauestens inspiziert und auch die Fläche, auf der sie lag.

»Nichts«, verkündete der Bürgermeister. »Hier gibt es keinen Dolch, kein Messer oder irgendeinen anderen spitzen Gegenstand, mit dem sich der Gefangene das Leben hätte nehmen können.«

»Das kann alles nicht sein!«, brüllte Leonard Sandizeller. »Es muss eine Stichwaffe geben. Es kann niemand in den Kerker gelangen und ihn abstechen. Oder hast du jemand hereingelassen? Bestechlich seid ihr doch alle!«

Der Kerkermeister zitterte vor Angst. »Nein, ich schwöre es bei allen Heiligen und der Seele meiner Mutter. Ich habe niemand gesehen. Ich habe niemand hereingelassen. Vielleicht war es eine Hexe, die sich mit Zauberkräften ausgestattet hereingeschlichen hat, um den Gefangenen zu ermorden.« Er bekreuzigte sich.

»Versündige dich nicht«, warf der Geistliche ein.

»Kerkermeister, du redest dummes Zeug. Wir müssen uns damit abfinden, dass jemand hier eingedrungen ist und den Lallinger erstochen hat. Die Fragen sind: Wie, wer und warum? Es war möglich, weil unser lieber Freund hier süß und fest geschlafen hat. Vermutlich hat er vorher auch geistigen Getränken kräftig zugesprochen. Das wird alles zu untersuchen sein. Ich glaube nicht, dass er mit dem Täter unter einer Decke steckt, sonst hätte er nicht so selig geschlafen, als wir ihn fanden«, schlussfolgerte der Bürgermeister.

»In meinen Kerker dringt niemand ein und meine Wachen schlafen auch nicht.« Mit diesen Worten ohrfeigte der Richter den Kerkermeister und stürmte mit der Fackel in der Hand hinaus. Die Zurückgebliebenen sahen sich verblüfft an und der Geschlagene rieb sich die Wange. Nach wenigen Augenblicken kehrte Leonard Sandizeller zurück, mit einem Brotmesser in der Hand. Er hatte es vermutlich aus dem Wachraum geholt. Immer noch sprachlos und staunend verfolgten die drei, was der Richter nun tat. Es nahm das Messer, wischte damit über den Kittel des Erstochenen, bis es über und über mit Blut beschmiert war und warf es neben den Toten ins Stroh.

»Da habt ihr das Messer«, schrie der Richter, immer noch außer sich. »In meinen Kerker dringt niemand ein und ersticht einen Gefangenen. Eigentlich können die Eingekerkerten auch keine Waffen hereinschmuggeln.« Danach schlug er den verängstigten Kerkermeister erneut. »Dir, Chuntz Zellmeier, und dir Hanns Frankfurter, sage ich: Ihr habt das alles nie gesehen und werdet auch mit niemandem darüber sprechen, schon gar nicht mit dem Hauptmann der Stadtwache oder diesem neunmalklugen Bader.«

Der Bürgermeister dachte: »Eine Leiche im Kerker und ein Einbruch im Rathaus – das können wir niemals geheim halten.«

Der Richter brüllte weiter: »Damit es klar ist: Der Kaufmann Korbinian Lallinger hat sich das Leben genommen, weil er mit der Schuld, die er auf sich geladen hat, nicht mehr leben konnte. Außerdem kam er mit dem Freitod der Folter und der Strafe durch den Strick oder das Rad zuvor. Habt ihr mich verstanden? Das ist die Wahrheit und nichts anderes. Wenn jemand von euch jemals etwas Gegenteiliges behauptet, werdet ihr mich von einer ganz neuen Seite kennen lernen.« Nun wandte er sich an den Kerkermeister. »Das alles gilt auch für dich. Wenn ein einziges Wort darüber, was heute hier geschehen ist, über deine Lippen kommt, wirst du den Rest deiner Tage auf der anderen Seite der Kerkertüre verbringen.«

Begriffserklärungen:

Donnerkraut

Im Mittelalter wurde Schießpulver als Donnerkraut bezeichnet, wobei der Begriff Kraut im niederdeutschen Sprachraum für Pulver verwendet wurde. Der Begriff »Schwarzpulver« entstand erst später. Die Sage führt den Begriff auf den Franziskanermönch Bertold Schwarz aus Freiburg im Breisgau zurück. Wahrscheinlicher ist, dass der Name von der zermahlenen, schwarzen Holzkohle herrührt.

In Augsburg hingegen nimmt man diese Erfindung für sich in Anspruch und schreibt sie dem Juden Daud Jusuf Al-Tiplisi (genannt Typsiles oder Tipsiles) zu. Er wurde wahrscheinlich 1279 in Haifa geboren und starb 1359 in Akkon. Augsburg hat er vermutlich vor oder nach dem Massaker an der jüdischen Bevölkerung am 22. November.1348 wieder verlassen.

Antoniusfeuer

Bei dem Krankheitsbild, das man im Mittelalter als Antoniusfeuer bezeichnete, handelt es sich um eine Vergiftung mit den im Mutterkorn enthaltenen Alkaloiden. Mit dem Mutterkorn verunreinigter Roggen wurde gemahlen und zu Brot verbacken. Da die Menschen des Mittelalters diese Krankheit aus heiterem Himmel traf und sie keine Ursache dafür erkennen konnten, kannten sie auch keine Mittel die Krankheit zu vermeiden oder zu bekämpfen. Das Antoniusfeuer ging einher mit Wahnvorstellungen und Durchblutungsstörungen der Extremitäten und Organe, die bis zum Absterben der Gliedmaßen führen konnten. Als wirksames Mittel gegen die Erkrankung galten die Gebete zum Heiligen Antonius.

Die Pixengesellschaft

1414 gegründete Bürgerwehr zum Schutz der Stadt Aichach. Die »Königl. priv. Feuerschützengesellschaft Aichach« feiert, als Nachfolger der »Pixengesellschaft«, im Jahr 2014 ihr sechshundertjähriges Jubiläum.

Namensliste:
Fiktive Personen:

Barbara und Simon Schenk	Bader
Urban, Kathrin	Kinder
Matthes	Geselle von Simon Schenk
Ludwig Kroiß	Hauptmann der Stadtwache
Lisbeth u. Balthasar Lallinger	Kaufmannsfamilie in Aichach
Korbinian Lallinger	Brudersohn des Kaufmanns
Kathrein Hinteregger	Dienstmagd der Lallinger
Lorenco Forlan	Waffenknecht der Lallinger
Emmeran Wagner	Stadtbüttel

Fahrendes Volk:

Marcus	Anführer
Gesa	Reist nach Augsburg
Maria	Tochter von Gesa
Afra	Musikantin und Wahrsagerin
Urs	Ehemann von Afra
Nathan Edelmann	Handelt mit Trödel und Nachfahr des Typsiles
Joseph Hartmann	Jüdischer Metzger in Augsburg
Bruder Gallus	falscher Franziskanermönch

Historische Persönlichkeiten (1438):

Chuntz Zellmaier	Bürgermeister von Aichach
Leonard Sandizeller	Pfleger und Richter in Aichach
Hanns (der) Frankfurter	Stadtpfarrer in Aichach
Mosse und Isaak	Jüdische Bewohner Aichachs
Typsiles	Erfand in Augsburg das Schießpulver

Michael Peters wurde 1952 im damals noch oberbayrischen Städtchen Aichach geboren. Heute lebt er mit seiner Frau und seinen beiden Kindern in einem kleinen Dorf zwischen Wolfsburg und Braunschweig.

Er studierte Technische Chemie in Nürnberg und arbeitet seit 1979 als Chemieingenieur bei Volkswagen in Wolfsburg.

Nach »Homunculus – Das tote Mädchen vom Gerberhof« ist »Donnerkraut – Das Geheimnis des Juden Typsiles« sein zweiter historischer Kriminalroman. In beiden Romanen ermitteln Ludwig Kroiß und Simon Schenk gemeinsam im Wittelsbacher Land und im Schwäbischen und verhelfen der Gerechtigkeit zum Durchbruch.